MARCHIO INDELEBILE

Montgomery Ink

CARRIE ANN RYAN

Marchio indelebile

Un romanzo della serie Montgomery Ink

Carrie Ann Ryan

Marchio indelebile
Un romanzo della serie Montgomery Ink
Di: Carrie Ann Ryan
© 2021 Carrie Ann Ryan

eBook ISBN: 978-1-63695-117-1
Paperback ISBN: 978-1-63695-218-5

Traduzione di Well Read Translations

.

Marchio Indelebile

La serie Montgomery Ink continua con un amore proibito tra tre amici e un passato a cui non possono sfuggire.

Jake Gallagher si era accorto che Maya era quella giusta per lui appena l'aveva vista, quel momento gli aveva mozzato il fiato come quando aveva visto Border. Ma la vita non va mai secondo i piani e ora lui si sta innamorando di qualcun'altra... o almeno così crede.

Maya Montgomery non avrebbe mai dovuto guardare al di là dell'amicizia che già aveva. Adesso non riesce a smettere di pensare a Jake e quanto sia importante per lei. Con l'arrivo di un uomo misterioso proveniente dal passato di Jake, Maya è costretta ad ammettere che, se non correrà il rischio, lo rimpiangerà per il resto dei suoi giorni.

Border Gentry se n'è già andato una volta senza guardarsi indietro, per paura di cosa poteva succedere se si fosse lasciato andare, ma ora è tornato ed è pronto a scoprire cosa si è perso. È stato a lungo in giro e ha visto

cose che nessuno dovrebbe vedere, ma una volta risco-
perto l'ombroso Jake e incontrata la tatuata e impetuosa
Maya, i due sono come un balsamo per la sua anima e
Border si rende conto della strada che può intraprendere
il suo futuro.

Quando qualcuno dall'esterno vuole mettersi fra
loro, non saranno solo i loro cuori a essere a rischio...
ma anche le loro vite.

Capitolo Uno

QUELLA DANNATA GONNA LO AVREBBE UCCISO. SI sollevava ogni volta che lei muoveva i fianchi, che si abbassava, che ancheggiava, ogni dannata volta che si piegava. Non c'era niente di meglio di una gonna di pelle aderente, che abbracciava quel tipo di curve in tutti i punti giusti. I capelli le arrivavano al sedere quando si piegava all'indietro e le sfioravano la base della schiena ogni volta che si muoveva. Indossava una canottiera senza reggiseno e le lunghe ciocche nere e ondulate le scivolavano sulla pelle nuda. Gli facevano venire voglia di stringere quei capelli nel pugno e piegarla sul primo sgabello. Sarebbe scivolato dritto dentro di lei e sarebbero venuti fino a restare senza fiato e sazi.

Jake Gallagher non sapeva nemmeno chi fosse quella tizia, ma non riusciva a toglierle gli occhi di dosso. Si leccò le labbra e si sistemò il cavallo dei pantaloni. La lunga sorsata di birra non bastò a placare i suoi bisogni. Non gli importava che fosse con un altro uomo, che ballasse e si strusciasse contro di lui, divertendosi un mondo: Jake voleva solo affondarle i denti nella spalla, le dita nei fianchi e l'uccello in quella passera dolce, perché doveva essere dolce.

Avrebbe scoperto il suo nome in un secondo momento.

I tatuaggi di quella ragazza brillavano per il sudore e lui voleva leccarglielo via, sentire il sapore di ogni curva di quell'inchiostro e vedere se era diverso da quello della pelle nuda. Jake amava i tatuaggi, il modo in cui (se fatti nel modo giusto) facevano diventare il corpo di una donna o di un uomo ancora più un'opera d'arte. Jake era un artista nell'anima, anche se non era in grado di disegnare come aveva fatto il tatuatore su di lei. Il corpo e i tatuaggi di quella ragazza erano un capolavoro. Un'opera d'arte su cui lui voleva mettere le mani.

L'anello che la ragazza aveva al sopracciglio rifletteva la luce; quando lei si voltò di lato, Jake la vide tirar fuori la lingua col piercing che premeva contro il labbro superiore.

Voleva quella lingua sull'uccello, quel piercing che gli scivolava lungo l'asta e quelle labbra dannatamente sexy intorno al pene. Deglutì rumorosamente, un po' disturbato dalla propria reazione a quell'estranea. Non rispondeva normalmente così in pubblico, quando una ragazza, o un ragazzo, si limitava a ballargli davanti. Di solito, Jake aveva un po' più di controllo.

Un po'.

"Hai finito di scoparti con gli occhi quella pollastra con la gonna di pelle?" gli chiese suo fratello maggiore Graham, passandosi la mano sulla barba.

Jake alzò gli occhi al cielo e bevve dell'altra birra.

"Non me la sto scopando con gli occhi." Lo stava facendo e avrebbe potuto sentirsi in colpa, ma dalla faccia che lei aveva fatto quando aveva scoperto altri a guardarla così, l'attenzione le piaceva. In caso contrario, Jake avrebbe smesso. Non era un completo stronzo.

"Te la stai scopando con gli occhi," disse suo fratello minore Owen, con un sorriso. Aveva appena compiuto ventun anni e sembrava felicissimo di non aver dovuto usare i documenti falsi per entrare in quel locale. Il loro fratello più giovane, Murphy, ancora non sembrava abbastanza grande da poter superare i controlli con un documento falso, ma sarebbe successo presto.

"Ok, va bene," disse Jake, con un'alzata di spalle. "È bella e io sono single. Non potete farmene una colpa, se la guardo." Inclinò la birra in direzione della bellissima donna che ballava al centro della pista. C'erano altre donne al bar e sulla pista, ma gli occhi di tutti erano su di lei. C'era qualcosa, nel modo in cui si muoveva, con una grazia accidentale e un modo di fare che urlava "al diavolo" e che faceva sì che la gente volesse sapere di più su di lei.

Jake non era molto diverso da quelli che le avevano messo addosso gli occhi famelici.

"Beh, a guardarla non sembra single," disse Graham, strascicando le parole. "In effetti, sembra evidentemente… legata."

Jake mostrò il dito medio al fratello, senza togliere gli occhi di dosso alla donna, che aveva messo la gamba sul fianco del compagno e si strusciava su di lui. Stranamente, tenuto conto del tipo di bar in cui si trovavano, probabilmente era la più vestita e non ballava in modo

3

sensuale come le altre. Ma, a ogni modo, lo fece gemere. Jake avrebbe voluto che ballasse così con *lui*.

"A proposito di legami," cominciò Jake, "dov'è tua moglie? Pensavo avessi detto che sarebbe venuta qui con te, stasera." A Jake piaceva Candace. Era innamorata di Graham e quando c'era lei lui sorrideva sempre. Per come la vedeva Jake, le cose tra loro funzionavano.

"Stasera voleva restare a casa," disse Graham, con un'alzata di spalle. "Mi ha detto di uscire e tenerti d'occhio." Suo fratello maggiore sorrise da sotto la barba. "E dato che me l'ha detto mia moglie…"

Lasciò la frase in sospeso e Jake gli diede un pugno sul braccio. "Vaffanculo."

"No, grazie, ho una giovane moglie consenziente a casa. Non mi serve il tuo aiuto."

Owen rise nella birra e scosse la testa. "Non ho *davvero* bisogno di pensare a una cosa del genere."

"Oh, tu e la tua mano state rompendo?" chiese Jake, per poi schivare il pugno di Owen. "Ehi, stai attento. Non farci cacciare. È il mio bar preferito."

Owen alzò gli occhi al cielo. "Ogni bar è il tuo preferito."

Jake sorrise e inclinò la birra verso il fratello. "Vero, ma qui c'è lei." Indicò di nuovo con la birra. "Mi piace il panorama." Quando si voltò verso la donna misteriosa, però, corrugò la fronte.

Dietro di lei era arrivato un altro uomo e a giudicare dalla faccia del primo, anche l'ultimo arrivato non era un estraneo. Ma quando estraneo numero due le mise le mani sui fianchi, si scatenò l'inferno.

"Che cazzo, Mark?" sbottò la donna. "Te l'ho già

detto, non mi farò il tuo amico mentre tu stai a guardare." Cercò di divincolarsi, ma i due imbecilli la tenevano stretta.

Jake strinse i denti e mise giù la birra. "Torno subito," ringhiò.

Graham ringhiò, "Veniamo con te."

"Nessuno tocca così una donna, se lei non vuole," aggiunse Owen.

C'era un motivo se Jake amava essere uno dei fratelli Gallagher, ma si tolse quel pensiero dalla testa mentre raggiungeva i tre sulla pista da ballo. Sembrava che nessun altro volesse intervenire. Anzi, alcune donne sembravano felici del fatto che una di loro fosse in quella situazione. Fottute persone dalla mente fottutamente piccola. Solo perché qualcuno voleva ballare, non significava che volesse scopare. Era un concetto semplice.

Jake allungò una mano e aprì la bocca per dire qualcosa, ma rimase senza parole quando vide la donna muoversi più rapidamente di quanto lui credeva possibile. In una sola mossa, diede una gomitata al basso ventre al tizio dietro di lei e una ginocchiata nelle palle a quello davanti. Quando entrambi si chinarono in avanti con un gemito, la ragazza fece cozzare le loro teste. Quando Jake pensava che avesse finito, lei diede un altro calcio nelle palle a entrambi.

"No significa no, stronzi." Con quelle parole, si gettò i capelli dietro le spalle e guardò male il resto della folla, prima di posare gli occhi su Jake. Lo studiò per un attimo e lui si costrinse a rilassare i pugni. La ragazza sollevò un sopracciglio e poi sorrise.

Diamine, era bellissima. Non era solo attraente e sexy, ma dannatamente bella.

"Grazie dell'aiuto," disse senza sarcasmo. "Mi offri da bere?"

Jake batté le palpebre un paio di volte prima di ridacchiare. "Si può fare, dolcezza." Le porse una mano, ma lei invece gli sorrise, superandolo e lasciando i due idioti sulla pista a rimettersi in piedi.

Jake sospirò e la seguì al bar, dove lei aveva già alzato due dita in direzione del barista. Le si avvicinò e si accorse che Owen e Graham si erano allontanati, dandogli spazio per quella nuova conoscenza. Ogni tanto, Jake voleva bene ai suoi fratelli.

"Te la sei cavata bene," le disse con quanta più nonchalance possibile. Era piuttosto difficile mantenere un tono disinteressato con un'erezione che gli spingeva contro la zip. "Jake Gallagher."

Lei sorrise e gli porse uno shot di tequila. Lui lo prese e toccò l'altro bicchiere con il proprio. Nessuno dei due prese sale o limone, lasciando che l'alcolico scivolasse loro in gola.

"Ho cinque fratelli e circa ottanta cugini," disse lei, quando ebbero finito lo shot. "Me la posso cavare ovunque." Gli fece l'occhiolino. "Maya Montgomery."

Maya. Il nome gli piaceva. Le si addiceva.

"Allora, Maya, ti chiederei cosa ci fa una ragazza come te in un posto come questo, ma è un cliché; tenuto conto che hai appena messo quei due al tappeto in due secondi netti, farei meglio a pensare a qualcos'altro da dire."

Maya sorrise di nuovo. "Mi piaci, Jake Gallagher.

Non fingi, ma sei affascinante." Si fece battere il piercing sulla lingua contro un dente. "O almeno è quello che credi."

Jake si mise la mano sul cuore. "Mi ferisci."

"No. Mentre ballavo, mi hai fatto la radiografia e quello che hai visto ti è piaciuto. E a giudicare dal gonfiore nei pantaloni, ti è piaciuto molto."

Jake non si guardò l'uccello, ma era dannatamente dura non farlo, senza doppi sensi. "Deduco che non ti piacciano le stronzate."

"Se così fosse, dovrebbe importarmi delle stronzate," disse e alzò di nuovo due dita. "Un altro shot?" chiese, mentre il barista si metteva al lavoro.

Jake si passò una mano sulla barba non fatta da un giorno. "La tequila non è proprio il mio genere," disse, con onestà. "In più, con la birra che ho già bevuto, avrò dei postumi d'inferno."

Maya sorrise. "Allora sarà meglio che ne valga la pena."

Jake studiò il viso della ragazza e si costrinse a non toccarla. "Pensavo che fossi con quel tizio." Poteva anche desiderarla, ma non aveva intenzione di fregarla a un altro. Aveva già abbastanza problemi a casa, senza bisogno di aggiungere casini per una donna.

Maya scosse la testa. "Siamo usciti un paio di volte. Fa schifo nel sesso orale." Jake si strozzò, ma lei sorrise. "Voleva portare il suo amico. Ora, se lui fosse stato bravo quanto credeva, avrei anche accettato. Ma non mi fido del suo amico. E sono più che sicura che vogliono andare a letto tra loro ma sono troppo codardi per ammetterlo."

"La cosa ti fa problemi?" Sperò di no, tenuto conto del fatto che lui era bisessuale.

Maya alzò le mani. "Stai scherzando? Due uomini che lo fanno sono dannatamente attraenti. Amo gli uomini e amo gli uomini che amano gli uomini. Quello che non mi piace sono due tizi che si vogliono ma odiano l'idea di essere gay o bisex e vogliono usarmi per finire a letto. Ci sono cose che nemmeno io voglio fare ed essere la puttana tra due stronzi è una di quelle."

"Beh, è una risposta onesta," disse Jake, dopo un po'. Quella sera… quella sera avrebbe significato qualcosa. Poteva sentirlo. "Allora… come hai intenzione di farne valere la pena?"

Maya si leccò le labbra e Jake deglutì rumorosamente, immaginando che le cose stessero per farsi interessanti.

JAKE FECE SCIVOLARE una mano lungo la coscia di Maya e le leccò il labbro. Lei inarcò la schiena contro la porta e lui non poté fare a meno di sorridere. L'aveva vista ballare, fare a botte e dare calci e ora era in camera con lui, contro la sua porta, la teneva tra le braccia.

Avrebbe assaggiato ogni centimetro di lei, come voleva, l'avrebbe scopata fino a restare entrambi senza fiato. Poi lo avrebbe rifatto, perché ce l'aveva talmente duro che gli ci sarebbe voluta più di una volta per sentirsi soddisfatto. Forse anche più di due o tre.

Maya gli *piaceva*. Lo faceva ridere, non le piacevano le stronzate ed era dannatamente bella.

Jake aveva la sensazione che, se le cose fossero

andate come voleva lui, non sarebbe durata solo una notte. Di certo lo sperava.

"Perché hai quel sorrisetto?" gli chiese Maya, che poi gli leccò la spalla e il collo, poi lo morse. Lui gemette, ondeggiando verso di lei in modo da premerle l'uccello contro il calore della passera. Si erano già tolti le scarpe e Jake non aveva più la camicia, ma indossava ancora i pantaloni e lei, purtroppo, aveva ancora la gonna e la canottiera. Per il momento.

"Stavo solo pensando che sapevo che la tua pelle avrebbe avuto un sapore fantastico." Era la verità, anche se non tutta. Non voleva spaventarla troppo, dato che l'aveva appena incontrata. Avevano preso un taxi fino a casa di Jake, dato che avevano entrambi bevuto troppo per guidare e nessuno dei due era arrivato in macchina. I fratelli di Jake se ne erano andati prima di lui, il che significava che era solo con Maya, a casa, con lei fra le braccia. Per lui era una vittoria su tanti livelli.

Maya gli spinse il seno contro il petto. "Sono felice che lo pensi, perché voglio che mi lecchi ovunque." Sollevò un sopracciglio. "Capito? Perché te l'ho già detto, se fai schifo nel sesso orale non c'è storia, per me."

Jake ringhiò e la spinse più forte contro la porta, usando una mano per tenerle i polsi sopra la testa e le mise l'altra sul sedere. "Non parlare di lui mentre sto per scoparti. Per quel che riguarda il sesso orale? Ti leccherò la fica finché non mi vieni sulla faccia e poi lo rifarò finché non mi implorerai di fermarmi e usare il cazzo per riempirti. Come ti sembra?"

Maya ondeggiò contro di lui, stringendogli le gambe intorno alla vita. "Sembra che parli tanto. Credo faresti meglio a usare quella bocca per scopi migliori." Fece una pausa, inclinando la testa. "Oh e Jake, se ti servono delle spiegazioni sul sesso orale, ti dirò *esattamente* dove voglio la tua lingua. Per cui spero che tu sia bravo ad accettare indicazioni."

A Jake servì un attimo per riprendere il controllo, dato che era a un paio di secondi dal venirsi nei pantaloni come un ragazzino. Appena poté respirare di nuovo, schiacciò la bocca contro quella di lei, desideroso di assaporarla. La lingua di Maya scivolò contro quella di Jake e si fece indietro, mordendogli il labbro. Jake ringhiò, baciandola di nuovo, usando i fianchi per tenerla ferma in modo da poter usare la mano libera per stringerle il seno.

"Mi piacciono le tue tette," ansimò. "Non mi entrano in mano, sono sode e tentatrici. Mi chiedo di che colore hai i capezzoli." Ancora un po' stordito dall'alcol e dal sapore di lei, Jake sapeva di dover rallentare, ma non lo avrebbe fatto. Lo volevano entrambi e diamine, se doveva essere onesto con se stesso, lui ne *aveva bisogno.*

"Perché non lo scopri?" Maya si mosse e lui si fece indietro, facendola scendere.

Le slacciò lentamente il top e lo lasciò cadere a terra. Ovviamente, Maya non portava il reggiseno perché gli dèi dei bar quella notte avevano deciso di essere buoni con lui. I capezzoli della ragazza erano rosati, un po' larghi sul seno generoso, e durissimi.

Jake si chinò, prendendone uno in bocca e usando la mano libera per stringerle l'altro seno. Maya gli mise la mano sulla nuca e gli spinse la testa contro il petto.

"Più forte," ansimò, conficcandogli le unghie nel cuoio capelluto.

Jake obbedì e le fece scendere la mano lungo il ventre e sulla gonna, prima di farla risalire, ma sotto la stoffa. Quando le toccò con le dita le mutandine umide, gemettero entrambi. Passò all'altro seno e spinse di lato le mutandine con le dita, col bisogno di toccarla.

"Jake," ansimò lei, facendo ondeggiare i fianchi contro la mano di lui. Jake le fece scivolare le dita sul clitoride prima di infilarle dentro due dita.

"Cazzo," ringhiò. "Sei fradicia, dolcezza. Mi vuoi così tanto?"

"Muoviti, Jake," ritorse lei. "Fammi venire prima che venga da sola."

Lui la prese come una sfida e la scopò con forza con le dita. Maya gettò la testa all'indietro, spingendo i seni verso di lui. Sorridendo per la propria fortuna, Jake le prese un capezzolo fra i denti e lo morse.

Maya gli venne sulle dita, urlando il suo nome e agitando i fianchi fino a tremare. Jake le fece scivolare la mano sulla schiena nuda fino alla testa, in modo da attirarla in un bacio. Lei ricambiò come se non potesse averne abbastanza,e Jake non poté certo biasimarla, dato che anche lui si sentiva nello stesso modo. Quando le tolse la mano da sotto la gonna e si leccò le dita, lei sorrise.

"Voglio leccare qualcosa anche io," gli disse sottovoce, con una luce pericolosa negli occhi.

"Oh, davvero?"

Jake la fece inginocchiare davanti a sé e dovette deglutire con forza mentre lei gli slacciava i jeans. Le fece scivolare una mano fra i capelli e lei gli sorrise prima di leccargli l'asta. Quel dannato piercing sarebbe stato la sua rovina.

Jake rabbrividì e dovette trattenersi dal venire subito. "Cacchio, come ti vedo bene, così," le disse onestamente.

"In ginocchio?" chiese lei, con sarcasmo.

"Con il mio cazzo in mano. Sono sicuro che ti piacerà guardarmi quando sarai seduta sulla mia faccia."

Maya rise prima di succhiargli lentamente le palle. Jake deglutì con forza e cercò di tenere gli occhi aperti. Non voleva perdersi nemmeno un secondo. Quando lei gli leccò la punta del pene, Jake gemette.

"Hai proprio il sapore che pensavo," disse Maya, quasi ripetendo quello che aveva detto di lui.

"Sì? Ti piace?"

"Eh sì. Ora lasciami fare." Lo ingoiò, prendendo in bocca quanto poteva. Usò le mani su quello che non ci entrava. Lo lavorò, il piercing che gli danzava sul membro mentre lei lo succhiava.

Jake ondeggiò i fianchi, incapace di trattenersi, ma quando lei mugolò, lui si rese conto che piaceva anche lei. Maya gli massaggiò i testicoli con una mano e gli passò le dita dell'altra lungo la fessura fra le natiche. Dato che Jake aveva ancora i jeans intorno alle caviglie, non poteva allargare le gambe quanto voleva, ma voleva le mani di lei addosso, voleva *tutto* di lei su di sé.

Gli formicolava la base della schiena, sentì i testicoli stringersi e Jake seppe di non poter più trattenere l'orgasmo. "Sto per venire, dolcezza. Dimmi dove lo vuoi."

Maya lo guardò con gli occhi grandi, in tutta la sua bellezza. Quando non si fece indietro, anzi, aprì ancora di più la bocca, Jake quasi si innamorò. Il primo getto le colpì la lingua e lui ruggì il nome di lei, tremando mentre veniva.

Jake stava per chinarsi e sollevarla per poterla baciare di nuovo prima di metterle la testa fra le gambe, quando qualcuno batté il pugno contro la porta.

"Che cazzo?" chiese Maya, alzandosi sulle gambe instabili.

Jake si accigliò e le mise la mano sul fianco.

"Jake!" lo chiamò suo fratello Graham. "Porta il culo qui. Murphy è svenuto. Devi vestirti, salutare la ragazza e metterti in macchina. Mi dispiace per l'interruzione, ma non rispondevi al telefono."

Jake imprecò, il corpo che gli tremava per un altro motivo. "Dannazione."

Maya gli rivolse uno sguardo perplesso e lo aiutò a chiudersi i pantaloni, a infilarci dentro l'uccello ancora duro e bagnato per la sua bocca. Jake vide la sua espressione interrogativa e seppe di doverle almeno dire qualcosa.

"Murphy è il nostro fratello più piccolo," le disse, chiudendole il top. "Sta facendo le chemio, ma pensavamo stesse bene." Sentì la paura strisciargli lungo la spina dorsale e piazzarglisi nelle viscere. "Doveva stare bene." Gli si spezzò la voce e non gli importava che Maya l'avesse sentito.

Gli occhi le si riempirono di lacrime, ma non pianse. Lo baciò con dolcezza e gli diede una pacca sul petto. "Chiamo un taxi. Vai da tuo fratello. La famiglia è importante." Gli rivolse un sorriso triste. "Mi trovi alla Montgomery Ink, lo studio di tatuaggi sulla Sedicesima, quando sei pronto. Se vuoi." Fece una pausa. "Spero che tuo fratello stia bene."

E con quelle parole, aprì la porta e superò Graham con gli occhi sgranati prima di uscire dalla casa e dalla vita di Jake.

TRE MESI DOPO.

Jake fissava l'insegna della Montgomery Ink, le mani in tasca e il cuore un po' pesante, chiedendosi se stesse per fare un altro enorme errore. Erano passati tre mesi da quando Maya se n'era andata e la sua vita era finita nella merda. Ed eccolo lì, la barba incolta, gli sembrava di avere dieci anni di più sulle spalle.

Murphy era quasi morto, quella notte, e Jake non era sicuro di cosa avrebbe fatto se il suo fratellino non ce l'avesse fatta. Per come stavano le cose, la situazione era ancora delicata, ma Murphy si era stabilizzato e Jake doveva uscire di casa e da quel dannato ospedale. Maya gli aveva detto di andare alla Montgomery Ink quando poteva e quella era stata la prima volta in cui ci era riuscito, non solo fisicamente ma anche mentalmente.

Dato che il posto si chiamava Montgomery, Jake pensò che fosse di proprietà della famiglia, se non della stessa Maya. L'idea che lei avesse un negozio suo gli piaceva e sapeva che sarebbe anche stata dannatamente brava a gestirlo, con tutti gli annessi e connessi. Era brava in così tante cose.

Sperava solo di non essere arrivato troppo tardi.

Appena entrò, venne assalito da musica rock, risate e conversazioni. C'era una ragazzina al bancone, che tamburellava la matita su un block notes mentre studiava. C'erano almeno otto postazioni e quella che sembrava la porta di un ufficio e un'altra che portava a un bagno sul retro.

Era *bello*.

Era tutto rosa acceso con disegni neri sulle pareti che parlavano di talento. Riconobbe alcuni dei lavori dell'artista che aveva tatuato Maya. Jake era stato con lei solo una notte, ma conosceva i suoi tatuaggi come il palmo della propria mano. Li ricordava in modo vivido. Non avrebbe detto che si trattava di un'ossessione, ma ci andava dannatamente vicino.

"Jake?"

Quando sentì la voce della ragazza, alzò di scatto la testa e si bloccò. Maya era a una delle postazioni, un ampio sorriso sul viso, gli occhi preoccupati e il braccio di un altro uomo intorno alla vita. Dal modo possessivo con cui lui la stringeva, Jake si rese conto che non era uno dei suoi tanti fratelli o innumerevoli cugini.

Era arrivato tardi.

Di nuovo.

Allontanò quel pensiero, così come il dolore che gli attanagliava le viscere, e si stampò in faccia un sorriso. Sperò solo che lei lo capisse. Se fosse riuscita a leggerlo, si sarebbe resa conto che quel sorriso era falso.

"Ciao, Maya," disse, con voce roca. Si schiarì la gola e cercò di comportarsi come se nulla fosse. "Bel posto."

Maya si illuminò, prima di dare una pacca sul braccio dell'altro uomo. Quando lui non la lasciò andare, Maya lo guardò male e si allontanò, poi raggiunse Jake e gli diede un pugno sulla spalla.

"Ci hai messo un bel po' per farti vedere," gli disse con un sorriso, mentre gli studiava il viso. "Murphy sta bene?" Aggiunse sottovoce, come se temesse la risposta.

Jake annuì. "Adesso sta bene. Mi ci è voluto un po' perché... beh... perché sì."

Maya gli rivolse un sorriso triste e annuì a sua volta. "Beh, sei qui. Benvenuto nel mio negozio."

"Il nostro negozio," disse, da un'altra postazione, un tizio grosso e barbuto con gli occhi come quelli di Maya.

"Quello è mio fratello, Austin." Maya mostrò il dito medio all'omone. "Siamo nuovi qui, ma credo che ce la stiamo cavando bene. Allora, che ne pensi?"

Jake la guardò negli occhi e capì che, se quel giorno se ne fosse andato di nuovo, non l'avrebbe rivista mai più. Se non fosse restato a parlarle, Maya sarebbe uscita per sempre dalla sua vita e Jake non era sicuro di poterlo accettare.

"È... dannatamente fantastico, Maya," disse, con sincerità.

"Piccola, pensavo che saremmo andati a pranzo," borbottò il tizio che le teneva le mani addosso.

Maya alzò gli occhi al cielo. "Il mio ragazzo, Franklin." Lo disse lentamente, come se volesse assicurarsi che Jake capisse. Lui lo aveva capito fin troppo bene.

Jake trattenne un sospiro. "Se stai andando a pranzo, ti lascio andare." Poi si rimise le mani in tasca. "Volevo solo salutarti e magari fare un tatuaggio." Non era andato lì per quello, ma non avrebbe detto di no a un tatuaggio fatto alla Montgomery.

"Un tatuaggio?" chiese Austin. "Abbiamo un po' di spazio per un lavoro senza appuntamento. Perché non mi dici cosa vorresti?"

Maya fece di nuovo il dito medio al fratello. "Per niente. Se qualcuno deve tatuare Jake, quella sarò io. Tu non lo tocchi." Disse l'ultima parte girandosi verso Jake, prima di puntargli un dito contro. "Pensa a cosa vorresti. Torno subito."

Andò dal suo ragazzo e gli disse qualcosa. Quando Franklin le diede una pacca sul sedere, Jake rivolse la sua attenzione ai cataloghi sul tavolo accanto a lui. Dovette aspettare solo pochi minuti perché il fidanzato se ne andasse, poi Maya gli sorrise.

"Tutto a posto?" gli chiese.

Jake incrociò il suo sguardo. "Tutto a posto."

Maya sospirò di sollievo. "Bene, perché mi piaci, Jake, e credo che starai bene qui. Ora, dimmi a cosa stavi pensando di farti tatuare." Lo portò alla propria postazione e lui glielo lasciò fare.

Maya gli piaceva e diamine se voleva andarsene e non vederla mai più. Poteva essere suo amico e la cosa gli sarebbe stata bene. Stavano bene insieme, se poteva avere solo quello… beh, gli andava bene. Perché c'era solo una Maya Montgomery al mondo e Jake non l'avrebbe persa.

Un giorno o l'altro, avrebbe smesso di avere un'erezione ogni volta che la vedeva.

Potevano essere amici. Gli amici duravano molto più a lungo del sesso.

Capitolo Due

TREDICI ANNI DOPO

"Basta così, lo prendo a calci in culo," sbottò Maya Montgomery, mentre si alzava, poi ruotò il collo e fece scrocchiare le nocche. Non era più giovane come una volta, ma era ancora in grado di vedersela con un uomo grosso il doppio di lei.

Callie alzò le mani, e sgranò gli occhi. L'amica e collega tatuatrice scosse la testa, cercando apparentemente di tenere a bada Maya. Buona fortuna.

"Maya, non ucciderlo," la supplicò Callie.

Maya inclinò la testa verso l'amica. "Perché no? Quel coglione ti ha appena palpato il culo. Devo seguirlo e dargli un calcio nel *suo*, di culo. E non ho mai detto che l'avrei ucciso. Troppo casino e troppe scartoffie."

Callie scosse la testa e si mise una mano sulla pancia. "Fallo per il bambino."

Maya strinse gli occhi. "Sei incinta da tipo sei minuti. Non puoi già cominciare a usarla come scusa."

"Sono incinta di sei *settimane* e posso usarla come scusa tutte le volte che voglio. Ho dovuto eliminare dalla mia dieta alcol, pesce e altre merdate, in più non potrò tingermi i capelli per un sacco di tempo, per cui sì, userò la gravidanza a mio vantaggio." Fece una smorfia e si sfregò la pancia. "Non che sia una scusa. Dannazione! Mi hai appena fatto usare il mio bambino per scopi nefasti. Sei malvagia."

Maya sospirò. "Non c'entro niente. Sei tu che sei diventata malvagia, hai fatto tutto da sola. Probabilmente sono gli ormoni."

Callie scosse la testa bruna e mostrò il medio a Maya. "Sono proprio ansiosa di vederti incinta, Maya. Perché sarai tu quella che impazzirà. Cioè, onestamente, sei già un po' pazza."

Maya ignorò il modo in cui le si strinse il cuore, cazzo, le si *strinse*, al pensiero di essere incinta, poi rise dal naso. "So cosa stai cercando di fare. Mi stai trattenendo qui così non posso raggiungere quel coglione e la sua banda di coglioni. Lo troverò, Callie. Arrivo sempre al mio uomo."

Quella era una bugia, ma per tutt'altra ragione. Maya compresse le labbra, il piercing che aveva sulla lingua le batteva contro il palato. Era inutile pensarci, inutile pensare a *lui*. Non c'era più *niente* a cui pensare, comunque. Lei era Maya Montgomery, cazzo, e sarebbe stata bene.

Grazie mille.

"Vatti a sedere e finisci quello schizzo, così sarai pronta per il tuo prossimo cliente," disse Callie con dolcezza. "L'imbecille che ha osato palpare il *mio* culo se n'è andato senza tatuaggio e senza nemmeno sapere perché. Io non gli ho rotto le dita, il che significa che non lo farai nemmeno tu. Ricorda, Maya, so badare a me stessa."

"Non è quello che pensa Morgan." Morgan era il marito dominatore di Callie. Aveva qualche anno più di Maya ed era molto più vecchio della moglie, ma stavano bene insieme.

"Morgan sa che so badare a me stessa," disse Callie con un sorriso. "Sa anche che, se avessi bisogno di aiuto, può arrivare e farsi vedere duro e figo. Poi possiamo andare a casa e darci alle cose sexy."

Per quanto volesse bene a entrambi, Maya davvero non voleva avere nella testa l'immagine di Morgan e Callie che lo facevano, per cui allontanò quel pensiero e si gettò sulla sedia in un angolo della sua postazione. Sapeva di comportarsi come una mocciosa immatura, ma non riusciva a farne a meno. Era di quell'umore.

"Va bene. Me ne starò qui a disegnare."

"Come se fosse il tuo lavoro?" disse Austin, mentre entrava nel negozio. Beh, entrare non era la definizione giusta. Quasi comparve. I fratelli si muovevano in modo furtivo, come se dessero la caccia a una preda, con passo felpato. Un Montgomery non camminava e basta. Persino le sorelle di Maya si muovevano come i ragazzi, quando volevano, come se avessero uno scopo.

Maya, tuttavia, probabilmente sembrava camminare con passo pesante, quando non faceva ondeggiare i fianchi in modo da adottare un'andatura rilassata.

Non capiva *perché* stesse pensando a diversi modi di camminare invece che a quello che stava succedendo nel negozio. Ok, quella era una bugia. Sapeva perché stava pensando a delle stupidaggini. In quel modo, non avrebbe pensato a quello che era importante.

Come il fatto che si stesse innamorando, o meglio, che si fosse *già* innamorata del suo migliore amico.

No.

Non ci avrebbe pensato.

Stava bene.

Maya stava bene.

Continuava a ripeterselo, che stava bene, che non c'erano problemi. Perché non c'era un'altra opzione. Avrebbe superato quella follia e continuato con la sua giornata. Forse poteva uscire, farsi scopare e tutto sarebbe tornato alla normalità. Per lo meno, alla sua normalità.

"Maya?" La voce di Austin penetrò nel circolo continuo dei pensieri folli di Maya, che scosse la testa.

"Che c'è?"

"Che diamine ti prende?" le chiese suo fratello maggiore, che poi sprofondò sullo sgabello di Maya e si passò una mano sulla barba folta. "È qualche settimana che non sei in te. È per via di Alex?"

Austin aveva abbassato la voce per l'ultima parte e Maya non poté fare a meno di trattenere le lacrime. Il fatto che gli le occhi diventassero lucidi ogni volta che pensava ad Alex era fastidioso. Odiava non riuscire a mantenere il controllo, quando si trattava di lui. Il fratello minore dei Montgomery era in comunità da qualche mese e sarebbe uscito presto. Aveva cercato di ubriacarsi a morte e aveva finito con il far del male non solo a se stesso, ma anche ad altri membri della famiglia.

Erano stati lei e Jake a portarlo in un centro riabilitativo; per fortuna, Alex era rimasto in riabilitazione. Maya non sapeva quali fossero i fantasmi del fratello, ma era felice del fatto che lui stesse ricevendo l'aiuto che gli serviva. O che, perlomeno, ci stesse provando.

Per quanto le facesse male sapere di non essere stata in grado di aiutarlo, non era per quello che era distratta. Non che potesse parlarne con Austin. Ma non poteva nemmeno mentire quando si trattava di Alex. Tutti i parenti si erano promessi di essere sinceri quando si trattava di lui e di qualsiasi problema derivasse dalla sua malattia.

"Sono felice che Alex torni a casa," disse Maya con spontaneità, poi mise la mano sul ginocchio di Austin e sentì il muscolo sodo contrarsi per un attimo sotto la mano, poi rilassarsi. "Deve tornare a casa e credo che gli farà bene stare con noi." Fece una pausa. "O almeno lo spero. Stiamo facendo la cosa giusta?"

Austin sospirò. "Vuoi dire, nel farlo uscire? Perché non è una nostra decisione, dato che, tecnicamente, ci è andato volontariamente. In più, non credo di voler essere io quello che deve costringerlo a restarci. Diamine, non voglio che *nessuno* di noi si trovi in quella posizione. Non ha voluto vederci per tutto il tempo, per cui non ho idea di cosa succederà. Quello che so, è che gli voglio bene e non ho intenzione di arrendermi." Chiuse gli occhi. "Ma non lascerò nemmeno che faccia del male ai miei figli."

Maya tirò su col naso e strinse il ginocchio di Austin, prima di allontanarsi. Suo fratello poteva anche mostrare qualche emozione e non gli dispiacevano gli abbracci, ma lei sapeva quando gli serviva spazio. "Il vecchio Alex non lo avrebbe fatto e so che, quando uscirà, non sarà lo stesso Alex che era prima di cominciare a bere. Ma, con un po' di fortuna, non sarà nemmeno l'uomo che era diventato per via della bottiglia."

Austin rimase in silenzio per un po', prima di annuire. "Dobbiamo solo aspettare e vedere. E, per la cronaca, so che hai cambiato discorso con me perché stai nascondendo qualcosa. Ma farò il bravo, o almeno ci proverò, e ti lascerò perdere. Per ora." Strinse gli occhi per un attimo e Maya fece del proprio meglio per mantenere un'espressione piatta. Non era facile, quando la sua famiglia vedeva così tanto senza alcuna fatica. Non che lei fosse da meno con loro.

Con quelle parole, il suo fratellone andò alla propria postazione e iniziò a prepararsi per il cliente successivo. Maya sospirò e si appoggiò alla sedia.

Non poteva certo nascondere il proprio disagio ancora a lungo. Francamente, non lo stava nemmeno nascondendo tanto bene. La sua famiglia era sempre stata brava a leggere le sue emozioni, dato che lei non aveva mai davvero cercato di nasconderle. Nella maggior parte dei casi, non ce n'era motivo. Più buttava fuori, meglio si sentiva e più facile le sarebbe stato aiutare la famiglia.

Tuttavia, Jake era in grado di leggerla come nessun altro.

Era il suo migliore amico, la sua altra metà in ogni modo che contasse. A parte quando si erano conosciuti, non si erano mai baciati, non avevano fatto niente di più di qualche abbraccio o qualche coccola. E le coccole erano più un modo per rilassarsi durante un film o dopo una lunga giornata. Lei aveva allontanato ogni pensiero sul sapore di Jake, su quanto le fosse piaciuto quando l'aveva fatta venire. Non c'era motivo di tenere a mente quelle cose, dato che lei stava uscendo con Franklin, la loro relazione stava diventando seria e, onestamente, voleva essere amica di Jake. Era stato sorprendentemente facile, e non avrebbe cambiato le cose per nessuna ragione.

Solo che in quel momento il suo dannato cuore stava impazzendo.

E tutto perché Jake si stava innamorando di Holly. La dolce, adorabile Holly, che non sembrava stare bene con i Montgomery, ma sembrava stare benissimo con Jake. Lei era luminosa e leggiadra mentre Maya era buia e cupa. Se Holly fosse stata qualcun altro o avesse avuto una molecola di cattiveria, Maya l'avrebbe odiata. Ma in realtà a Holly *piaceva* il fatto che Maya e Jake fossero amici. Voleva essere amica anche di Maya, ma sembrava capire che ci sarebbe sempre stata una connessione tra la ragazza e Jake.

Solo che quella connessione per Maya era cambiata e la cosa non le piaceva. Anzi, *odiava* quel cambiamento. Voleva tornare indietro a quando Jake era il suo migliore amico. Voleva che la famiglia continuasse a scherzare sul fatto che lei e Jake sarebbero dovuti andare a letto insieme e farla finita, per poterli mandare al diavolo. La nuova versione di sé così angosciata non le piaceva.

Se Maya non avesse cominciato a pensare a qualcos'altro, sarebbe finita con un altro mal di testa, così allontanò ogni pensiero riguardo Holly e Jake, prese l'album e si mise a lavorare sul grosso tatuaggio che avrebbe realizzato nel pomeriggio.

La Montgomery Ink aveva otto postazioni, ma solo quattro artisti full-time. Sloane, Callie, Austin e Maya lavoravano ognuno cinque giorni a settimana, in modo che potessero stare aperti tutti i giorni. Avevano alcuni artisti di passaggio che si facevano vivi quando erano in città, e alcuni tatuatori part-time. Finalmente, dopo anni a cambiare continuamente receptionist, avevano assunto Autumn perché stesse al banco di servizio e tenesse tutti in riga. Casualmente, Autumn usciva con Griffin, il fratello di Maya, ed era innamorata di lui, per cui alla fine funzionava tutto a livello familiare.

Maya strinse gli occhi guardando la postazione nell'angolo in fondo e si accigliò. Per come stavano andando le cose, avevano al massimo sei o sette artisti contemporaneamente. Persino se avessero assunto un altro tatuatore full-time, come lei e Austin pensavano di fare, non avrebbero occupato tutte le postazioni. E per quanto le avrebbe fatto piacere assumere altri due o tre tatuatori full-time, non era sicura di poter avere a che fare con così tante persone. La Montgomery Ink andava bene e poteva permetterselo, ma a Maya piaceva il fatto che, pur avendo il tempo per dei lavori senza appunta-mento, lo studio fosse ancora piuttosto esclusivo.

Avrebbero dovuto fare qualcosa per quella posta-zione. Potevano trasformarla in un altro ufficio o in una zona relax. Maya sospirò e cercò di immaginare cosa potesse diventare quell'angolo, ma non ci riusciva. Sospirò e poi imprecò quando il reggiseno le si conficcò nella carne. Il dannato ferretto si era spezzato e ne sentì persino il rumore. Maya era più che certa che l'avesse infilzata. Lo stronzetto. Dannati reggiseni e dannati seni.

Si contorse, cercando di non perforare la pelle ancora di più. Poi si bloccò.

Perforare.

Avevano bisogno di qualcuno che facesse piercing.

"Austin!" chiamò Maya, scavando nel reggiseno. Fece scivolare fuori il ferretto rotto e lo agitò in direzione del fratello.

Lui alzò la mano e chiuse gli occhi. "Non avevo bisogno di vederlo. Non siamo così legati."

"Oh, sta zitto, non è per questo che volevo che venissi qui." Usò il ferretto per indicare la postazione all'angolo. "Ho un'idea."

"E cosa c'entrano le tue tette?"

Maya alzò gli occhi al cielo e gettò il pezzo di metallo nella spazzatura. "Sai che avevamo pensato a cosa fare con quella postazione?"

Austin annuì, dubbioso. "E allora?"

"Perché non prendiamo qualcuno che faccia piercing?"

Austin aggrottò le sopracciglia. "Ci vorranno altri permessi e documenti. Oltre ai codici dell'attività e tutto il resto, dato che non possiamo prendere una persona che fa piercing così dal nulla. Servirà una postazione con una porta chiusa invece delle tende che usiamo per la privacy. Oltre al fatto che dobbiamo trovare qualcuno che lavori con noi."

Maya agitò la mano. "E allora? Siamo Montgomery e casualmente abbiamo una compagnia edile in famiglia. Possiamo fare tutto il resto. In più, credo che possiamo persino mettere un'altra postazione nel retro e renderla privata, una che usiamo a rotazione. In quel modo, sarà più facile per la gente che vuole privacy senza dover tirare fuori ogni volta i pannelli. È un'ottima idea, Austin."

"È una tua idea, certo che pensi che sia ottima."

Maya gli mostrò il dito medio, ma lui sorrise comunque. "Allora?"

"Allora credo che dovremmo parlarne un po' di più, ma mi piace."

Maya sorrise, contenta. Adorava quando Austin la pensava come lei. Nel modo migliore. Anche se di solito non gliene fregava niente e aveva la tendenza a comportarsi in modo più sfacciato degli altri, Maya voleva l'approvazione del fratello. Austin era il maggiore degli otto Montgomery di quel ramo della famiglia, aveva aiutato a far crescere gli altri, per quanto gli permettevano i genitori. Harry e Marie Montgomery erano riusciti a fare tutto da soli e avevano lasciato che Austin li aiutasse solo in alcune piccole cose.

Probabilmente era per questo che erano così legati e perché, quando di recente il padre si era ammalato, il mondo di Maya era quasi crollato. Maya chiuse gli occhi e fece un respiro profondo. Prima che potesse riprendersi, però, Austin le aveva passato le braccia intorno alle spalle e l'aveva stretta al petto.

"Cosa c'è?" Le baciò la testa. "Sul serio, questa volta."

"Stavo pensando a papà." Su quello, poteva essere completamente onesta. Per quanto alcuni uomini sarebbero rimasti in disparte davanti a quei sentimenti, Austin non era mai stato così. In effetti, il cancro del padre lo aveva colpito più duramente degli altri. Il fratello maggiore di Maya tendeva a voler risolvere i problemi di tutti e quando le cose erano troppo grandi per lui... beh, non la prendeva bene.

Maya non era fatta proprio così, ma voleva sapere tutto della famiglia. Voleva assicurarsi di sapere cosa non andasse intorno a lei, in modo da poter eventualmente risolverlo. Se non ci riusciva personalmente, poteva contare su Austin o su sua sorella maggiore Meghan. Gli altri potevano dire che le piaceva spettegolare, sua sorella Miranda e il cognato Decker in particolare, in seguito a un certo incidente, ma lei voleva solo essere d'aiuto, a modo suo.

Maya non sapeva *perché* all'improvviso fosse diventata così introspettiva. Forse il reggiseno le aveva fatto un'iniezione di stranezza.

Austin la tenne stretta ancora un po' prima di baciarle la fronte. "Vuoi parlarne? So che adesso sta bene, è completamente guarito, ma per un po' è stato dannatamente spaventoso."

Maya scosse la testa, mentre Callie le arrivava alle spalle e la abbracciava. Callie non era una Montgomery, ma faceva parte della famiglia. Quando Sloane arrivò e li vide, sollevò un sopracciglio e mise giù la borsa, prima di raggiungere Callie e abbracciarla anche lui.

Loro quattro rimasero in quella posizione, tenendosi stretti senza parlare. Maya avrebbe pensato che fosse strano, ok, era strano, ma ne aveva bisogno. Fino a quel momento, non si era accorta di *quanto*.

Sloane si schiarì la gola. "Non che mi dispiaccia abbracciarvi, ma volete dirmi cosa stiamo facendo?"

Austin sbuffò. "Non lo so, amico. Noi eravamo qui. Sei tu che hai allungato le mani."

Sloane agitò le sopracciglia, prima di allungare una mano e strizzare il sedere di Austin, cosa che non avrebbe mai fatto, prima di iniziare una relazione con Hailey, la loro amica comune. Maya e Callie si allontanarono mentre i due uomini iniziavano a prendersi giocosamente a pugni. Per fortuna, era ancora abbastanza presto e non avevano clienti, per cui Maya poteva godersi il modo in cui funzionava la loro famiglia allargata alla Montgomery Ink. Maya poteva avere una famiglia gigantesca, tanto per cominciare, ma c'era sempre spazio per altre persone. Tra Callie, Sloane, i loro compagni, i compagni dei suoi fratelli e sorelle, i cugini e Jake, Maya aveva così tante persone nella sua vita che sentirsi sola era difficile.

Difficile, ma non impossibile.

Si sentì suonare la campanella sulla porta e Maya guardò oltre Callie, solo per doversi disegnare un sorriso sul viso. Dannazione. Doveva superare *quel* momento, qualsiasi cosa fosse, perché non avrebbe mai perso il suo migliore amico e ogni parvenza di normalità.

"Jake!" esclamò Maya. "Credi di poter rimettere in riga questi stronzi?"

Jake ridacchiò e fu in quel momento che Maya si rese conto che non era solo. Non era quasi mai da solo.

Holly salutò con la mano e si morse il labbro, come cercando di non ridere. Se Maya fosse stata meno Montgomery e Holly una persona meno dignitosa, Maya avrebbe odiato quella donna perfetta. Tutta bionda e carina senza nemmeno un tatuaggio in vista. Ma faceva sorridere Jake e Maya avrebbe solo dovuto superare la cosa.

"Torno subito, piccola," disse Jake, prima di dare un bacio veloce a Holly e unirsi alla mischia, schivare un finto pugno di Austin e dare una spallata nella pancia di Sloane. Per fortuna, i tre rimasero tra le postazioni, ma se non l'avessero fatta finita si sarebbe messa Maya di mezzo e avrebbe *cominciato*.

Ancora fastidiosamente dolorante per il modo in cui Jake aveva chiamato Holly "piccola", Maya girò intorno ai tre uomini, che avevano fin troppo tempo da perdere, e andò da Holly.

"Ciao, come va?" le chiese. Visto? Tranquilla. Andava tutto bene. Holly era la ragazza del suo migliore amico e andava tutto bene. Jake non era stato casto negli anni trascorsi in amicizia, e di certo non era stata casta nemmeno lei. Non era certo la prima storia di Jake, con una ragazza o con un ragazzo.

Però *era* la storia più seria che avesse avuto.

E poteva bastare così.

"Ciao Maya," disse Holly con un sorriso. Era così *carina*. Ma non per finta. Era una persona genuina a cui importava davvero degli altri. Anche a Maya importava degli altri, ma le piaceva anche imprecare e scopare. "Jake voleva farmi vedere il posto, visto che non ci sono mai stata." Si guardò intorno, gli occhi sgranati. "*Adoro* tutto questo rosa acceso e il nero. Ti si addice molto."

Maya sollevò le sopracciglia. "Sono rosa acceso?"

"Beh, sì. Non è un colore pastello, ma è sempre un

colore da ragazza. Un po' rock star e un po' sexy tutto insieme. In più, il nero lo bilancia e lo fa risaltare allo stesso tempo. Per cui sì, è proprio come te. Sono felice che Austin ti abbia lasciato scegliere i colori."

Maya batté le palpebre, un po' innervosita dal modo in cui la vedeva Holly. "Austin non ha avuto molta scelta, ma non credo gli importi molto." Alzò le spalle. "Sono passati più di dieci anni e abbiamo usato diverse versioni di questo schema di colori e non abbiamo cambiato molto."

"Ma sembra fresco, non… spaventoso come credevo." Holly fece una smorfia e scosse la testa. "Sono un'idiota. Non volevo dire che stare qui mi avrebbe spaventata o che. Non so cosa pensavo, dato che non sono mai stata in un negozio di tatuaggi e quello che ho visto in tv non è proprio… il meglio."

Maya ridacchiò sommessamente. "I media spesso girano le cose, ma si sbagliano su molte cose. Il negozio è pulito e in ordine. Sì, abbiamo delle opere d'arte alle pareti e i colori sono sgargianti, ma è perché ci piace così. Quando serve, anche i nostri tatuaggi sono vividi, sono opere d'arte. Ci sta bene. Se non fosse pulito, non potremmo lavorare. Ci sono molti standard a cui attenersi per restare aperti, onestamente, vogliamo essere migliori di quegli standard. Ti stiamo letteralmente mettendo un ago in corpo, voglio che sia pulito e sterilizzato."

Holly si guardò ancora in giro, un sorriso sul viso. "Hai così tanta passione per il tuo lavoro. Mi piace. Non è così per tutti, sai? Ma tu fai un lavoro che ami e, da quello che ho visto addosso a Jake, sei *brava*. Grandiosa, in realtà."

Maya trattenne una smorfia al pensiero di quale tatuaggio potesse aver visto Holly. Jake ne aveva sul petto, sulla schiena, sulle gambe e sulle braccia. A parte alcuni piccoli che aveva già prima che si incontrassero in quel bar, anni prima, tutti gli altri era stata Maya a farglieli.

Jake le apparteneva, in un certo senso, ma non in quello in cui apparteneva a Holly.

E a Maya stava bene così.

E se avesse continuato a ripetersi che stava bene, avrebbe dovuto prendersi a calci in culo da sola.

Jake le raggiunse, un sorriso sul viso e un sottile velo di sudore sulle tempie. Gettò un braccio sulle spalle di Holly e l'altro su quelle di Maya e fece una smorfia soddisfatta.

"Ecco le mie ragazze," disse con un sorriso.

Era così dannatamente ingenuo, certe volte. Se avesse guardato con attenzione, avrebbe visto le crepe nell'armatura di Maya. Se solo l'avesse vista come aveva fatto anni prima di incontrare Holly, allora si sarebbe reso conto di quanto le facesse male, anche se Maya non aveva alcun diritto di stare male. Invece lui aveva occhi solo per Holly. Ed era così che dovevano andare le cose. Maya non aveva basi d'appoggio. Ma il fatto che lui non si accorgesse che qualcosa non andava le faceva comunque un male d'inferno. Prima, Jake se ne era sempre accorto.

Maya non era più la prima, non era quella che lui guardava.

Si sentiva così fottutamente egoista che non faceva nemmeno ridere. Per cui, seppellì quella parte di lei che soffriva e si appoggiò a lui.

"Sei un idiota," gli disse. "Ti avevo detto di porre fine alla rissa, non di unirti a loro."

"Hai detto mettere in riga e così ho fatto." Il suo sorriso si allargò. "Mi sono dovuto prima infiltrare."

Maya alzò gli occhi al cielo e gli diede un pugno, prima di incrociare lo sguardo di Holly, che la studiò con attenzione prima di rivolgerle un lieve sorriso. A Maya non piacque, non le piaceva il modo in cui Holly sembrava vedere troppo.

Pericolo, pericolo, Maya Montgomery.

"Allora, sei venuto per un nuovo tatuaggio?" chiese Maya, allontanandosi dalla coppia. Le serviva spazio. Un bel po' di spazio.

Jake scosse la testa. "Non ho il tempo, ma ho un'idea per un pezzo nuovo, quando riuscirò a pensarci."

Maya annuì e si voltò verso Holly. "E tu?"

L'altra scosse la testa. "No, non ho tatuaggi e… beh, non so se sono da me. Deve essere una cosa importante, sai? Averla sulla pelle per il resto della mia vita. E beh… non lo so."

Maya alzò le spalle. Non poteva fargliene una colpa, perché i tatuaggi erano permanenti e… sì, dovevano significare qualcosa di importante, anche solo per farla stare bene ogni volta che li vedeva.

"Hai ragione," disse infine Maya. "Deve significare qualcosa."

"Ma se dovessi mai decidere, vorrei che fossi tu a

farlo," disse Holly con un sorriso. "Mi fido di te e, beh, so che faresti un ottimo lavoro."

Jake sorrise come sapendo che le sue due ragazze preferite andavano d'accordo e Maya poté solo annuire. Perché se Holly avesse mai voluto che Maya la tatuasse, lo avrebbe fatto e sarebbe stato dannatamente perfetto. Maya non faceva cazzate, con i tatuaggi.

Perché un tatuaggio è permanente, si disse. Così come aveva pensato che fosse Jake nella sua vita. Ma, a differenza dell'inchiostro che aveva sulla pelle, poteva sentirlo scivolare via, diventare un ricordo dimenticato.

E non le piaceva come la faceva sentire.

Non le piaceva per niente.

Capitolo Tre

BORDER GENTRY SI PASSÒ UNA MANO SULLA TESTA rasata e si costrinse a non girare la moto e andare nella direzione opposta. Era andato a Denver per un motivo ben preciso, ma anche perché sapeva che, alla sua età, doveva smettere di scappare dai suoi demoni.

Continuavano a trovarlo e a fargli vedere il fondo della bottiglia, senza mostrargli la fine del suo dolore. Dato che Border non voleva finire in un fosso per la stanchezza o morire per colpa dell'alcol, si trovava alla periferia di Denver, il casco in mano e il peso di tutta una vita sulle spalle.

Ancora non riusciva a credere che erano passati più di quindici anni da quando se n'era andato di casa.

Casa.

Strano modo per chiamare il posto che aveva cercato di ucciderlo più di una volta, anche se lui aveva affrontato il rischio della propria morte in moltissimi altri posti, nel frattempo, per cui non poteva essere il suo destino, il motivo per cui aveva paura di tornare a casa.

A Denver aveva lasciato il suo migliore amico, l'unico uomo che era riuscito a vedere dentro Border. L'unico uomo che aveva amato e a cui non lo aveva mai detto. Aveva passato con Jake Gallagher due anni di tormentata felicità ed era scappato quando le cose si erano fatte troppo dure; quando l'idea di chi poteva diventare, se non fosse scappato dal proprio padre, lo aveva spaventato più di quella di restare da solo.

Border allontanò quei pensieri e salì in sella alla moto, allacciandosi il casco. Le vibrazioni del motore gli salirono lungo le gambe e per la schiena mentre avviava la moto e sospirava. Si era calmato, la moto era una sua estensione che lo faceva sentire sempre un po' più completo. Era un pensiero idiota, ma, quando era più giovane, si era aggrappato a quell'idea con tutte le sue forze.

Anche se indossava abiti di cuoio, guanti e un casco integrale, il vento era un amante crudele e lo schiaffeggiava lungo la strada. A terra non c'erano né neve né ghiaccio, ma faceva fin troppo freddo perché si potesse scorrazzare così. La macchina era in un altro complesso, poteva andarla a prendere solo il mattino successivo. Per cui, per il momento, gli servivano un pasto caldo e un posto in cui dormire, prima di capire come procedere con il suo piano troppo vago.

Punto uno del piano: non morire.

Punto due: trovare Jake.

Punto tre: tenere al sicuro la bambina.

Punto quattro: ripetere il punto uno.

Punto cinque: capire cosa cazzo fare della propria vita.

Piuttosto facile, a pensarci. Nell'oscurità, Border vide le luci di un bar in cui era stato un paio di volte da ragazzo e lo stomaco gli cominciò a brontolare. Avrebbe potuto mangiare un boccone, prima di trovare un motel in cui fermarsi per la notte. Svoltò nel parcheggio, il corpo che tremava per il freddo.

Quando entrò nel bar, lo trovò quasi vuoto, eccezion fatta per poche persone. Faceva troppo freddo perché qualcuno sano di mente uscisse durante la settimana. Raggiunse il bancone e pregò che servissero ancora del cibo. Pensò di ricordare che fosse così, ma era passato troppo tempo per esserne sicuro e, sinceramente, le cose cambiavano sempre.

Sempre.

"Che ti porto?" gli chiese l'omone dietro il banco.

"Servite ancora da mangiare?" chiese Border.

L'uomo annuì e indicò il menù. "Certo."

Border lo guardò rapidamente con lo stomaco che brontolava. "Prendo una Coca e un cheeseburger. Con il contorno."

"Patatine?"

"Buona idea." Buonissima, dato che aveva già l'acquolina in bocca. A quel punto, per la fame che aveva, non gli importava se il panino avesse avuto un pessimo sapore.

"Fanne due, Bob," disse un uomo alle sue spalle, prima di sedersi accanto a Border.

Border si voltò e batté le palpebre. "Storm? Storm Montgomery?"

Storm sorrise, non molto diverso da come era stato anni prima. Certo, aveva qualche ruga intorno alla bocca e agli occhi, e aveva messo su un po' di muscoli, ma era sempre grosso, barbuto e un Montgomery.

"Border Gentry," disse l'altro. "È passata una cazzo di eternità. Quasi non ti riconoscevo."

Border si alzò e abbracciò Storm, dandogli delle pacche sulla schiena. "Di tutti i bar…"

Storm alzò gli occhi al cielo. "Vivo qui vicino, in realtà, per cui dovrei essere io a dirlo."

Il barista mise loro davanti i due bicchieri di Coca e scosse la testa prima di allontanarsi senza una parola. Border alzò un sopracciglio verso Storm, prima di alzare il bicchiere in segno di saluto. Anche Storm alzò il bicchiere e sbuffò ridendo.

"A Bob non piace quando non ordiniamo alcolici," disse Storm, in risposta alla domanda non fatta. Bevvero entrambi e Border mandò giù metà del bicchiere. Lo zucchero gli serviva, dato che era stanchissimo.

"Sono in moto, per cui non ho intenzione di bere," disse Border.

"Già. Domani devo andare presto al lavoro, ma questo è il posto più vicino a casa mia in cui posso venire a mangiare e Miranda non mi lascia più andare da lei a svuotarle il frigo."

Border aggrottò le sopracciglia. "Miranda è la più piccola, giusto?" Se Border ricordava bene, nel ramo della famiglia Montgomery a cui apparteneva Storm c'erano tre figlie femmine. Avevano tutte nomi che iniziavano con la M, per cui erano M&Ms per Papà Montgomery.

"Sì, ma ora è grande. Si è sposata."

Border sgranò gli occhi. Le cose cambiavano in fretta. "Cazzo, sono stato via parecchio."

"Già. Meghan si è sposata due volte, da quando te ne sei andato." Gli occhi di Storm si annebbiarono. "Il primo era uno stronzo e ora è in prigione, ma le ha dato due figli fantastici, per cui... Ora ha sposato Luc. Lo hai mai conosciuto?"

Border scosse la testa. "Conosco solo te e Wes, in realtà. Ma è difficile dimenticare i Montgomery, dato che vi conoscete tutti così bene e parlate costantemente gli uni degli altri. E poi, non hai tipo cento cugini?"

Storm rise e scosse la testa. "Beh, è vero, ci moltiplichiamo tantissimo. E non tutti i cugini vivono da queste parti, ma ci vediamo di tanto in tanto. Oh, e l'altra sorella è Maya, per la cronaca. Ed è l'unica sorella non sposata. L'hai mai incontrata?"

Border scosse la testa. Non aveva mai incontrato Maya, ma aveva sicuramente sentito parlare di lei e non da Storm.

"È ancora la migliore amica del tuo amico, Jake, sai."

Border annuì lentamente. "Questo lo so."

Storm sospirò. "Allora, parli ancora con Jake?"

"Non come un tempo." Border strinse il bicchiere. "Me la sono squagliata da qui piuttosto in fretta."

"Me ne sono accorto." Storm fece una pausa. "Non ho mai detto a Jake che ci conosciamo, per la cronaca. Nemmeno Wes gliel'ha detto. Cioè, parlavi di lui e quindi so cose su voi due, ma all'epoca non lo conoscevamo. Ho fatto due più due solo quando Maya si è presentata con lui e ha detto che era il suo migliore amico."

"Il mondo è piccolo," disse lentamente Border. "Conosciamo Jake, conosciamo te, ma Jake non sa che lo sappiamo." Solo a pensarci, gli faceva male il cervello.

Storm alzò le spalle. "Andavamo negli stessi posti."

"E voi Montgomery vi riproducete come conigli, per cui non è così difficile trovare uno di voi a Denver."

Storm gli mostrò il medio mentre Bob metteva loro davanti i piatti. "Grazie, amico."

"Sì, ha un bell'aspetto," disse Border, onesto.

Bob si limitò a grugnire e se ne andò senza rispondere.

"Amichevole," disse Border, con un sorriso.

"Sai com'è," disse Storm, mordendo l'hamburger.

Border fece lo stesso e gemette. Il sapore gli esplose sulla lingua e lo strozzò per la sorpresa. "Gesù santo. Non mi interessa se Bob non parla. Voglio avere figli con questo hamburger. Pensi che possa succedere? Perché sono innamorato."

Storm rise dal naso, aveva la bocca troppo piena per rispondere a breve. "Puoi provarci, ma al tuo posto, se stai morendo di fame, lo mangerei e ne ordinerei un altro."

Border annuì e mangiò un altro morso. Lo avrebbe assaporato, ma era così dannatamente affamato e quell'-hamburger era manna. Era una perfezione gloriosa fatta di grasso, formaggio e hamburger. Si leccò le labbra e lo finì in un lampo, prima di attaccare le patatine. Erano ancora calde, salate al punto giusto e dannatamente vicine alla perfezione.

"Non ricordavo che il cibo fosse così buono in questo bar," disse Border, dopo aver mangiato l'ultimo morso. Faticò a resistere al bisogno di leccarsi il sale dalle dita e se le pulì sul tovagliolo. Se non ci fosse stato Storm, avrebbe leccato la carta nel cestino delle patatine.

"Bob si è trovato un nuovo cuoco qualche anno fa," spiegò Storm, pulendosi le dita sul tovagliolo. "Per chi lo sa, gli affari sono aumentati. Bob non si fa molta pubblicità."

Border alzò le spalle. "Con un hamburger così, non gli serve la pubblicità."

Storm sorrise. "Sono d'accordo. Di solito c'è più gente, ma c'è un tempo di merda ed è un giorno feriale. Il che mi porta a chiederti perché diamine sei su quella moto."

"Prendo la macchina domani," rispose con un sospiro. "Avevo troppa fame per continuare stasera e trovare un motel."

Storm alzò un sopracciglio. "Sei arrivato fino a qui senza un posto in cui stare? E solo con alcune cose nelle borse della moto?"

"La mia macchina ce l'hanno... persone che conosco." Non avrebbe chiamato il complesso un posto pieno di amici, ma almeno non erano loro le persone da cui doveva guardarsi le spalle. "Mi farò mandare i vestiti e il resto dal deposito quando troverò un posto in cui mi sentirò abbastanza a mio agio da restarci un po'. Ho dormito su cose peggiori del materasso di un motel."

Storm lo studiò e aggrottò la fronte. "Mi dirai mai perché te ne sei andato? Dove sei stato tutto questo tempo?"

Border scosse la testa. "Se lo faccio, sarà solo dopo che avrò parlato con Jake."

"Allora è così che stanno le cose?" chiese Storm.

"Sono sempre state così." Dato che Storm conosceva abbastanza del suo passato con Jake, Border non doveva certo nasconderlo. Ma non voleva dire tutto a Storm. Lo avrebbe detto a Jake… sempre che Jake volesse ascoltarlo. Border aveva mandato tutto a puttane anni prima, ma era stato per una buona ragione.

Nel corso degli anni, aveva cercato di restare in contatto con Jake tramite lettere, telefonate e messaggi. Ma con il passare del tempo Jake si era fatto più distante, le telefonate più brevi, le risposte più concise. Border sapeva di essere lui il responsabile, ma forse avrebbe trovato un modo per migliorare le cose. In più, a essere onesti, voleva sapere chi era Maya, oltre a essere la sorellina di Storm. Dopo averla vista prendere a calci in culo un tizio, Jake aveva iniziato a parlare di lei come se camminasse sulle acque. Doveva esserci dell'altro e Border voleva sapere cosa, anche se non ne aveva il diritto.

Bob tornò e sparecchiò, facendo scivolare il conto sul bancone senza una parola. Senza dire niente, Border fece per prendere il portafogli.

"No," disse Storm. "Ci penso io. Un regalo di bentornato a casa."

Riecco quella parola. Casa. Forse un giorno non sarebbe più stato un pugno allo stomaco soltanto pensarci.

"Dove sei diretto?" chiese Storm, mentre si avviavano alla porta.

Border chiuse la zip della giacca di pelle e sospirò. "Credo a un motel."

Storm strinse gli occhi. "Sai dove vive adesso?"

Non c'era bisogno di spiegare *chi*. Border scosse la testa. "Non ho mai avuto il suo nuovo indirizzo, dopo che si è trasferito l'ultima volta." Aveva fatto un male cane, ma sapeva di averne la colpa.

"Seguimi, ti ci porto."

"Non dovrei," disse Border, lentamente. "Non ancora."

"Si incazzerà, se scopre che sei stato qui tutta la notte e non sei andato da lui." Storm raggiunse un grosso furgone con il logo della Montgomery Inc. sulla fiancata. Border aveva dimenticato che i Montgomery avevano un'azienda di famiglia. Due, se ricordava bene. Montgomery Ink era il negozio di tatuaggi, Montgomery Inc. la compagnia edile.

"Si incazzerà se mi faccio vivo adesso."

"Allora lascia che si incazzi perché sei tornato, non perché sei tornato e non sei andato da lui." Qualcosa passò negli occhi di Storm e Border aggrottò le sopracciglia.

"Che c'è? C'è qualcosa che non mi stai dicendo?"

Storm scosse la testa. "Non sono io che devo dirtelo, ma Border? Fai attenzione, ok? Jake è mio amico, adesso, per via di Maya, ma tu eri mio amico da prima. Anche se te ne sei andato senza dire niente." Con quelle parole, entrò nel furgone e Border sospirò.

Salì in moto e avviò il motore, sapeva che sarebbe stato un viaggio gelido, persino senza il vento. Per fortuna, non aveva cominciato a piovere o nevicare, ma a giudicare dall'aria il tempo sarebbe cambiato presto.

Border seguì Storm fuori dal parcheggio e sulla statale. Percorsero qualche chilometro prima di prendere un'uscita che gli era familiare. I Gallagher avevano abitato da quelle parti e sembrava che Jake non si fosse allontanato troppo.

Superarono qualche altra strada prima di finire davanti a una grande casa simile a un ranch. Era ancora abbastanza presto perché le luci fossero tutte accese; all'improvviso, Border sentì il bisogno di spingere la moto al massimo e scappare.

Storm lo salutò dal finestrino prima di lasciarlo solo sul ciglio della strada, con una stretta allo stomaco e il terrore che gli scendeva lungo la schiena. A cosa diamine stava pensando? Avrebbe dovuto ignorare Storm e andarsene in un motel, prima di raccogliere il coraggio di vedere Jake.

Ora era bloccato lì, a meno che non decidesse di andare via come un dannato codardo. E lui *era* un dannato codardo, quando si trattava di Jake. Lo era sempre stato. L'unica volta in cui aveva creduto di essere forte, aveva finito con l'andarsene. Se non se ne fosse andato, sarebbe diventato l'uomo che odiava, l'uomo che aveva cercato di plasmarlo a propria immagine.

Border ruotò le spalle e scese di sella, andando alla porta e cercando di non vomitare il panino che aveva appena mangiato. Il posto sembrava vissuto, ma curato. Sapeva che i fratelli di Jake si occupavano di ristrutturazione edilizia, mentre quelli di Maya lavoravano nel campo delle costruzioni alla Montgomery Inc., quindi non avrebbe dovuto esserne sorpreso.

Non sapeva perché continuava a pensare che Maya vivesse lì, ma dal modo in cui Jake aveva sempre parlato di lei, gli sembrava giusto così. Il fatto che Border si sentisse così e si fosse ritrovato lì, la diceva lunga sul suo stato mentale in quel momento.

Border non sapeva cosa volesse o perché era lì, ma sapeva che doveva esserci. Era uno stupido, ma lo sapeva.

Sospirò e bussò alla porta, sapendo che o stava facendo un grosso errore o era sulla strada giusta verso quello che avrebbe sempre dovuto fare.

Quando la porta si aprì, gli sembrò che gli mancasse il fiato.

Santo cielo.

In tutti quegli anni, non aveva mai visto Jake. Gli aveva parlato e scritto, per cui sapeva come scriveva, come parlava e quanto la sua voce fosse profonda e gli arrivasse dritta all'anima.

Ma non lo aveva mai visto.

Era cambiato.

Cambiato in meglio.

Era grosso, alto e ben piazzato ma al contempo snello. Muscoloso, ma con una finezza che parlava di arte e faceva sì che Border lo volesse ancora di più. Aveva una maglietta bianca e i jeans senza scarpe, era bellissimo. Aveva dei tatuaggi sulle braccia e uno che gli spuntava dalla maglietta. Quando Jake sbatté le palpebre e si passò una mano fra i capelli scompigliati, Border deglutì, ipnotizzato dal movimento e dal modo in cui la maglietta di Jake si sollevava a mostrare l'addome piatto e i tatuaggi.

Jake era stato carino, da giovane. Persino bello. In quel momento, era la personificazione del sesso e un fottuto *uomo*.

"Border?" gracchiò Jake. "Sei... sei qui."

Border annuì, affondando le mani nelle tasche. "Già." Si schiarì la gola, costringendosi a non strusciare il piede a terra come un bambino, dannatamente nervoso. "Sono qui."

"Jake? Chi è?"

Border alzò la testa quando sentì una voce dolce alle spalle di Jake. Incrociò lo sguardo dell'amico e sperò di non aver fatto un errore. Avrebbe pensato che, dopo quindici anni, la connessione tra loro fosse svanita, ma per qualche dannata ragione si era solo intensificata.

Per lo meno, era così per Border.

Jake, per quanto impallidito, non sembrava provare altro che confusione, forse un po' di rabbia. Erano tutti sentimenti non corrisposti? Border aveva combinato un altro casino?

Invece di avvicinarsi a lui, di abbracciarlo come voleva, Border rimase sul portico e cercò di non sembrare disperato. Aveva affrontato una vita dura, era diventato un uomo di cui pensava Jake potesse essere fiero, ma appena lo aveva visto in faccia, appena l'aveva guardato negli occhi, era stato come se tutto fosse stato spazzato via e il tempo non fosse passato.

"Jake?" disse di nuovo quella voce delicata, in tono preoccupato.

Jake si schiarì la gola. "È un vecchio amico," disse infine.

Border sospirò. "È Maya?" chiese, senza sapere perché.

Jake apparve confuso, poi scosse la testa. "No…"

Una donna bionda si avvicinò a Jake e si strinse a lui. Jake le mise un braccio intorno alle spalle e le baciò la testa.

Per qualche ragione, quella vista fu come una fitta in pieno petto per Border. Chi era quella donna? Credeva che Jake stesse con Maya, o per lo meno che ci stesse lavorando. A Border quello sarebbe andato bene, anche se non sapeva dire perché ne era così sicuro. Niente aveva senso e ora sapeva di aver fatto un grosso errore ad andare da Jake.

"Ciao, sono Holly," disse la donna. "Jake ha detto che ti chiami Border?"

Border annuì e le porse la mano come un idiota. Si chiese cosa le avesse detto di lui Jake, sempre che le avesse detto qualcosa. Era certo che Jake avesse parlato di lui con Maya, anche solo di sfuggita, ma non aveva mai sentito nominare questa Holly. E che diamine? Perché sentiva di avere il diritto di far parte della vita di Jake? Se ne era *andato* quindici anni prima. Non avrebbe dovuto sentirsi così dannatamente ferito perché non sapeva cosa stesse succedendo.

"Ciao, sì, mi chiamo Border."

Holly gli prese la mano e la strinse, prima di guardare Jake. "Lo farai entrare o deve restare sul tuo portico tutta la sera?"

Il *tuo* portico. Quindi lei non viveva lì. E perché gli

47

importava? Lui era lì solo per scusarsi con Jake. Forse. Cazzo. Sarebbe dovuto andare in un motel.

Jake scosse la testa prima di fare un passo indietro, portandosi dietro Holly. "Sì. Scusa, amico, vieni dentro."

Holly si alzò sulle punte e baciò Jake sul mento. "Ho la sensazione che abbiate bisogno di parlare. Magari vado a casa, adesso, così vi lascio soli."

Jake aggrottò la fronte. "Non ce n'è bisogno."

Border annuì, anche se sentiva di aver bisogno di restare da solo con Jake. Ma non avrebbe dovuto restare da solo, visto che il suo cervello stava andando all'inferno. "Sì, non ce n'è bisogno."

Jake gli scoccò uno sguardo che lui non riuscì a interpretare e Border trattenne un sospiro. Non aveva idea di cosa stesse facendo, ma qualsiasi cosa *fosse*, la stava facendo male.

"So che non ce n'è bisogno, ma non voglio stare tra i piedi." Jake abbassò la testa e Holly lo baciò con dolcezza. Di nuovo quella fitta al petto, solo non forte come la prima volta. "Piacere di conoscerti, Border," disse la ragazza, dirigendosi alla porta per prendere il cappotto. "Ci vediamo dopo, credo."

Con quelle parole, li salutò con la mano e se ne andò, chiudendosi la porta alle spalle e lasciando Border e Jake da soli in casa.

Rimasero in silenzio per un po', l'imbarazzo della situazione si depositava sulla pelle di Border. Non era stato Jake a farlo entrare o a dire che voleva parlare. Era stata Holly.

"Allora... tu e Holly?"

Jake sollevò un sopracciglio. "Già, io e Holly. Stavo pensando di chiederle di sposarmi, in realtà." Jake sbatté le palpebre, come se non avesse voluto aggiungere l'ultima parte.

Border inspirò, il petto gli faceva un male cane.

Non hai diritto di stare male, stronzo.

Lasciò che quella voce gli girasse intorno e lo calmasse abbastanza da poter parlare. "Buon per te." Jake rise dal naso, ma sembrava non aver trovato nulla di divertente nella cosa. "Dico davvero. Sono felice che tu... beh, sono felice che tu abbia trovato qualcuno."

Non era una bugia, ma nemmeno la verità.

"Perché pensavi fosse Maya?" chiese Jake.

Border alzò le spalle, le mani di nuovo in tasca. "Parlavi di Maya come... beh, probabilmente mi sbagliavo."

"Sì, ti sbagliavi. Maya è solo un'amica, ma Holly è quella giusta. Holly è quella che resta." Jake trattenne un'imprecazione. "Chiederò a Holly di sposarmi perché è quasi ora che mi sistemi, e lei è quella giusta."

Border non sapeva perché Jake gli stesse dicendo quelle cose, ma aveva la sensazione che lo stesse dicendo più a se stesso che a Border.

"Ok," disse Border. "Io... io non so perché sono qui."

"Non sai un sacco di cose, Border. Non le hai mai sapute." Jake si passò una mano sul viso. "Scusa. Cazzo. Ok, hai un posto dove stare? So che tuo padre ha perso la casa..." Jake si interruppe e Border si irrigidì.

"Papà è morto, Jake," disse Border, senza emozioni nella voce. "Si è ubriacato e si è messo al volante. Per fortuna, ha ucciso solo se stesso e il dannato albero che ha colpito. Per cui, sì, ha perso la casa e lui non c'è più. Sono venuto per dirti... beh, non so cosa volevo dire, ma adesso posso andare. Credo che... volevo solo farti sapere che sono qui."

Jake impallidì di nuovo e fece un passo verso Border, allungò un braccio prima di bloccarsi e abbassare la mano. "Merda, Border."

"Merda è la parola giusta."

"Dove te ne andresti, se te ne andassi adesso?" chiese Jake a voce bassa.

"Troverò un motel."

"Col cazzo. Ho una camera degli ospiti. È inutile pagare per un posto di merda dove non lavano le lenzuola."

"Quindi dovrei stare qui, dove non so cosa c'è sulle tue lenzuola." Disse le ultime parole con un sorriso e Jake gli mostrò il dito medio. Certo, lo fece sorridendo, per cui Border pensò che andasse tutto bene.

"Sei un idiota," disse Jake, e Border seppe che il commento andava al di là della questione delle lenzuola.

"Sì, è vero." Border fece scrocchiare le nocche. "A Holly non dispiacerà se mi fermo?"

Jake lo guardò prima di scuotere la testa. "Non vive qui, per cui va bene. In più... beh, non sa perché ti conosco."

Border deglutì rumorosamente. Non meritava di essere un ricordo che Jake condivideva con gli altri. Lo sapeva. "Pensavo che avresti chiesto a Holly di sposarti?"

"Ho detto che ci stavo pensando," ritorse Jake, prima di alzare una mano. "Adesso sono stanco e non voglio pensare a tutta questa merda. Perché non lasci che ti mostri la tua stanza e ce ne andiamo a dormire? Perché… beh, adesso non posso."

Border annuì e seguì verso la parte posteriore della casa l'uomo che a un certo punto della sua vita aveva amato. Se ne era andato per proteggere Jake e per scoprire chi poteva diventare senza un padre ubriaco alle spalle.

L'uomo senza scopo che stava diventando non gli era piaciuto, ma quando aveva iniziato a trovare una parvenza di equilibrio era stato troppo tardi. Non aveva potuto avere Jake come lo aveva avuto prima, ma forse se il fato gli avesse sorriso almeno per un momento avrebbe potuto tornare comunque nella vita di Jake.

E non era quello il punto? Era tornato a Denver per trovare casa e stava elemosinando le briciole. Per non parlare del fatto che voleva ancora sapere chi fosse Maya.

Tornare non era stato come si aspettava, ma non avrebbe dovuto aspettarsi nulla. Non aveva mai avuto aspettative.

Capitolo Quattro

SVEGLIARSI SOTTO LO STESSO TETTO DELL'UOMO CHE un tempo aveva amato gli sembrò strano, ma Jake era abituato alle cose strane. Era un Gallagher e un Montgomery onorario, dopo tutto. Strano era parte del suo modo di essere.

Non solo si era svegliato col mal di testa, perché si era rigirato a letto tutta la notte, aveva anche un'erezione pazzesca. Non si sarebbe fatto una sega perché, se l'avesse fatto, non avrebbe pensato a Holly.

La cosa lo uccideva.

Non era un traditore, non era uno stronzo che pensava a qualcun altro mentre veniva. Holly era la sua ragazza e quindi *l'unica* persona che lo avrebbe fatto venire. Doveva avere qualcosa di follemente sbagliato, per avere quella conversazione nella propria testa.

Invece di una sega, si sarebbe fatto una doccia fredda e avrebbe pregato che qualsiasi fosse il problema sparisse insieme alla sua erezione. Sospirò e si trascinò fino al bagno, sapendo che sarebbe stata una giornata da schifo.

Quando arrivò in cucina, notò che il caffè era già pronto e c'era un biglietto vicino al bricco. Jake non era sicuro di volerlo leggere, non dopo la nottata che aveva passato.

Jake,

Me ne sono andato presto perché dovevo andare a prendere la macchina e un paio di altre cose. Tornerò stasera, ma se non vuoi che resti più di una notte non c'è problema.

Ci vediamo.

...B

Jake non accartocciò il biglietto, ma ci andò vicino. Al diavolo quell'uomo. Al diavolo i ricordi. Al diavolo ogni fottuta cosa che lasciava Jake di stucco. Border non avrebbe dovuto tornare. Avrebbe dovuto essere sulla strada che aveva preso anni prima, qualunque essa fosse, lasciandosi dietro Jake e tutto quello che c'era stato tra loro.

Non che lui e Border avessero davvero avuto qualcosa, ovviamente. Avevano condiviso solo la promessa di quello che avrebbe potuto succedere, invece di quello di cui ciascuno di loro aveva avuto bisogno. Avevano scopato perché alle ragazze con cui stavano piaceva guardare. Si erano dati piacere partendo dal presupposto che fosse per qualcun altro, non per loro stessi. Era una bugia, ovviamente. Lui lo aveva saputo dall'inizio, così come Border. Ma avevano avuto troppa paura per capire cosa volevano; quando Jake aveva trovato il coraggio di fare qualcosa per se stesso, Border se ne era andato.

Aveva perso in un colpo solo il suo migliore amico e l'uomo di cui si era innamorato.

Il fatto che fosse successo di nuovo solo un paio d'anni dopo con Maya, aveva solo evidenziato che Jake non aveva mai davvero saputo cosa stava facendo. Era sempre un passo indietro e nella direzione sbagliata.

Finché non si era messo con Holly. Si era comportato bene con lei e avrebbe continuato a farlo, perché, indipendentemente da quello che aveva provato per Border e Maya, Holly era il presente e gli altri erano nel passato.

Jake si passò una mano sul viso e fece del proprio meglio per allontanare quei pensieri dalla mente. Quel giorno doveva lavorare, aveva dei progetti in scadenza e le scartoffie non sarebbero sparite da sole dalla scrivania. Si sarebbe preoccupato di cosa fare con Border solo dopo essersi schiarito le idee. Certo, appena l'ebbe pensato, gli venne in mente Maya e Jake si maledisse.

Ovviamente, gli veniva in mente lei.

Quella dannata donna gli riempiva il cervello sempre quando lui non ne aveva bisogno.

Sospirò e si versò una tazza di caffè, grato del fatto che Border l'avesse già preparato. Fece una smorfia dopo il primo sorso. Già, chiaramente a Border il caffè piaceva ancora dannatamente forte. Jake poté solo berlo e lasciar perdere. Era quello che, di recente, faceva per tante cose.

Invece di restare in cucina a fissare la macchinetta del caffè come un idiota, tornò nella parte posteriore della casa, dove aveva convertito la seconda camera da letto in un laboratorio. Per qualche ragione, i vecchi proprietari avevano realizzato due camere da letto matrimoniali. Jake pensava che forse vivevano con i genitori o qualcosa del genere, ma a ogni modo lui era riuscito a usare come laboratorio la stanza che aveva l'illuminazione migliore, che casualmente si apriva sul patio. Per quanto sarebbe stato bello averla come camera da letto, funzionava meglio per l'argilla.

Mentre i suoi fratelli si occupavano di ristrutturazioni e lavoravano con le mani per ricostruire vecchie case e strutture, Jake usava le mani per scolpire opere d'arte. Realizzava le solite ciotole, piatti e vasi, ma anche opere diverse, uniche per ogni acquirente. Usava principalmente l'argilla, ma anche pietra e gemme. Dipendeva da cosa funzionava di più per il progetto. Aveva anche un forno nel cortile in una struttura appositamente progettata in cui poteva accedere direttamente dal patio.

Lavorava anche con i fratelli, dato che alle volte a loro serviva qualche piccolo dettaglio che non rientrava nelle capacità di Graham, Owen o Murphy. Jake era un Gallagher, per cui, anche se alle volte gli sembrava di essere fuori dai loro affari, li aiutava comunque quando serviva. Erano una famiglia.

Si sedette sullo sgabello e ruotò il collo, sapeva di doversi mettere a lavorare e forse persino lasciarsi distrarre dal progetto. Se avesse funzionato, forse avrebbe potuto pensare a cosa fare dopo. Perché, se avesse continuato a mentire a se stesso, qualcuno si sarebbe fatto male. Indipendentemente da tutto, Jake si rifiutava di fare del male a qualcuno a cui teneva. Era stato già preso a calci, anche se inavvertitamente, non voleva che succedesse a Holly... o a Border... o, cazzo, a Maya.

Jake mise su un po' di musica e si mise a lavorare. L'argilla morbida e bagnata gli scivolò sulle dita e lui sospirò. Il lavoro lo avrebbe aiutato. Era già successo. Si sarebbe lasciato andare concentrandosi sul lavoro e ascoltando la musica, avrebbe allontanato ogni pensiero o rimpianto dalla mente.

Molto tempo dopo, ebbe uno strano presentimento, spense il tornio e la radio prima di voltarsi.

Sulla porta c'erano Griffin e Luc, le sopracciglia sollevate. Griffin era uno dei Montgomery di mezzo e faceva lo scrittore, mentre Luc era entrato nella famiglia da quando aveva sposato l'amica d'infanzia, Meghan. A ogni modo, erano diventati amici di Jake, dato che i Montgomery erano bravi a raccogliere animi randagi, anche se non era stato il caso di Jake.

"Da quanto tempo mi state fissando come dei pervertiti?" chiese Jake, alzandosi e cercando di ignorare lo scricchiolio alla schiena. Evidentemente non era più tanto giovane e stare chino su un tavolo così a lungo non era la scelta migliore. Ignorò il ragazzino dentro di lui che ridacchiava a quell'idea e andò al lavandino che aveva installato nella stanza. Aveva anche una stanza da bagno adiacente allo studio, ma cercava di togliersi almeno il grosso dell'argilla dalla pelle prima di andare in bagno. La sua donna delle pulizie apprezzava quel gesto.

"Siamo appena arrivati," disse Luc. "Abbiamo portato del cibo thailandese da quel posto che ti piace tanto, già che eravamo in zona."

Jake aggrottò la fronte e si asciugò le mani. "Volete dire che eravate qui per caso in un giorno feriale e avete portato del cibo?"

Griffin alzò le spalle. "Ho finito il mio libro la settimana scorsa e sto lasciando che il prossimo mi prenda forma nella testa prima di sedermi a scrivere. Autumn oggi è alla Montgomery Ink, invece di occuparsi di me, per cui non lavoro."

"E io oggi sono di riposo," disse Luc. Si passò una mano sulla spalla e Jake fece una smorfia. Non molto tempo prima, l'ex di Meghan aveva sparato a Luc e anche se non indossava un tutore, la ferita gli faceva ancora male. "Non sono tornato ancora a lavorare a tempo pieno," spiegò. "Per cui, ho pensato che, invece di dare fastidio a Meghan, avrei visto cosa stavi facendo tu."

Jake continuava a non credere a cosa gli stavano dicendo, anche se sembrava fosse la verità. Il suo stomaco, tuttavia, non ascoltava il cervello e iniziò a rumoreggiare.

Griffin gli sorrise e gli fece cenno di raggiungerli. "Andiamo. Abbiamo messo tutto sul tavolino da caffè."

Jake sospirò e lo seguì, sapeva che resistere era inutile. I Montgomery erano come quei cavolo di androidi Borg di Star Trek. Persino i parenti acquisiti, che erano diventati parte della famiglia dopo il matrimonio e non avevano lo stesso cognome, tendevano a usare i loro lunghi tentacoli di affetto e iperprotettività per accalappiare gli altri. Se Jake non avesse avuto la sensazione di averne bisogno, si sarebbe sentito costretto. Ma, a ogni modo, quei due erano lì e Jake

57

avrebbe mangiato e cercato di placare la propria mente.

Il fatto che loro tre fossero amici era un po' strano. Jake era amico di Maya, non era il suo ragazzo, mentre Luc aveva vissuto fuori da Denver per circa un decennio prima di tornare e poi sposare Meghan, dopo essere aver ripreso a lavorare per la Montgomery Inc. Griffin si era dapprima allontanato da tanti altri Montgomery, dato che era uno scrittore e non era parte di nessuna compagnia di famiglia, ma stava lentamente rientrando nei legami familiari.

Jake aveva una specie di relazione con ogni Montgomery e tuttavia quei due erano quelli che vedeva di meno. Dopo tutti i casini successi di recente, però, loro tre passavano più tempo insieme. Anche Jake era diventato parte dell'intricato mondo dei Montgomery; se non avesse provato un'inquietudine così forte su una in particolare, sarebbe riuscito a rilassarsi di più.

I tre mangiarono del delizioso curry e Pad Thai e parlarono dei loro progetti e dei figli di Luc e Meghan. Era bello prendersi un pomeriggio libero e limitarsi a mangiare e chiacchierare. Jake aveva quel tipo di rapporto con i fratelli e ora con i Montgomery. Sapeva di essere dannatamente fortunato, tuttavia sapeva anche che stava per succedere qualcosa.

"Che ti passa per la testa?" gli chiese Luc, pulendosi la bocca. Era un uomo di bell'aspetto e Meghan era una donna fortunata. Tutto pelle scura e muscoli sodi. Persino dopo essersi ripreso da un colpo di pistola, non aveva avuto conseguenze sul modo in cui si muoveva o sul suo aspetto.

"Non molto," disse Jake, senza perdere un colpo

Griffin rise. "Beh, so che hai un po' la zucca vuota, ma perché non ci dici perché hai quegli occhi così stanchi?" Griffin somigliava agli altri Montgomery, capelli scuri e luminosi occhi blu. Non era grosso come gli altri, ma forse aveva più tatuaggi di tutti, tranne Austin. Maya aveva sempre scherzato, dicendo che lei lavorava su un lato del corpo del fratello mentre Austin lavorava sull'altro. Il risultato artistico finale era un capolavoro.

Jake scosse la testa, chiedendosi perché stava pensando ai tatuaggi di Griffin invece che alle sue parole.

"Jake," disse Luc con dolcezza. "Dicci cosa sta succedendo."

"Niente, va tutto bene." Non era vero, ma non sapeva come esprimere a parole quello che pensava e quello che sentiva. Non era bravo a esprimersi, o almeno non se la sentiva, senza parlarne prima con Maya. Anche *quello* era uno dei problemi. Si appoggiava troppo a Maya. Era la sua migliore amica e in un modo o nell'altro era diventata così parte di lui che Jake non sapeva come muoversi senza di lei.

"Stai mentendo," disse Griffin apertamente, rubando l'ultimo involtino primavera.

"È solo che voglio parlarne, ok?"

"C'entra qualcosa il fatto che qualcuno ha dormito nella camera degli ospiti la scorsa notte?" chiese Luc... Jake si irrigidì.

"Cosa?"

Griffin scrollò le spalle. "Qualcuno ha piegato la coperta ai piedi del letto in modo diverso."

"Come *diamine* hai fatto notare una cosa del genere?" Jake scosse la testa.

"Sono uno scrittore, è il mio lavoro notare dettagli del genere," rispose Griffin.

"No, di solito hai la testa fra le nuvole, dato che scrivi narrativa, non verbali investigativi," ribatté Jake.

Griffin gli fece il dito medio. "Non sono così male."

"Lo sei," si inserì Luc, "ma stiamo cambiando argomento. Chi ha dormito qui la scorsa notte e che cazzo ti sta succedendo, Jake? Non sei in te."

Jake deglutì rumorosamente. "Un mio vecchio amico. E non sono proprio dell'umore per parlarne. Anzi, non so nemmeno cosa dire, da dove cominciare, per cui lasciamo stare, ok?"

I ragazzi lo studiarono prima di tornare al loro pranzo e Jake si rilassò un po'. Se loro riuscivano a capire che qualcosa non andava, ci sarebbe riuscito chiunque. Jake non voleva nemmeno pensare a cosa avrebbe capito Maya. Lei vedeva sempre tutto.

E Holly.

Cazzo. Pure Holly.

Non si stava comportando nel modo giusto, con lei. Jake continuava a dirsi che le avrebbe chiesto di sposarlo e che sarebbero andati verso il tramonto e tutte quelle stronzate perché era quello che avrebbe dovuto fare. O almeno quello che *pensava* di dover fare. Ma non era giusto. Holly gli piaceva e se avesse lasciato passare abbastanza tempo Jake si sarebbe persino potuto innamorare di lei.

Ma non era ancora innamorato di Holly.

E sapeva che l'unico modo perché questo potesse

succedere era di allontanare dalla mente e dalla vita le due persone del suo passato.

Cazzo. Maya e Border non si erano nemmeno mai incontrati. Non erano due facce della stessa medaglia, ma due parti del suo passato e del suo presente. Aveva sempre pensato che Maya sarebbe stata parte del suo futuro, ma non nel modo in cui Jake aveva voluto.

Ma ormai... ormai era diventato troppo, e Jake sapeva che, se non avesse fatto qualcosa, si sarebbe odiato. Avrebbe odiato il modo in cui avrebbe finito con il trattare Holly e se stesso.

Doveva troncare con Holly. Non c'era altro modo. Non era così stronzo, ma se avesse continuato in quel modo sarebbe diventato un uomo che non avrebbe riconosciuto, un uomo che avrebbe disprezzato.

Jake non sapeva perché Border fosse tornato o cosa sarebbe successo, ma sapeva che non sarebbe stato quello che aveva voluto un tempo. E Maya? Si erano stabiliti solidamente nel territorio dell'amicizia e ci sarebbero rimasti. Tuttavia, indipendentemente da tutto, Jake sapeva di non poter restare con una donna che non amava solo perché pensava di doversi sistemare.

Perché così facendo avrebbe distrutto Holly, che era una brava ragazza, felice e radiosa. Un giorno, Holly avrebbe reso felice un uomo. Ma non Jake.

Sospirò, lo stomaco gli faceva male, ma non come prima; si alzò sulle gambe tremanti.

"Io, ehm... devo tornare al lavoro."

I due amici lo studiarono prima di annuire e aiutarlo a ripulire. Si salutarono, lasciando Jake solo in casa con una nuova risoluzione che gli si cuciva addosso.

Poteva farlo perché, se non lo avesse fatto, avrebbe distrutto tutti.

Jake tornò al lavoro, sapendo di non essere concentrato sulla sua arte, ma per lo meno poteva fare alcuni pezzi senza essere totalmente preso. Al tramonto, gli doleva la schiena e gli faceva male il cuore, ma era deciso.

Quando suonò il campanello, Jake sospirò. Avrebbe potuto essere chiunque, ma lui aveva la sensazione che fosse una delle tre persone che aveva in mente, Holly, Border o Maya. Holly non entrava direttamente anche se lui le aveva detto che poteva farlo. Anche quel dettaglio doveva essere un campanello d'allarme riguardo la loro relazione, ma Jake allontanò il pensiero. Maya aveva avuto l'abitudine di entrare quando voleva, ma aveva smesso quando Holly aveva cominciato a restare da lui. Di nuovo, un altro segnale che Jake aveva ignorato. E Border? Beh, Jake non conosceva quel Border, no?

Quando Jake aprì la porta, non sapeva bene se essere preoccupato o sollevato. Holly era sul gradino, il labbro fra i denti e l'aria preoccupata.

"Ciao, posso entrare?" gli chiese.

Jake si fece da parte in modo che lei potesse entrare. Non fece per baciarla o avvicinarla. Qualcosa non andava e francamente Jake non era sicuro di come avrebbe cominciato la conversazione di cui avevano chiaramente bisogno.

Holly sembrava tesa e Jake si accigliò. "Cosa c'è, Holly?" La aiutò a togliersi il cappotto, ma prima che potesse metterle la mano sulla spalla lei si allontanò.

Quando lei si voltò e incrociò il suo sguardo, Jake si bloccò. Aveva gli occhi lucidi, ma non piangeva ancora. Al contrario, sembrava… *determinata.*

"Non credo che funzioni, Jake."

Lui batté le palpebre, scioccato, ma non ferito come avrebbe dovuto essere da quelle parole. Holly stava rompendo con lui? Il giorno in cui Jake aveva finalmente deciso di essere fedele ai propri sentimenti e di non ferire la donna che aveva davanti. Ma, stando alle lacrime che Holly stava versando, forse l'aveva già ferita. Beh, diamine. Non lo aveva pianificato, non l'aveva nemmeno visto come una possibilità. Era lui che avrebbe dovuto spezzarle il cuore, non il contrario. Invece sarebbe andata così? Holly poteva spezzarlo, quando non lo aveva mai avuto? Quando lui non le aveva mai permesso di averlo?

Diamine, era un idiota rimbecillito, si arrabbiava perché era lei a rompere al suo posto. C'era qualcosa di fondamentalmente sbagliato in lui, se la pensava così, invece di dare di matto perché lei lo stava lasciando.

Scese il silenzio fra loro, mentre lui lottava con i propri pensieri e deglutiva rumorosamente. "Cosa non funziona?" Jake sapeva cosa non funzionava, ma doveva dire qualcosa.

Holly gli rivolse un sorriso triste e la patina che aveva sugli occhi si schiarì. "Sai di cosa parlo. Non avrei dovuto lasciare che le cose andassero avanti così a lungo, ma pensavo che forse…" sospirò e scosse la testa. "Beh, diciamo che pensavo che un giorno ti sarei bastata."

Jake fece un passo verso di lei con una mano tesa. "Holly…" Si sentiva un mascalzone. Per tutto quel tempo, aveva pensato di fare del proprio meglio e sembrava che non fosse abbastanza.

Holly fece un passo indietro e alzò le mani, i palmi all'infuori. "No, non toccarmi, ok?"

Jake si bloccò, sollevando le sopracciglia. "Non voglio farti del male, Holly."

"Ma lo hai già fatto," disse lei, che poi imprecò sottovoce. Non lo faceva spesso ma, quando succedeva, di solito era perché era importante. "Non avrei dovuto dirlo. Sono io che ho lasciato che tu mi facessi del male."

"Non è così che funziona, Holly. Ti ho fatto del male e non volevo. Non è una questione di lasciare che io ti facessi del male nel modo che pensi tu."

"Beh, a ogni modo, mi sarei dovuta allontanare. Mi piaci, Jake. Sei dolce, affettuoso, un bravo ragazzo. Pensavo che, prima o poi, avremmo potuto avere un futuro, ma non succederà."

"Mi dispiace, Holly." Jake poteva avere la sensazione di dover essere *lui* a dire quelle cose, ma sembrava che Holly ne avesse bisogno. Ascoltarla era il minimo che potesse fare. Ma avrebbe dovuto essere lui. Perché cosa sarebbe stato per... gli altri... se avessero saputo che non era stato lui?

Cazzo.

Allontanò quei pensieri.

"Va tutto bene, Jake," disse Holly e sorrise di nuovo. Jake amava il suo sorriso, ma non amava lei, il responsabile era solo lui. "Devi assecondare il cuore, e io non c'entro. Non dirò che non fa male non essere nel tuo cuore, ma avrei dovuto mettere una fine a tutto questo già tempo fa, quando me ne sono accorta."

Jake aggrottò la fronte. "Di che stai parlando?"

Holly scosse la testa e sospirò. "Sai esattamente di cosa parlo. Fai attenzione, Jake. Guarda chi hai al tuo fianco. Quella persona non sono io. Lei è tutto per te e tu non stai facendo niente al riguardo."

Jake aprì la bocca. La chiuse. Non riusciva a pensare a niente da dire.

"Dille cosa provi, perché restare da parte tutta la vita non è giusto né per te né per lei."

"Non so di cosa parli. Sono sempre stato qui. Non ti ho mai tradita, non sono mai stato con altre persone." Andò in panico e cercò di allontanarlo, solo per venirne artigliato di nuovo.

"Lo so. So che non hai mai messo in pratica i sentimenti che hai cercato così tanto di reprimere. Ma ami Maya, Jake. È la tua migliore amica, ma so che potrebbe esserci dell'altro."

Holly fece una pausa, come se cercasse di capire cos'altro dire, mentre Jake si sentiva come se lo avessero preso a calci nello stomaco. Non lo aveva mai detto ad alta voce e onestamente non aveva mai voluto farlo. Perché, se lo avesse fatto, avrebbe perso la fragile stretta che aveva sulla sua sanità mentale.

"Holly…" Gli tremò la voce.

"Diglielo, Jake. E non so esattamente cosa è successo con Border nel tuo passato, ma affronta anche quello. Nascondere tutto ti farà solo del male." Holly andò verso di lui e gli mise le mani sul petto. Jake deglutì a fatica ma non si mosse, non poteva muoversi.

Quando lei si sollevò per baciargli il mento, lui

dovette sbattere le palpebre per non piangere. Cosa cazzo gli stava succedendo?

"Sii felice, Jake. È tutto quello che voglio per te. Io troverò la mia felicità. Pensavo di averla trovata, ma, se dovevo sudarmela così tanto, allora significa che non era destino." Si allontanò e andò verso la porta. "Non aspettare troppo, Jake. Non perdere quello che potresti avere."

E con quelle parole, aprì la porta, da cui si sentì un suono. Jake non guardò perché sapeva già chi c'era dall'altra parte. Poteva *sentirlo*. Perché, ovviamente, Border era sulla porta e aveva visto tutto. Perché la vita avrebbe dovuto trattarlo in modo diverso?

"Permesso," sussurrò Holly e se ne andò.

Border trascinò in casa i grandi piedi e si chiuse la porta alle spalle. Jake sospirò e si costrinse a non guardarlo.

"Ho bisogno di bere qualcosa," disse e andò in cucina. Tirò fuori due birre, aprendone una e mandando giù una bella sorsata prima di andare in salotto. Si sedette all'estremità opposta del divano rispetto a Border e gli porse l'altra birra senza dire niente.

Border la prese, facendo attenzione a non toccare le dita di Jake, e Jake si portò di nuovo la propria alle labbra. Rimasero in silenzio mentre il mondo di Jake cambiava orientamento. Non cercò di parlare, non si mosse né cercò di capire cosa diamine fare. Perché le cose non avevano finito di cambiare, e aveva la sensazione che tutto quello che aveva pensato di avere sarebbe rimasto irriconoscibile per un po'.

Ma per il momento aveva solo bisogno di bere e rimuginare. E poi forse, forse avrebbe capito cosa fare. Perché Jake non voleva pensare al fatto che la presenza di Border rendeva le cose leggermente migliori, o che volesse avere accanto Maya. Era da lei che andava, quando tutto andava al diavolo.

Ma cosa succedeva, se lui cambiava le carte in tavola?

Da chi sarebbe andato allora?

Capitolo Cinque

Maya si svegliò sudata, con la mano nelle mutandine e insoddisfatta. Fottuti sogni erotici che non la lasciavano venire quando voleva. Infastidita, tolse la mano e lasciò che quella che aveva sul seno le ricadesse lungo il fianco.

Batté qualche volta la testa contro il cuscino, prima di girarsi sul fianco e lanciare un urlo. Era la quinta notte di fila in cui sognava di fare sesso con Jake. Una notte, erano al negozio, Jake l'aveva fatta piegare su uno sgabello e l'aveva presa da dietro, mentre lei urlava il suo nome. Un'altra volta, per colazione l'aveva leccata sul tavolo della sala da pranzo. Poi avevano fatto sesso nella doccia, nella posizione del missionario in camera da letto e infine lei lo aveva cavalcato sul divano.

E tuttavia, lei non era mai riuscita a venire.

Al contrario, il bastardo sparava il suo seme, lei raggiungeva l'apice e si svegliava senza riuscire a venire, incazzata col sole perché aveva osato splenderle negli occhi e svegliarla. Fottuto sole e fottute mattine.

Maya chiuse gli occhi e sospirò. Probabilmente era per questo che la sua famiglia le girava al largo finché non aveva preso il caffè. Se avesse potuto, anche lei sarebbe stata lontana da se stessa, a quel punto. Invece di rotolare giù dal letto e raggiungere la macchinetta del caffè camminando come uno zombie, andò in bagno per fare una doccia e togliersi di dosso l'odore di sesso insoddisfatto. Odiava quell'odore. Dopo essersi pulita, avrebbe gettato le lenzuola in lavatrice, così avrebbe potuto ignorare le coperte aggrovigliate per via dei sogni erotici. *Poi* avrebbe preso un caffè e avrebbe cercato di ammazzare la stronza dentro di lei a suon di caffeina. Non funzionava mai del tutto, ma si poteva sempre sperare nello zucchero e nella miscela scura.

Dopo aver fatto le sue cose ed essersi lavata i denti, si spogliò e aprì l'acqua della doccia. Appena fu sicura di non morire congelata per via delle pessime tubature, si infilò sotto il getto e chiuse gli occhi.

Il sogno era stato così *vivido*. Maya giurò di poter sentire ancora le mani di Jake sui fianchi, le sue labbra sul collo. Se ci avesse provato, avrebbe potuto ancora sentire il suo odore sulla pelle, e tuttavia non c'era mai stato. Erano passati, quanti, tredici anni o giù di lì, da quando avevano passato la notte insieme, e lei poteva ancora ricordare quella sensazione.

L'acqua le scivolava sulla pelle e Maya si mise una mano fra le gambe. Quando si sfiorò il clitoride con le dita, si morse il labbro. Era così sbagliato. Non avrebbe dovuto ricordare Jake così, non quando non era suo, eppure sembrava che non riuscisse a farne a meno. Non si era *mai* masturbata nella doccia pensando a lui, nemmeno durante le prime settimane dopo il loro primo incontro. Ma in quel momento non era sicura di poterne fare a meno.

Si passò le dita sul clitoride, appoggiandosi alle mattonelle fredde. Tra quelle e l'acqua calda che le scendeva sul seno e sulla passera, dovette deglutire rumorosamente. Inarcò i fianchi, stuzzicandosi lentamente con una mano e tirandosi i capezzoli con l'altra. Quando si infilò due dita nella passera, sobbalzò. Era così bagnata, così calda, sapeva di esserci *vicina*. Immaginò la voce profonda di Jake dirle che sporcacciona era, a masturbarsi pensando a lui, immaginò la sensazione della sua barba contro le cosce.

E poi esplose.

Venne con forza, il corpo che tremava e la passera che le si stringeva intorno alle dita. Le ginocchia le cedettero e scivolò lentamente a terra, grata del fatto che non si era fatta male cadendo. Quando finalmente tornò in sé, si ritrovò a tremare nella doccia, abbracciandosi le ginocchia, il cuore pesante.

Era la prima e ultima volta che lo faceva.

Non era giusto nei confronti di Jake, di Holly, e di certo non lo era per sé.

Poggiò la testa sulle braccia e versò un'unica lacrima. Tutto qui. Basta Jake. Basta *sentimenti*. Si sarebbe indurita e sarebbe stata la stronza che tutti credevano fosse, perché non poteva più farlo. Avrebbe fatto male fino a non poter respirare, ma avrebbe guardato Jake innamorarsi completamente di Holly e si sarebbe fatta da parte mentre lui trovava la sua felicità.

Anche lei avrebbe trovato la propria, perché non

poteva più essere quel tipo di persona. Non le piaceva quel guscio che piangeva nella doccia perché era troppo tardi per capire cosa volesse, di cosa avesse bisogno.

Era Maya Montgomery e, dannazione, sarebbe stata bene.

Si sarebbe asciugata e avrebbe trovato la vita di cui aveva bisogno.

L'indomani.

Quel giorno, si sarebbe compatita e avrebbe pianto.

L'indomani, sarebbe stata di nuovo Maya.

L'indomani.

PIÙ TARDI, Maya si massaggiava la nuca mentre studiava il curriculum di una certa Blake Brennen. Maya e Austin avevano messo, un paio di giorni prima, l'annuncio che cercavano qualcuno che facesse piercing e già avevano avuto una trentina di candidati. A quanto pareva, la gente voleva lavorare per la Montgomery Ink. Per quanto la cosa avrebbe reso Maya felicissima (sarebbe successo più tardi), in quel momento voleva solo andare a disegnare il suo ultimo progetto e non occuparsi di scartoffie.

Blake era in sala d'attesa mentre Maya guardava il suo curriculum con la fronte aggrottata. Aveva circa dieci anni di esperienza e aveva la stessa età di Maya. A quanto pareva, Blake voleva cambiare ambiente, e la Montgomery Ink era il posto giusto. Austin aveva chiamato i suoi precedenti titolari e aveva detto che, se andava bene alla famiglia, lui l'avrebbe assunta. Austin non l'aveva nemmeno vista e Maya ne era felice.

Perché, se Austin fosse stato single, Maya sapeva che suo fratello avrebbe sbavato. Diamine, Maya stessa stava sbavando un po', e non le piacevano le donne. Tutta capelli scuri e curve, in più aveva gli occhi grandi e un caratterino che Maya poteva apprezzare.

Oltre alle curve, lei e Blake non si somigliavano, ma Maya aveva sentito un'affinità appena aveva visto Blake. Maya aveva gli occhi blu, Blake castano dorati. Maya aveva i capelli scuri con la frangia netta, quelli di Blake erano un po' più chiari e mossi. Immaginò che Blake fosse un po' più alta, anche se era difficile dirlo con gli stivali dai tacchi alti che indossava l'altra. Blake era tatuata quanto Maya ma, così come tutti erano unici, così lo erano le loro opere d'arte.

A ogni modo, a Maya quella donna era piaciuta a prima vista, e la cosa aveva fatto incazzare qualcuno. Blake aveva il curriculum e le abilità, stando ai suoi ex titolari, ma solo perché aveva l'aria da dura questo non significava che si sarebbe adattata alla banda della Montgomery Ink. Potevano scherzare dicendo che la famiglia raccoglieva persone alla deriva, ma era solo una maschera. Lasciavano entrare solo quelli che funzionavano bene con loro. Ma una volta che un Montgomery formava un legame, era impossibile uscire dalla ragnatela.

Maya mise giù il curriculum e fece ruotare il collo. Era arrivato il momento di vedere cosa sapeva fare quella donna. Non le avrebbero fatto fare un piercing a qualcuno quel giorno, dato che dovevano ancora sistemare il negozio, ma sarebbe successo nel giro di un paio di settimane. La sua famiglia era *veloce* quando si trattava di piccoli progetti come quello. Avevano costruito quel posto anni fa perché potesse adattarsi a cambiamenti del genere, per cui non ci sarebbe voluto molto prima che la loro nuova recluta potesse cominciare.

Maya doveva solo assicurarsi che Blake fosse la persona giusta.

Uscì dall'ufficio e andò verso la parte anteriore del negozio, gli occhi fissi su Blake. L'altra donna guardava Sloane, o meglio, il lavoro di Sloane, e Maya dovette apprezzare la cosa.

"Blake?" chiese Maya.

Blake spostò l'attenzione su Maya e si alzò. Non sorrise, ma nemmeno si accigliò. Maya non era sicura di cosa pensare, ma, con un po' di fortuna, lo avrebbe capito, perché non avrebbe mai assunto Blake senza prima sapere cosa la motivava.

"Sì? Ti servono altre referenze o altro?"

Maya scosse la testa. "No, abbiamo quello che ci serve." Aggrottò le sopracciglia e incrociò le braccia sul petto. "Sei sicuramente qualificata, e tutte le persone con cui abbiamo parlato dicono che sei competente, ma io non sono ancora convinta."

Blake sbuffò, spostando gli occhi sull'anello al sopracciglio di Maya. "Tu hai già alcuni piercing. Sopracciglio e lingua? Che altro?"

Maya sogghignò. "Ti piacerebbe saperlo."

Sloane ridacchiò mentre lavorava a un tatuaggio sulla schiena del cliente.

"Problemi, Sloane?" chiese Maya, senza spostare lo sguardo dalla donna.

"Per niente," disse lui. "Per quanto guardare voi due che vi misurate è interessante."

Blake incrociò lo sguardo di Maya e alzò un sopracciglio, prima di voltarsi verso Sloane. "È perché siamo donne? Pensi che dovremmo restare in reggiseno e mutandine e trovare del budino in cui lottare?"

Sloane incrociò lo sguardo di entrambe e sbuffò dal naso. "Mai mettere budino o cose dolci vicino a una zona di cui un uomo, o una donna, potrebbe avere bisogno più tardi. Meglio il fango. Si lava via abbastanza facilmente."

Maya gettò la testa all'indietro e rise, Blake si unì a lei. "Non accettiamo stronzate, qui," disse Maya, appena riuscì di nuovo a respirare. "Ma, da quello che vedo, nemmeno tu."

Blake alzò le spalle. "Mi piace punzecchiare, per cui credo sia meglio che mi abitui a essere punzecchiata."

Sloane rise di nuovo. Maya lo guardò male e lui alzò entrambe le mani, una pistola per tatuaggi in una delle due. Il suo cliente rise silenziosamente e Maya si trattenne dall'alzare gli occhi al cielo. "Io quella non la tocco," disse Sloane, infine.

Hailey, la proprietaria del caffè della porta accanto, ma anche la ragazza di Sloane, entrò in quel momento e piegò la testa. "Maya Montgomery, ti stai comportando male con il mio uomo?"

Raggiunse Sloane e lo baciò sulla testa calva. Lui le sorrise, prima di appoggiarsi a lei con un sospiro. Il cambiamento nel suo modo di fare fu così drastico che Maya rimase spiazzata per un attimo. Era così dannatamente felice per i suoi amici. Avevano passato troppo tempo lontani e finalmente erano insieme, adorabili. E Maya non usava con leggerezza la parola adorabile.

"Solo un po', ma se l'è meritato," disse Maya, ridendo.

Sospirò, sapendo che a quel punto stava solo prendendo tempo. Austin era alla scuola di suo figlio per un qualche evento e lei era al comando. Le aveva dato il permesso di assumere Blake, se Maya avesse avuto la sensazione che fosse la mossa giusta, e lei non aveva intenzione di prendere quel ruolo con leggerezza.

"A ogni modo, Blake," disse Maya, spostando la propria attenzione su di lei. "Sulla carta, le tue abilità ci piacciono. Appena il posto sarà pronto, voglio vederti in azione, ma non è tutto."

Blake annuì, con un po' di speranza negli occhi. Bene. Lei non era solo una rompipalle. Alla Montgomery Ink ce n'era già una di rompipalle, grazie mille.

"Qui siamo una famiglia," continuò Maya. "Alcuni di noi sono proprio parenti, ma anche gli altri fanno parte della famiglia in tutti i modi che contano. Io e Austin ti prenderemo in prova. Se non ti ambienti, sei fuori."

Blake piegò la testa. "Quindi devo fare amicizia?"

Maya scosse la testa. "No, ma c'è un certo flusso, qui, e dato che sono anche proprietaria, voglio assicurarmi che continui tutto a funzionare. Non sarà mai uguale tutti gli anni. Quando aggiungiamo una persona nuova, le cose cambiano. E quando qualcuno deve andare via? Anche lì si cambia. Non c'è bisogno che tu faccia amicizia, ma devi lavorare con noi. Siamo bravi in quello che facciamo. Dannatamente bravi. E abbiamo la reputazione di essere incredibili. Non voglio che chi fa i piercing per noi mandi tutto a fanculo."

Blake le sorrise. "Capito."

Maya annuì. "Bene. Possiamo parlare dei dettagli nel retro, ma per ora, benvenuta alla Montgomery Ink." Le porse la mano e Blake la strinse, col sorriso ancora sul viso.

Maya sorrise a sua volta, sapendo che la Montgomery Ink stava cambiando leggermente, ma con i cambiamenti venivano nuove idee e nuova energia. Poteva lavorarci su.

Ci sperava.

QUANDO BLAKE SE NE ANDÒ, a Maya restava solo un'ora circa di turno e non aveva avuto clienti dall'ora di pranzo. I clienti senza appuntamento erano stati pochi, dato che era metà settimana, e Sloane se ne era occupato facilmente. Maya aveva passato la maggior parte della giornata fra le scartoffie, la parte del lavoro che le piaceva meno.

Sospirò e andò alla propria postazione, riportando la mente sull'arte e allontanandola dai numeri. Aveva degli schizzi da finire per dei nuovi clienti e voleva che fossero il più perfetti possibile.

Quando suonò la campanella sopra la porta, Maya alzò gli occhi e schizzò dalla sedia in un lampo, lasciandosi dietro ogni pensiero di arte e numeri.

"Cos'è successo?" chiese, tirando il braccio di Jake. "Cosa c'è che non va?"

Jake scosse la testa. "Sono stati un paio di giorni di merda."

Maya lo guardò meglio e si rese conto che erano stati più che un paio di giorni di merda. Non si radeva da un paio di settimane, ma comunque non si era mai preso troppa cura della barba. Aveva dei cerchi scuri sotto gli occhi e doveva essersi passato la mano fra i capelli abbastanza spesso, tanto che in alcuni punti gli erano rimasti i capelli dritti. Senza pensare a quello che aveva passato lei nelle ultime settimane, Maya gli mise l'altra mano sul petto e si sporse in avanti.

"Jake."

Lui le rivolse un sorriso triste e scosse la testa. "Non sarei dovuto venire qui."

Maya non sapeva perché le aveva fatto così male sentirlo. Lei avrebbe dovuto essere un porto sicuro. Era *sempre* stata un porto sicuro per lui. Cosa gli aveva fatto per perdere quel ruolo? Dannazione. Indipendentemente da cosa succedeva nella sua vita e nei suoi pensieri, lei e Jake erano una cosa sola. Al diavolo l'idea che non potesse più avere quello.

Maya gli tirò di nuovo il braccio e finalmente Jake si lasciò smuovere. Per quanto Maya fosse stata in grado di vedersela con gente grossa il doppio di lei, era difficile muovere Jake quando lui non voleva.

Maya portò il suo migliore amico in ufficio e cercò di ignorare lo sguardo acuto di Sloane. Quell'uomo era fin troppo attento. Maya gli mostrò il dito medio prima di chiudersi dietro la porta.

"Cos'è successo, Jake?" gli chiese. Non sapeva quale Maya essere con lui. Doveva dirgli di fare l'uomo? O abbracciarlo perché stava male? Non era la dura che faceva vedere agli altri, ma ogni tanto alla gente serviva un calcio in culo. Per il momento, però, non era sicura di riuscire a trovare quella forza di fare la dura, quando Jake aveva quella faccia.

Jake sprofondò su una delle sedie e si passò una mano sul viso. "Un sacco di merda, ecco cos'è successo."

Maya ringhiò e si accovacciò davanti a lui. Ignorò la posizione in cui si trovava, tenuto conto del fatto che era praticamente inginocchiata ai suoi piedi e all'altezza del suo uccello. Dannati pensieri che rovinavano il modo in cui si comportava con lui.

"Sii più preciso, Gallagher, o ti prendo a calci in culo."

Lui rise dal naso, prima di allungare una mano e spostarle una ciocca di capelli dietro l'orecchio. Si bloccarono entrambi e Maya dovette deglutire rumorosamente, la bocca secca.

"Io e Holly abbiamo rotto."

Lo disse così in fretta che lei quasi cadde sul sedere per il colpo causato da quelle parole. Si alzò sulle gambe tremanti e lo fissò, il cuore che si spezzava. Tutta quella angoscia, tutto quel dolore, perché lui e Holly non stavano più insieme? Maya sapeva che lui si stava innamorando di quella donna, ma le faceva comunque male sentire quel tono di voce. Allontanò il pensiero che Jake fosse single.

Era il suo migliore amico. Niente di più. Niente di meno.

"Mi dispiace," disse Maya, onestamente. "So che ti piaceva davvero."

"È stata lei a scaricarmi." Jake scosse la testa. "E non me lo aspettavo. E ora Border è tornato ed è tutto un casino."

Maya dovette battere le palpebre più volte per digerire tutto. Holly aveva scaricato lui. Per questo Jake doveva ancora essere preso da lei. E Border? Il suo vecchio amico di prima che loro due si conoscessero? Maya sapeva che Border non era solo un vecchio amico, non era proprio un ex, ma più di qualcuno con cui aveva perso i contatti. Non era stupita dal fatto che Jake sembrasse sbronzo senza aver bevuto alcol. Erano un bel po' di cose da affrontare allo stesso tempo.

Ovviamente, il fatto che Border fosse tornato sottolineava come lei e Jake fossero solo amici. Jake era single, l'ex di Jake era di nuovo in città dopo essere sparito per un bel po' di tempo.

Beh, cazzo.

Maya si sarebbe occupata del suo migliore amico e avrebbe fatto del suo meglio per non rendere le cose strane. Perché non lo erano. Non potevano esserlo, quando l'uomo che aveva davanti era stato accanto a lei così tanto nell'ultimo decennio, e niente avrebbe cambiato quello che avevano. Erano *amici*.

"È tanto," disse lei, infine. "Quando è tornato Border?"

Jake alzò le spalle. "Un paio di giorni fa. Prima che Holly mi scaricasse. E diamine. Mi ha sconcertato, sai? Pensavo che sarei stato io a rompere con lei, invece Holly viene e dice che dovrei seguire il cuore o roba del genere. Pensavo parlasse di Border, sai, perché si è rifatto vivo, anche se lei non conosce il nostro passato. Ma poi ha parlato di te e sono rimasto lì come un idiota."

Maya piegò la testa, il cuore che batteva all'impazzata. "Come?"

"Cioè, diamine, perché avrebbe dovuto pensare che ti saresti messa in mezzo? Sei la mia migliore amica. Sei *Maya*. Non c'è competizione."

Maya rimase come un'idiota, cercando di elaborare quelle parole. Non avrebbero dovuto fare così male, ma chiaramente lei non riusciva a pensare con chiarezza, quando si trattava di Jake.

Basta. Non avrebbe potuto continuare in quel modo. Maya non ne poteva più. Non ne poteva più di essere angosciata e di non essere se stessa. Il suo amico aveva bisogno di lei e chiaramente lei non era nemmeno in competizione. Pensare che avrebbe potuto esserlo, pensare di avere il diritto a un altro ruolo nella vita di Jake, rendeva solo le cose più difficili.

Non le piaceva quella Maya. Non le piaceva chi diventava quando si faceva da parte.

Ma non sarebbe stata con lui. Non nel modo che voleva o che credeva di volere lei. Si sarebbe ripresa e si sarebbe ricordata chi era, perché non voleva più essere quella pallida imitazione di se stessa. Avrebbe indossato di nuovo la maschera che aveva portato così a lungo, quella che diceva a tutti di andare al diavolo e che sarebbe stata bene, indipendentemente da cosa succedeva. Era più *felice* così.

Non importava che Jake fosse single. Non importava che Holly avesse parlato di lei quando lo aveva scaricato.

Perché Jake non ricambiava. Non ricambiava da tanto tempo; se mai l'aveva fatto. Avevano quasi scopato una notte, da ubriachi, ma la cosa non contava molto nella loro relazione. Jake poteva avere il suo ex e Maya avrebbe dovuto andare oltre.

Non era niente, davvero.

Niente.

"Perché avrebbe dovuto pensarlo?" chiese Maya, a voce bassa, priva di emozione. "Siamo amici, Jake. Siamo sempre stati amici. So che non tutti lo capiscono, ma pensavo che Holly lo capisse."

Jake incrociò il suo sguardo. "Non siamo stati sempre solo amici, Maya."

Maya strinse i denti. Di proposito, non parlavano mai di quella notte, non parlavano mai del fatto che Maya avesse preso il suo uccello in bocca e lui l'avesse fatta venire con le dita. Persino Graham e Owen non parlavano mai di quando l'avevano vista al bar. Era una regola non scritta, e Jake stava incasinando tutto.

"È stata una notte, tanto tempo fa," gli disse lei, con voce calma. Non avrebbe ceduto, nonostante il fatto che avrebbe voluto essere ovunque tranne che lì. Si era messa la sua corazza e niente poteva penetrarla, nemmeno il fatto che il suo migliore amico si fosse incamminato lungo il viale dei ricordi.

"E non ne abbiamo mai parlato."

Maya scosse la testa. "E di cosa dovevamo parlare? È stato divertente, e sappiamo entrambi che siamo bravi a letto. Ma le cose sono cambiate e siamo amici da allora."

"E Holly pensa ci siano delle questioni irrisolte al riguardo."

C'erano.

"Tu cosa ne pensi? Hai detto che avresti rotto con lei, ma non lo hai fatto. Hai aspettato che lo facesse lei. Border è tornato, onestamente, non voglio essere usata come capro espiatorio."

"Penso di essere troppo stanco per pensarci."

Lei rise. Come al solito. "Bene. Ma sono ancora la tua migliore amica, per cui, se vuoi andare a bere qualcosa e parlarne, fammelo sapere. E se vuoi che ti aiuti a picchiarla? Beh, posso fare qualcosa, ma credo ci sia un codice tra ragazze o qualcosa del genere, per cui non potrei. Oh, e Jake? La prossima volta che vieni qui come hai fatto oggi, dimmi cosa c'è. Siamo sempre stati bravi con cose del genere, e tu..." Lasciò cadere la frase. Dire che le cose erano strane quando lo sapevano già non sarebbe servito a nulla.

"Maya," ringhiò Jake, gli occhi chiusi e la testa appoggiata allo schienale della sedia. "Non so cosa diavolo sto facendo."

"Allora faresti meglio a capirlo, Jake. Perché sai che ti starò sempre accanto, ma non posso farlo, se tu cambi le cose."

Maya aveva già cambiato le cose dalla sua parte, ma era colpa sua, e ci avrebbe pensato lei. Non aveva alterato la sua relazione con Jake, non proprio. E non lo avrebbe mai fatto senza conoscerne le conseguenze. Perché in quel momento le faceva male il cervello, e la sua corazza si stava spaccando. Jake non sapeva cosa voleva. Di certo non lo sapeva Maya. E poi c'era Border.

Dov'era? Che voleva? E perché Maya non l'aveva incontrato?

C'erano troppe variabili su cosa sarebbe successo, e questo significava che Maya doveva posporre l'inevitabile finché non sarebbero stati in grado di pensare con maggiore chiarezza.

"Non so cosa voglio," disse Jake, infine.

Maya fece un respiro profondo. "Allora vattene a casa e ci vediamo presto. Perché io so che fa schifo essere scaricati. So che ora stai male, ma non sarò la persona che si farà colpire perché tu soffri."

Jake sbuffò dal naso. "Pensavo che fossi la mia migliore amica proprio per questo."

Maya scosse la testa, gli occhi le bruciavano. "Sono la tua migliore amica perché posso prendere i colpi più forti, ma questo significa che so *esattamente* dove colpirti." Fece una pausa. "Vai a casa, Jake. Chiamami quando hai bisogno di me."

Jake si alzò e la fissò. Maya inclinò la testa per poterlo guardare. Era così alto, così minaccioso. Questo Jake la spaventava, per il modo in cui poteva cambiare quello che poteva succedere. Non era sicura di essere pronta ad affrontare la cosa e quello che significava.

"Non so di cosa ho bisogno, Maya. Non so se sarai tu."

Maya lasciò che quelle parole le rimbalzassero sulla corazza. *Non* avrebbe lasciato che le facessero del male. "Allora cerca di capirlo, perché non sono il tuo fottuto sacco da boxe." Indicò la porta. "Conosci la strada."

Jake sospirò e andò alla porta. "Ti voglio bene, Maya. Lo sai, vero?"

Lo sapeva, e le faceva male. "Sì, e ti voglio bene anche io. Ora vattene."

Jake aprì la bocca per dire qualcosa, ma ci ripensò, poi uscì e la lasciò sola con i suoi pensieri. La corazza avrebbe tenuto; sarebbe stata la Maya che le piaceva, non quella che chiedeva il permesso per provare qualcosa, per soffrire. Perché quella Maya sentiva solo quello che voleva, e il dolore per l'uomo che se ne era appena andato non era contemplato.

Stava bene.

E se se lo fosse ripetuto un'altra volta, si sarebbe presa a calci in culo da sola.

Maya sospirò. Era cambiato qualcosa tra loro, lei non sapeva cosa significava e non era sicura di volerlo sapere. C'erano cose da cui non si tornava più indietro, quella sembrava essere una di quelle svolte.

Capitolo Sei

BORDER DOVEVA COLPIRE QUALCOSA. QUALSIASI COSA. Erano passate quasi due settimane da quando era tornato a Denver per cercare di capire cosa fare del suo futuro, ma aveva trovato solo una porta chiusa e un sentiero che conduceva a promesse infrante.

Pensava di essersi lasciato tutto alle spalle quando se l'era svignata dalla città, ma evidentemente il vecchio detto non mentiva, non si può sfuggire al proprio passato.

Che ci faceva lì? Erano due settimane che dormiva nella stanza degli ospiti di Jake, ma non si parlavano, al di là dei convenevoli. Non aveva mai detto a Jake che gli dispiaceva di essersene andato, non gli aveva mai detto che, in passato, i suoi sentimenti andavano al di là dell'amicizia.

Jake non aveva mai chiesto dove fosse stato Border in tutti quegli anni, e Border non si era mai offerto di condividere quelle informazioni. Era come se fra loro ci fosse un muro e lui non potesse sistemare le cose o trovare un modo per farlo. L'imbarazzo fra loro era colpa di Border, ma Jake non lo stava aiutando. Da quando Holly aveva rotto con lui, Jake era diventato ancora più brontolone. Certo, dato che Border non conosceva davvero *l'uomo* quanto aveva conosciuto il *ragazzo* quando erano stati amici, questo poteva essere il normale comportamento di Jake. Ma aveva la sensazione che non fosse così e che il problema non fosse soltanto Holly.

In quelle due settimane, Border non aveva incontrato Maya e Jake non l'aveva nominata. Era come se, quando Holly aveva scaricato Jake, lui avesse fatto qualcosa a Maya. Border non era sicuro di cosa, ma aveva una brutta sensazione.

Da quando era tornato, però, non aveva passato tutto il proprio tempo a sospirare per Jake e a cercare di pianificare il resto della propria vita. Aveva lavorato, invece, e aveva ignorato tutto quello che riguardava gli altri Gallagher e anche i Montgomery. Non voleva invischiarsi con le famiglie in continua espansione, almeno finché non fosse riuscito a stare nella stessa stanza con Jake senza sentirsi a disagio.

Per quanto fosse a Denver per via di Jake, e non si sarebbe preso in giro al riguardo, anche se avrebbe voluto, Border si trovava lì per finire una missione che non aveva portato a compimento. Aveva fallito nel modo peggiore possibile e non avrebbe mai lasciato che il resto della missione andasse allo sfacelo perché lui si comportava come un dannato adolescente in calore, quando si trattava di Jake Gallagher.

Border non era un agente governativo e non

doveva seguire le stesse regole di chi si trovava al comando, ma *aveva* un codice. Non far morire le persone che doveva proteggere faceva parte di quel codice. Ovviamente, a Jake non poteva dire nulla. Nessuno sarebbe stato al sicuro, se Jake avesse avuto anche solo la minima idea di che lavoro facesse davvero Border.

Sospirò e guardò il telefono, leggendo l'ultimo messaggio della famiglia a cui aveva affidato il suo ultimo incarico. Erano brave persone e sapeva che avrebbero tenuto al sicuro la bambina, a differenza dell'ultimo posto in cui lui era stato. Chiuse gli occhi e cercò di tenere lontani i ricordi delle urla.

Border non era un agente segreto o roba del genere, non era un personaggio degno dei media. Faceva solo dei lavoretti per persone che non potevano arrangiarsi da sole. Tutto quello che faceva era legale, ma certe volte quasi attraversava il confine. Proteggeva le persone quando chi avrebbe dovuto farlo non ci riusciva.

E, siccome la maggior parte del tempo lavorava da solo, aveva dovuto imparare a fidarsi del proprio istinto. L'eccesso di fiducia aveva fatto ammazzare le persone che gli erano vicine, e ora doveva affrontarne le conseguenze. Aveva lasciato il lavoro, lasciato tutto quello che avrebbe potuto farlo finire ammazzato nel giro di un paio d'anni. Doveva solo portare a termine quel lavoro, poi sarebbe stato pulito.

Il fatto che potesse farlo a Denver mentre cercava di tornare alla vita che aveva creduto di volere aveva reso accettabile l'idea di tornare a casa.

Ma Jake continuava ad allontanarlo senza nemmeno

provarci e Border non sapeva quanto tempo avrebbe resistito prima di scoppiare.

Jake entrò in sala da pranzo come una furia, le braccia sporche di argilla e un segno sulla fronte. Si era lavato le mani, ma erano ancora bagnate e chiuse a pugno lungo i fianchi. Ringhiava fra sé.

"Problemi?" chiese Border. Stava mescolando un pentolone di *chili* e sollevò un sopracciglio.

"Sto bene," ritorse Jake. Border aprì il frigo e vi guardò dentro senza prendere niente prima di richiuderlo. "Perché stai cucinando?"

Border continuò a mescolare, cercando di fare del proprio meglio per non agitare le acque, quelle fra lui e Jake. "Ho fame e volevo da mangiare. Sono stanco di andare a mangiare fuori per non darti fastidio, quindi preparo la cena per entrambi. Una volta, il mio *chili* ti piaceva."

Sempre per non agitare le acque.

"Neanche me lo ricordo, il tuo *chili*," ringhiò Jake.

Border alzò gli occhi al cielo. "Te lo ricordi bene. Non fare lo stronzo solo perché sei di cattivo umore."

Jake si passò il medio sul sopracciglio. "A dire la verità, credo che essere di cattivo umore sia il momento perfetto per fare lo stronzo."

Border sbuffò. Jake aveva ragione. "Devo darti ragione." Affondò il cucchiaio di legno nel *chili* e se lo portò alle labbra. Tenendo gli occhi su Jake, soffiò sul cucchiaio.

"Vuoi assaggiare?"

Jake deglutì, il pomo d'Adamo che andava su e giù, poi annuì. Border spostò il cucchiaio verso le labbra di

Jake, che aprì la bocca. Quando Jake gli strinse la mano sul polso per tenerlo fermo, Border trattenne un gemito.

Jake tirò fuori la lingua e assaggiò il *chili*, prima di chiudere la bocca sul cucchiaio, senza mai smettere di guardare Border.

I fagioli non erano mai stati così dannatamente sexy.

Jake si leccò le labbra e annuì. "Molto buono. Non troppo piccante, ma ha una certa spinta."

Border espirò lentamente prima di lavare il cucchiaio e metterlo accanto alla pentola. "Bene. Era quello che volevo fare."

Jake si appoggiò al frigorifero e incrociò le braccia sul petto. "Che ci fai qui, Border?"

Border si spostò, appoggiando il fianco al bancone. Imitò inconsciamente la posa di Jake, ma non cambiò posizione. Jake non stava parlando del *chili* e Border non avrebbe finto che fosse così. "Ho intenzione di trasferirmi di nuovo in città."

Jake sgranò gli occhi. "Definitivamente?"

"Sì, definitivamente. Te l'ho già detto." Non glielo aveva detto?

"Lo hai accennato, ma non ero sicuro di crederci, sai? Sei stato lontano per molto tempo e ci sono altri posti dove avresti potuto stare."

"E sono stato in quei posti. Volevo essere qui."

"Qui inteso come a Denver, o qui con me? Perché non so cosa vuoi, Border, e non so nemmeno cosa voglio io."

Jake non era pronto per quella conversazione, lo sapevano entrambi, ma Border non poteva tirarsi indietro.

"Sono scappato per troppo tempo, ho visto merda che non volevo vedere, fatto cose che non volevo fare. Ora volevo tornare a casa. Perché, indipendentemente da dove andavo, Denver era sempre casa mia." *Tu eri sempre casa mia.*

"È davvero così? Perché io non ho idea di cosa hai fatto, mentre non c'eri."

"Anche perché non me lo hai mai chiesto." Sì, faceva male che Jake non l'avesse chiesto. Evidentemente Border si sarebbe comportato da stronzo al riguardo.

Jake alzò le mani e si accigliò. "Sono un po' impegnato con la mia vita di merda, al momento, grazie."

Border scosse la testa. "Vita di merda? Io non vedo una vita di merda. Vedo un uomo con una cazzo di famiglia fantastica, un uomo con un lavoro e una casa che adora. Cioè, cazzo, puoi lavorare da casa e ho visto la tua arte." Indicò la casa. "L'ho vista qui e in giro. Hai talento, lo hai sempre avuto. Sì, Holly ti ha scaricato, ma tu stesso mi hai detto che volevi lasciarla."

"Non è così semplice!" urlò Jake.

"Non lo è mai, ma diamine, Jake. Di' quello che è, non quello che pensi di aver bisogno che sia. Non sei incazzato perché tu e Holly non state più insieme. Sei incazzato perché non sei stato tu a rompere con lei. Stai male perché è stata lei a rompere per prima."

"Vaffanculo, Border. Non mi conosci. Non sai cosa provo."

Border si sporse in avanti. "E la colpa di chi è? Di chi è la colpa, se non conosco l'uomo che sei diventato?"

"Tua, fottuto stronzo. Tua." Jake si raddrizzò. "Sei tu che te ne sei andato. Tu sei quello che ha deciso che io non ero alla tua altezza. E allora non fare il martire perché non mi conosci."

Se l'era cercata. "Non è quello che volevo dire."

"Sì, beh, è quello che hai detto. Non ero alla tua altezza. Non ero una ragazza. Non volevi davvero scoparmi, volevi solo divertirti e finirla lì. Lo capisco. Ma non comportarti come se tu non avessi fatto niente di sbagliato. Non comportati come se ora tu avessi un posto nella mia vita."

Il petto di Jake si alzava e si abbassava, Border avrebbe voluto prendergli a pugni quel bel viso perché aveva detto tutte le cose giuste, anche se erano tutte sbagliate.

"Oh, ma chiudi il becco. Non me ne sono andato perché eri un maschio. Me ne sono andato perché mi ero innamorato di te, idiota. Me ne sono andato perché avrò anche potuto avere vent'anni, ma non ero un uomo. Mio padre ti avrebbe ucciso, se l'avesse scoperto. Quello lo capisci, vero? Ti avrebbe ucciso perché non era in grado di uccidere me, anche se ci ha provato. Se non si fosse ucciso prima con l'alcol, ci starebbe ancora provando. Me ne sono andato perché non sapevo chi ero senza quell'uomo che cercava di picchiarmi e non ero degno di te. Per cui, sì, me ne sono andato. L'ho fatto in un modo di merda, e non posso tornare indietro, ma adesso sono qui, e sembra che tu non possa affrontare la cosa."

Jake fece un passo indietro, a occhi sgranati. "Eravamo adulti, Border. Non avrebbe potuto toccarci."

"Sai com'era fatto, non mentire a te stesso. E, Jake? Tu non hai mai detto niente. Non mi hai mai detto cosa provavi. Per quel che ne sapevo, io ero innamorato di te e a te piaceva scoparmi per far eccitare le donne con cui stavamo. Io… Non… Lo sapevo."

Jake fece una pausa così lunga che Border temette di aver mandato di nuovo tutto al diavolo. "Nemmeno io lo sapevo. Sono bisessuale, Border. L'etichetta non mi spaventa."

Border sospirò e chiuse gli occhi. "Anche io sono bisessuale. Eravamo giovani e stupidi e non sapevamo cosa facevamo. Ora siamo più grandi, ma continuo a credere che non sappiamo cosa stiamo facendo."

"Io pensavo di sì," disse Jake. "Io pensavo di capire tutto, per lo meno. Avevo un lavoro, una casa e una ragazza che pensavo di poter sposare."

"Non la amavi, Jake, e lo sappiamo entrambi. Holly stessa lo sapeva."

Jake strinse i denti. "Me l'ha ha detto."

"Ha anche parlato di Maya." Border doveva conoscere quella donna; la donna che aveva in mano il cuore di Jake, non quella che Jake credeva di farsi bastare. Perché c'era qualcosa sotto, qualcosa che Border doveva affrontare. Aveva qualcosa per la testa, un'idea che non riusciva a farsi venire, un'idea che riguardava loro tre, ma doveva capire cos'era.

"Chiudi il becco su Maya. Non la conosci. Non capisci."

"La vuoi, Jake. Lo vedo quando dici il suo nome."

"È la mia migliore amica," sbottò Jake.

"E non ne dubito, ma la vuoi."

Jake ringhiò. "E stai dicendo che voglio anche te? È questo che stai dicendo?"

Border piegò la testa. "Mi vuoi?"

"Vaffanculo, Border. Non puoi venire qui e cambiarmi. Non puoi incasinare tutto."

"Le cose sembravano già incasinate senza di me." Si stava comportando da stronzo, lo sapeva. Ma se non avesse costretto Jake ad affrontare i propri pensieri e le proprie paure, non sarebbe andato avanti.

"Vai… A farti… Fottere."

Border non avrebbe dovuto essere sorpreso dal pugno alla mascella, ma lo fu. La testa gli schizzò all'indietro, fece una smorfia, passandosi una mano sul mento dove Jake lo aveva colpito.

"Ti senti meglio?" chiese Border. Si passò la lingua sui denti per controllare se gliene stesse per cadere qualcuno. Cazzo se colpiva forte.

Jake agitò la mano. "No. Hai la mascella di granito."

Border sbuffò. "Non proprio, ma grazie."

"Non so cosa diamine sto facendo qui," disse Jake, dopo qualche attimo. "E il fatto che tu sia qui non mi aiuta."

Qualcosa colpì Border al petto, ma lui fece del suo meglio per non darlo a vedere. "Vuoi che me ne vada? Posso andarmene. Ma non lascerò la città. Dobbiamo parlare."

"Pensavo l'avessimo appena fatto," scattò Jake. "Cosa diavolo vuoi, Border?"

"Te," disse fuori dai denti, ma poi gli venne voglia di prendersi a pugni. Beh, non poteva tornare indietro, anche se mandava tutto al diavolo. "Ti voglio, Jake."

Jake impallidì per un attimo e Border trattenne un sospiro. Non era la reazione che aveva sperato di ottenere dopo avergli confessato confessato i propri sentimenti.

"Non so cosa voglio, Border," sussurrò Jake. "Io… è passato molto tempo."

Border si tirò su e si spostò verso il bordo del bancone, così da poter dare un po' di spazio a Jake. "Capisco." E capiva. Era stato lontano troppo a lungo, aveva fatto un casino.

Jake lo prese per il braccio. "No, non capisci. Sto incasinando tutto. Sei spuntato dal nulla, ma non è proprio così, vero? Sei sempre stato presente, in qualche modo. Mi hai sempre telefonato." Jake incrociò lo sguardo di Border. "E avevo *bisogno* di quelle telefonate, Border. Anche se mi uccidevano."

Border deglutì rumorosamente. "Ne avevo bisogno anche io." Chiuse gli occhi. "Ma tu hai bisogno anche di Maya."

Jake compresse le labbra. "Siamo amici."

"Lo eravamo anche noi," ribatté Border. "Non perderla solo perché hai paura."

"E tu?" chiese Jake, a voce bassa.

Border poteva sentire il cuore battergli nelle orecchie e fece un respiro profondo per riprendere il controllo. Quel pensiero stuzzicante che aveva tenuto lontano si fece avanti con prepotenza, Border voleva darsi del pazzo. Non aveva nemmeno *incontrato* Maya, ma stava per fare qualcosa di estremamente stupido.

"E noi due?"

Jake si bloccò e Border non sapeva cosa dire.

"E noi due cosa?" chiese una voce dal salotto.

Border si voltò alle parole di quella donna e Jake

imprecò. Era bella da restarci secchi. Curve sexy e uno sguardo ancora più sexy. Aveva i capelli neri lunghi sotto le spalle e la frangia. Aveva un piercing al sopracciglio e le braccia tatuate. Quegli occhi blu erano uguali a quelli di Storm.

"Maya," disse Jake sottovoce. "Quanto hai sentito?"

Maya Montgomery. Eccola, la donna che aveva il cuore di Jake, o almeno ne aveva una parte. E Border non si era mai sentito così dannatamente fortunato o spaventato in tutta la sua vita.

"Non so *cosa* ho sentito, per cui perché non mi illuminate?"

Border sospirò quando Jake rimase in silenzio, il volto di pietra, mentre cercava di capire cosa dire. "Sono Border," disse, infine. "Tu devi essere Maya Montgomery."

Maya incrociò lo sguardo di Border e sospirarono entrambi. "Piacere di conoscerti. Credo."

Lui non poté fare a meno di sorridere a quelle parole. "Credo anch'io sia un piacere conoscerti."

"Che ci fai qui, Maya?" le chiese Jake, finalmente, e poi imprecò di nuovo. "Cioè, cazzo." Andò verso di lei e la abbracciò, sorprendendo Border e, a quanto pareva, anche Maya.

La ragazza gli diede una pacca imbarazzata sulla schiena e aggrottò la fronte guardando Border. "Ehilà," disse sottovoce. "Che succede, Jake?"

Lui scosse la testa e Border si appoggiò al bancone mentre li osservava interagire.

"Sto mandando tutto a puttane come sempre," rispose Jake. "A te come vanno le cose?"

Maya sbatté un paio di volte le palpebre, prima di incrociare lo sguardo di Border. "Di che cosa parla?"

Border alzò le spalle. "Dovrebbe essere lui a parlartene."

Maya si voltò verso Jake, in attesa.

Jake si passò una mano sul viso, allontanandosi da Maya. "Io e Border stavamo parlando di quello che è successo in passato."

"Vuoi dire tra voi due e il fatto che se ne è andato?" chiese, e fu allora che Border si rese conto che Maya sapeva *tutto* di lui, mentre lui sapeva solo poche cose su di lei. Jake era dannatamente fortunato ad averla nella sua vita, se Maya non era scappata per quello che aveva fatto Border.

"Esatto," rispose Border. Gli vibrò il cellulare e lui guardò il messaggio in arrivo. Una sensazione di allarme gli strisciò lungo la schiena, digrignò i denti. "Devo andare."

Jake si accigliò. "Che vuoi dire? Non credi che dovremmo parlare?"

Border mise via il telefono e annuì. "So che dobbiamo e parleremo quando torno, ma è una cosa di lavoro e non posso tirarmi indietro."

"Che lavoro fai?" gli chiese Maya.

Border incrociò il suo sguardo e sentì una connessione immediata. Il tipo di connessione che aveva sentito solo con un'altra persona: Jake.

Che diavolo?

"Proteggo persone," disse infine. "E devo andare. Però, Maya, parla con lui. Chiedigli cosa sta succedendo. Sai del mio passato con lui. Chiediglielo. E sii aperta." Non sapeva perché le aveva detto così. Ma lo aveva fatto.

E con quelle parole, prese le chiavi e raggiunse la coppia. Quando si sporse per premere le labbra contro la tempia di Jake, si bloccarono tutti e tre.

Border non aveva intenzione di farlo, ma gli era sembrato naturale come respirare.

Poi si sorprese di nuovo quando fece lo stesso con Maya. "Torno presto. Piacere di averti conosciuta."

Li lasciò in salotto, a fissargli la schiena mentre lui si chiudeva la porta alle spalle. A cosa diamine stava pensando? Cosa stava facendo?

Voleva Jake. Lo aveva sempre voluto, ma aveva avuto troppa paura per fare qualcosa al riguardo. Ma voleva anche che Maya stesse con Jake, perché quella dannata donna rendeva Jake felice. Border non aveva idea di cosa avrebbe fatto, o se la scelta fosse stata nelle sue mani, dato che li aveva lasciati soli.

A ogni modo, qualcosa stava per cambiare, qualcosa di grosso, e avrebbe dovuto metterlo da parte per lavorare su altre cose. Perché qualcuno aveva bisogno di lui per restare in vita, e lui non aveva intenzione di perdere un'altra persona per colpa delle proprie scelte.

Gli faceva male il cuore al pensiero di cosa aveva visto l'ultima volta che aveva fallito, ma allontanò quel pensiero. Non avrebbe fallito. Quella non l'avrebbe persa.

E non avrebbe perso Jake. Non di nuovo.

E Maya? Beh, avrebbe trovato una soluzione anche per quello.

CARRIE ANN RYAN

Gli venne uno strano presentimento mentre entrava nel furgone. Trattenne un'imprecazione.

Aveva la sensazione che qualcuno lo osservasse, come se tenessero gli occhi su di lui. Ma non poteva permettersi di darlo a vedere. Perché, se lo avesse fatto, Jake o Maya potevano farsi del male, ed era l'ultima cosa che voleva.

Poteva non sapere cosa voleva quando si trattava dell'uomo in quella casa e della donna al suo fianco, ma Border sapeva di dover mettere tutto da parte per occuparsi degli obiettivi concreti che aveva davanti.

E la prima cosa che doveva fare era assicurarsi che Jake e Maya fossero al sicuro.

Mise in moto il furgone e uscì dal vialetto, pregando che chiunque lo stesse tenendo d'occhio lo seguisse. Border non avrebbe più potuto restare da Jake, se le cose fossero continuate così.

Oppure Border stava perdendo la testa ed era troppo paranoico. A ogni modo, aveva un lavoro da fare e qualcuno di cui occuparsi.

E quando sarebbe tornato a casa?

Beh, ci avrebbe pensato poi. Perché le cose non sarebbero più potute tornare normali. Non più.

E Border non poteva fare a meno di sentire i primi germogli di speranza, anche se si intrecciavano al terrore e alla preoccupazione che lo affliggevano. Le cose stavano cambiando e lui doveva aggrapparcisi e andare avanti.

Di nuovo.

Capitolo Sette

JAKE STAVA PER PERDERE LA TESTA. SEMPRE CHE NON l'avesse già persa. Non aveva idea di cosa fosse appena successo in cucina con Border, e ancora meno di cosa fosse successo in salotto. Ma, a ogni modo, ora era accanto a Maya con le mani in tasca e cercava di pensare a cosa dire.

Evidentemente non era ingegnoso come credeva, perché non gli veniva in mente niente per spezzare la tensione.

Maya lo fissò confusa, prima di lasciarlo solo. Andò in cucina e girò il *chili* sul fornello.

"Devo pensare che l'abbia preparato Border, dato che tu non sai come si fa il *chili*."

Jake sospirò di sollievo. Poteva parlare di *chili*. Era un buon punto di partenza. "So cucinare."

Maya sollevò un sopracciglio, con quel piercing dannatamente sexy che rifletteva la luce. "Non ho detto che non sai cucinare. Ho detto che non sai preparare il *chili.*" Si chinò sui fornelli e annusò. "Ha un buon odore."

Maya mise il coperchio alla pentola e la tolse dai fornelli, prima di appoggiarsi di nuovo al bancone e incrociare le braccia sul petto.

"Allora, vuoi dirmi cos'è successo? Perché io sono dannatamente confusa."

Jake si appoggiò al bancone, in modo da essere dal lato opposto rispetto a lei, ma senza toccarla.

"Non ne ho idea."

"Bugiardo." Disse Maya, senza perdere un colpo. "E sai che non mi piacciono i bugiardi. Perché non mi dici cosa stava succedendo in cucina prima che arrivassi. Dimmi perché hai la mano arrossata e sembrava che qualcuno abbia dato un pugno alla mascella di Border. Dimmi perché mi hai abbracciata in quel modo quando sono arrivata. Perché Border ci ha baciati. E che volevate dire, quando avete parlato di averci entrambi o cosa diamine stavate dicendo quando sono entrata. Che te ne pare?"

Maya piegò la testa, era dannatamente sexy. Jake aveva passato troppo tempo a fare del proprio meglio per dimenticare quanto lei fosse sexy, in generale. Ogni tanto, si ricordava il modo in cui aveva ballato quella sera, ricordava l'immagine di lei in ginocchio davanti a lui. Ricordava anche di aver riso per quanto lei amava il sesso orale e quanto fosse stata seria quando lo aveva detto. Ricordava tutto, anche se aveva fatto il possibile per dimenticare.

Erano amici, grandi amici, e aveva funzionato perché non avevano oltrepassato quella linea. Ma in quel momento, quando poteva vedere dove una linea ne incrociava un'altra, riusciva a vedere solo lei.

E Border.

E la cosa lo confondeva un casino.

"Border è tornato in città," cominciò Jake.

Maya sbatté lentamente le palpebre. "Questo lo avevo capito."

"È tornato perché vuole che diventi casa sua."

Maya sgranò gli occhi. "Vuoi dire che vuole trasferirsi da te definitivamente?"

Jake scosse la testa. "No, o almeno non credo. Voglio dire che vuole restare a Denver. Sta da me perché gliel'ho detto io, finché non capisce qual è il prossimo passo. Solo che credo che il prossimo passo sia qualcosa di più del trovare una casa."

Maya allungò una mano verso di lui, poi si tirò indietro. A Jake non piaceva vederla così insicura, così diversa dalla Maya che conosceva. Il responsabile era lui, ovviamente. Era lui che stava lentamente cambiando le regole del gioco senza farla rientrare nel cambiamento.

"Mi ha solo detto perché è andato via, tutta la storia. Aveva paura che suo padre mi uccidesse per via di quello che eravamo l'uno per l'altro." Fece una pausa. "Anche se non credo *sapessimo* cos'eravamo l'uno per l'altro."

Maya sospirò e fece un passo avanti. Gli mise le mani sulle braccia e lo guardò negli occhi. "E cos'eravate, l'uno per l'altro?"

"Lo amavo, Maya," disse Jake, con dolcezza. Era sempre stato onesto con lei su tutto, tranne su quello che aveva realmente provato per lei quando l'aveva vista per la prima volta alla Montgomery Ink. Non avrebbe mentito su quello, non quando sembrava così importante. Era uno di quei momenti in cui tutto poteva cambiare e *sarebbe* cambiato. Non poteva basarsi sulle bugie. Jake questo lo sapeva.

Maya strinse le labbra.

"E lui amava me," aggiunse, sottovoce. "E abbiamo gettato tutto via perché eravamo giovani e avevamo paura di ammettere quello che provavamo." Ed eccolo lì, anni dopo, e ancora così spaventato.

Maya non disse niente, ma la sua presenza lo aiutò ad andare avanti. Aveva sempre avuto quell'effetto, su Jake. Indipendentemente da come si sentiva, lui era sempre *al sicuro* con lei. Non poteva allontanare quella certezza, non poteva perderla. E se si fosse aggrappato con abbastanza forza, non l'avrebbe persa, indipendentemente da cosa sarebbe successo dopo.

Sospirò. "Ne abbiamo parlato e poi ci siamo incolpati a vicenda come idioti, e alla fine l'ho colpito."

"Mi sembra giusto," disse Maya, sarcastica. "E lui ha colpito te?"

Jake scosse la testa. "No, anche se avrebbe dovuto. L'ho colpito di sorpresa. Ma lui ha incassato come se se lo meritasse o roba del genere. Forse una volta se l'era meritato, ma non questa volta. Non l'ho colpito perché se ne è andato, ma perché è tornato e ha detto cose che non volevo affrontare."

Maya gli prese la mano e gli passò il pollice sulle nocche arrossate. "Che altro ha detto?"

"Che lo volevo ancora," disse Jake sottovoce. "Che mi vuole." Fece una pausa. "Che io voglio te."

Maya alzò gli occhi di colpo e smise di respirare. "Che cosa?"

Il cuore di Jake accelerò, e lui abbassò lo sguardo sulla donna che era stata al suo fianco da che aveva memoria. Era lei che lo riempiva di speranza, risate e di dolore perché non poteva averla.

Maya era tutto.

E forse lo era anche Border.

Invece di pensare a cosa potesse significare, le mise la mano libera sulla guancia e le appoggiò le labbra sulla bocca. Maya annaspò e lui premette più forte, aveva bisogno del suo sapore, di *lei*. Era ciò che gli era mancato, ciò di cui aveva bisogno. Anni a essere amici, a non volere niente di più perché lei lo rendeva felice e lui le faceva provare le stesse cose, furono spazzati via di colpo. Tornò la fame di quella sera al bar, la fame che colpì Jake dritto allo stomaco. La *voleva*. Aveva *bisogno* di lei, e avrebbe fatto qualsiasi cosa per non perderla.

Gli sembrava giusto.

Era giusto.

Maya lasciò che la baciasse per qualche attimo, prima di tirarsi indietro.

Jake non avrebbe dovuto sorprendersi del pugno alla mandibola.

"Ma che diamine, Jake?" urlò Maya. "Non puoi *baciarmi* così. Non puoi cambiare le cose di punto in bianco." Poi fece due passi indietro e alzò il mento. "Siamo *amici*. O te lo sei dimenticato?"

"Non ho dimenticato niente, Maya. Come potrei? Ma vogliamo entrambi che le cose cambino."

Maya sbuffò. "Oh, quindi adesso mi leggi nel pensiero? Dimmi cosa sto pensando adesso." Gli rivolse un'occhiataccia e Jake scosse la testa.

"Vuoi darmi un altro pugno."

Maya ridacchiò. "Hai tirato a indovinare."

Jake cercò di controllare la respirazione. Non era facile, quando Maya aveva le labbra gonfie e umide per il bacio e negli occhi aveva quel calore che le aveva visto quando si erano incontrati per la prima volta.

"Vogliamo che le cose cambino, Maya. Io lo voglio. E so che lo vuoi anche tu."

"Smettila di dirmi cosa voglio." Maya chiuse gli occhi e inspirò dal naso.

"Allora dimmi a cosa stai pensando."

Maya riaprì gli occhi e Jake non riuscì a leggere le sue emozioni. "Sto pensando che le cose stanno andando troppo in fretta, ma non abbastanza. Tu e Holly vi siete appena lasciati, Jake. Sì, sono passate un paio di settimane, ma non è molto tempo, nel grande disegno delle cose. So che lei ha parlato di me, quando vi siete lasciati, e non voglio che sia quella la ragione per cui lo stai facendo. Non voglio che la tua ragione siano le parole di Border." Maya fece una pausa. "Valgo più del fatto che altre persone siano la ragione per cui qualcuno mi vuole. Mi ci è voluto un po' per capirlo. Ma io valgo di più."

Jake scosse la testa e fece un passo verso di lei. Quando Maya non si fece indietro, lui lo prese come un buon segno. "Sto pensando a te da molto tempo."

Quando Maya gli apparve dubbiosa, Jake continuò.

"Dico sul serio," disse con dolcezza. "Non sono orgoglioso di dover ammettere che non amavo Holly. Pensavo di amarla, o di poterla amare, ma non è stato così. Pensavo che fosse lei quella con cui dovevo stare, per arrivare alla prossima fase della mia vita, perché non potevo avere chi volevo." Scosse la testa. "E questo fa di me uno stronzo."

"Un po', sì," mormorò Maya, e Jake rise dal naso. Solo Maya poteva essere completamente onesta in un momento del genere. "Stai dicendo che mi volevi da prima?"

Jake annuì. Era il momento di rischiare il tutto per tutto. Perché se avesse nascosto chi era, cosa voleva, avrebbe fatto un casino. Era Maya, la *sua* Maya. Non poteva permettersi di avere paura e perderla, solo perché non era in grado di esprimere quello che provava, o che aveva provato in passato.

"Sì," disse Jake. "Ti volevo quando sono venuto per la prima volta alla Montgomery Ink e tu stavi con quel tizio."

Maya fece una smorfia. "Lo sapevo, ma ormai era troppo tardi."

"Adesso è troppo tardi?" chiese Jake, col cuore in gola.

"Non lo so, Jake. Non possiamo andare di fretta con un cambiamento del genere."

"Stiamo davvero cambiando le cose? O stiamo solo aprendo gli occhi?" Le toccò una guancia. Quando lei non si fece indietro, Jake la prese come una vittoria.

Maya non rispose e Jake non era sicuro che lei potesse farlo in quel momento.

"Siamo ancora amici, Maya. Indipendentemente da quello che succede, siamo amici. Dobbiamo esserlo."

Maya incrociò il suo sguardo, indecisa. "E Border? E il passato? Perché non si tratta solo di me e di te. C'è un'altra persona che non è Holly. Non voglio mettermi tra voi, ma… non lo so, Jake."

"Nemmeno io so cosa fare con Border. Una volta lo amavo, Maya. È tornato, e non so cosa vuole." Jake chiuse gli occhi per un attimo, prima di studiare il viso di Maya. "Non capisco come sia possibile che stia succedendo tutto in una sola volta. Avrei dovuto fare un passo avanti con te già prima, ma non mi sembrava mai il momento giusto. Ma ora lui è tornato e non so cosa fare. O forse lo so e la cosa mi spaventa, perché ti voglio, Maya. Ti voglio nella mia vita e non so come riuscirci senza fare male a tutti."

Maya fece un respiro profondo e sembrò arrivare a una decisione. "Allora prendi anche lui. Stai con lui… e forse anche con me."

Jake spalancò gli occhi. "Che cosa?"

Maya scosse la testa. "Non posso mandare al diavolo quello che avete voi due. Posso vederlo, Jake. L'ho sempre visto. Non voglio distruggerlo o mettermi in mezzo. Ma ci ho pensato anche io. Non sei stato l'unico a notare che le cose sono cambiate. Anche se io avessi voluto nascondere la testa nella sabbia, il che non è *per niente* da me, sapevo che le cose stavano cambiando."

Jake non riusciva a respirare, non riusciva a pensare. Gli tornò in mente la presenza di Maya nella sua vita, negli ultimi mesi, voleva prendersi a pugni per essere stato così superficiale, così orribile. "Tu… tu sei stata così silenziosa. Così riservata. E non me ne sono accorto."

Maya gli rivolse un sorriso timido. "Stavi cercando di far funzionare qualcosa. E io capivo, anche se faceva male. L'ho voluto io, Jake. Non tu. Anche se, in quel momento, avrei voluto dare la colpa a te, però."

"Che significa?" Si fece prendere dalla speranza, ma cercò di ignorarla.

"Non lo so di preciso. Ma… ho pensato che forse, solo forse, non devi per forza scegliere? È così strano, ma non strano quanto dovrebbe."

"Che stai dicendo?"

Maya incrociò il suo sguardo. "Che dovremmo trovare una soluzione. Tutti e tre. O meglio, tu e lui e poi tu e io. Noi tre."

A Jake tremavano le mani. "Io… io non so se a Border va bene." Ma lo sapeva. Border aveva detto la stessa cosa, no? E cosa voleva dire quello sguardo che si erano scambiati Border e Maya?

"Come ho detto, noi tre. Troveremo un modo, Jake."

"Sei mai stata parte di un ménage?" le chiese all'improvviso, senza sapere da dove gli veniva quell'idea.

Maya rise un po' asciutta. "Non uno che è durato. Sai che sono stata con due uomini allo stesso tempo. Ne abbiamo parlato quella volta, dopo la tequila. Ma so di ménage che funzionano nella vita reale. In effetti, una donna che lavora con mio cugino a New Orleans è in un ménage bisessuale permanente." Scosse la testa. "Non so se siamo a quel punto. Credo di dovermi trovare in una stanza con Border per più di dieci minuti, per poterlo capire."

"È strano parlarne senza Border qui," disse Jake dopo un po'.

"Allora aspetteremo che torni così possiamo parlare di cosa può succedere."

"Quindi, io e te? Succederà davvero?" Chiaro e coinciso. Finché giocavano a carte scoperte, potevano farlo.

"Stai parlando di sesso? Che dovremmo solo fare sesso? O di cosa?"

"Non sto dicendo questo." Anche se nella sua mente cominciarono a formarsi immagini di lui e Maya che facevano sesso e Jake dovette deglutire rumorosamente per ricomporsi.

"Allora cosa stai dicendo?"

"Sto dicendo che, se fosse solo sesso, non starei con te." Fece una smorfia. "Non voglio rischiare quello che abbiamo solo per il sesso."

"Ma questo significa che, qualsiasi cosa facciamo, qualsiasi cosa *questo* sia, sarà *qualcosa*. Qualcosa di serio. Qualcosa che significa più dei soli baci e di qualsiasi cosa possa succedere. È un grande passo, Jake."

"Non sto dicendo nemmeno questo," sbottò Jake, dannatamente confuso.

"Sembra di sì."

"Sto dicendo che, se facciamo sesso, ci saranno senti-menti. A prescindere. Il nostro ruolo come amici, grandi amici, ha delle responsabilità. E una di queste responsa-bilità è essere consapevoli di quei sentimenti. Non sto parlando di cuori infranti o di cosa potrebbe esserne di questo... di noi, sto parlando di tutto."

"Allora è più che sesso, più del desiderio l'uno dell'altra." Maya fece una pausa. "E di qualsiasi cosa possa succedere tra te e Border, dopo."

"Certo che sì." Sospirò Jake. "Siamo io e te, Maya. Siamo sempre stati una specie di duo. Al punto che tutti pensano che stiamo già insieme. Siamo io e te," ripeté. "Ma non ho nemmeno intenzione di portarti subito all'altare."

Maya sgranò gli occhi. "Cazzo, amico. Noi non... cioè... diamine. Sono confusa."

"Lo so. È tutto nebuloso, e fingere che non lo sia sarebbe un insulto per entrambi."

"E Border?" chiese Maya. "Perché se parliamo di cose nebulose, lui ne fa parte."

"Border ne fa parte. Parte del passato e... ora... cazzo. Vedi? È troppo?" Jake scosse la testa. "Forse dovremmo fare un passo indietro e capire, perché mi sembra di arrampicarmi sugli specchi."

Maya rimase in silenzio così a lungo che Jake temette di averla persa. "Allora non complichiamo le cose. Facciamo quello che avremmo dovuto fare prima e non pensiamoci troppo."

Jake si accigliò. "*Dobbiamo* pensare."

"Allora scopami."

Jake incrociò il suo sguardo e batté le palpebre. "Questo è il problema, adesso. Scopare. Sentimenti. Tutto."

"Scopami e sappi che è più che solo sesso perché ti voglio bene e sei il mio migliore amico. E vedremo cosa succede. Ma sappi che ti vorrò sempre bene e sarai sempre il mio migliore amico. Il che significa che, indipendentemente da quello che succede, *indipendentemente*, non me ne andrò. Le cose non cambieranno, da quel punto di vista." Maya strinse i denti. "Non succederà."

"Non possono cambiare," disse Jake, dopo un po'. "Non lo permetterò. Altre cose *cambieranno*. Ma quello che abbiamo? Le nostre fondamenta? Quelle no."

"Ma?" chiese Maya. "Perché so che c'è un ma."

"Ma sappi che, gettandoci in questa cosa, farò del mio meglio per non fare un casino. Ti farò vedere cosa possiamo avere e cercherò di non pensarci troppo. E quello che succederà con Border? Beh, non lo so. Perché è troppo, sai?"

Maya gli prese il viso tra le mani. Erano morbide sulla pelle di Jake, e lui voleva lasciarsi andare in quel tocco, ma si fermò. "Smettila di pensare."

"È un po' difficile, quando stiamo per cambiare tutto."

Maya gli studiò il viso. "Ok. Allora smettila di sentirti male per questo. Prendimi, stai con me. Fai quello che avremmo dovuto fare prima e quello intorno a cui abbiamo girato troppo a lungo." Fece una pausa. "E stai con Border, se ti serve." Jake aprì la bocca per dire qualcosa e Maya scosse la testa. "Non sono come le mie sorelle, lo sai. Sono sempre stata un po' più aperta, quindi non farà la differenza. Stai con lui e con me. E, una volta che ci saremo conosciuti, forse staremo tutti insieme. Ma tu devi trovare la tua strada, Jake. E sono abbastanza egoista da voler trovare la mia con te. È una cosa seria, ma non ci prenderemo troppo sul serio. Questa è la differenza."

Jake non sapeva quale divinità lo aveva benedetto in una vita precedente, perché la luce che splendeva su di lui, al pensiero di quella donna, avrebbe avuto per sempre la sua gratitudine.

Lì c'era una donna, più forte di chiunque cono-scesse, che non solo voleva stare con lui, ma voleva che lui scoprisse come si sentiva a stare con un altro uomo. Non si era mai sentita una cosa del genere, ma lui era lì, a viverla.

"Potresti farti male," sussurrò Jake.

Maya gli rivolse un sorriso triste. "Sto male senza di te, Jake. Sono disposta a rischiare di più per te. Ne vali la pena. Vorrei che tu riuscissi a capirlo."

Jake appoggiò la fronte contro quella di lei. "Sei molto più forte di me."

"No, non lo sono. È solo il mio turno di essere forte. Mi sono appoggiata a te prima, e succederà di nuovo. Perché non ci appoggiamo l'uno all'altra, Jake?"

"Ti voglio bene, Maya," sussurrò Jake. "Sei la mia migliore amica."

"Ti voglio bene anche io."

Sapevano entrambi che quelle parole avrebbero avuto, in futuro, un significato diverso. Non lo si poteva negare. Ecco perché Jake sapeva che avrebbe dovuto smettere di pronunciarle, finché non avessero preso un senso diverso, il senso che dovevano avere, su un piano diverso.

"Adesso che si fa?" chiese lui, e Maya rise.

"Non siamo mai stati così in imbarazzo, vero?" gli chiese, Jake le fece scivolare una mano lungo il fianco.

"No, credo di no."

Maya si leccò le labbra e Jake deglutì rumorosamente. "Mi baceresti di nuovo?"

Jake le sorrise. "La Maya che conosco non chiede di essere baciata, cara."

Lei alzò gli occhi al cielo e sorrise. "Forse non mi conosci come credi."

Jake le passò una mano sul sedere e quando glielo strinse sospirarono entrambi. "Credo di conoscerti abbastanza bene, Montgomery. Credo che, se vuoi questo bacio, questa volta devi prendertelo. Sei la donna che mi ha detto che dipende tutto dal sesso orale, per te. Sei stata tu a mettermi le mani addosso, quella notte. Prendi quello che vuoi, Maya. E io farò lo stesso."

Gli occhi di Maya si riempirono di desiderio e Jake capì di aver detto la cosa giusta.

Quando lei lo prese per la nuca e gli portò le labbra sulle proprie, Jake si perse. Maya gli morse il labbro, facendolo gemere. Jake tirò più vicino la parte inferiore del corpo di Maya e lei lo baciò con più intensità. Quando Jake ondeggiò contro di lei, premendole l'uccello duro contro la pancia, capì che non si poteva più tornare indietro.

Ma Jake non voleva tornare indietro.

Mai più.

Le passò le mani sul corpo, voleva conoscerne ogni centimetro. Di nuovo, per la prima volta, per quel momento, per sempre. Erano più grandi, molto più sicuri, e tuttavia erano su un piano diverso, quando si trattava di cosa rappresentavano l'una per l'altra. Non era un'avventura di una notte, dopo aver passato la serata a bere e a ballare. Non era nemmeno sicuro che lo fosse all'epoca.

Era il presente, e Jake sapeva che avrebbe fatto di tutto perché le cose restassero in quel modo.

Jake si allontanò, cercando di riprendere fiato. "Ti voglio nel mio letto, Maya. Ti voglio ovunque, a pensarci bene."

"E allora prendimi, Jake," disse lei, ansimando. "Perché non credo di riuscire ad aspettare ancora. Oh, e sarebbe meglio se ricevessi anche io del sesso orale, questa volta. Per dire."

Jake gettò la testa all'indietro e rise, sapendo che, indipendentemente da quello che succedeva, per il momento aveva Maya e avrebbe cercato di mantenere quello che avevano allo stesso modo... ma più sviluppato.

Era la sua Maya.

E Border? Beh, forse avrebbe avuto anche Border.

Avrebbe dovuto sentirsi egoista, ma non poteva fare a meno di pensare che forse, finalmente, era solo Jake Gallagher.

Un figlio di puttana fortunato.

Capitolo Otto

MENTRE JAKE RIDEVA, MAYA DEGLUTÌ rumorosamente e cercò di non dare di matto. Poteva anche aver detto sul serio sul sesso orale, ma in quel momento non era sicura di cosa fare.

Maya *odiava* essere insicura.

In quel momento, era sicurissima di essere insicura. Certo, si era detta che avrebbe provato un ménage con loro due, ma eccola sul punto di fare il primo passo.

E non aveva nemmeno ancora parlato con Border.

Forse stava procedendo al contrario, tenuto conto del fatto che Border avrebbe potuto non essere d'accordo, anche se Jake aveva la sensazione che avrebbe accettato, ma lei non era sicura di voler smettere di essere fra le braccia di Jake.

Avrebbe preso le cose come sarebbero venute e avrebbe cercato di proteggere il proprio cuore. Perché non si poteva più tornare indietro. Lei voleva quel rapporto, anche se non era sicura di come gestire il bisogno.

Jake la baciò e Maya affondò in lui. Il suo sapore, il suo tocco la tirarono fuori dai pensieri oscuri. Jake era sempre stato in grado di farlo, anche con un solo sguardo, ma in quel momento era qualcosa di più profondo.

Maya si allontanò e gli prese il viso fra le mani, cercando di riprendere fiato. "Allora, lo stiamo facendo davvero?"

Jake si leccò le labbra prima di mordere il labbro inferiore di Maya. "Beh, lo stavamo facendo. Poi ti sei allontanata per chiedere se lo stavamo facendo, per cui non lo so."

Maya gli diede una spinta sul petto e alzò gli occhi al cielo. "Pezzo di culo."

Lui le diede una pacca sul sedere prima di strizzarle una natica. "Mi piace questo, di culo. Lascerai che lo scopi?"

Se in quel momento Maya fosse stata sul punto di bere, probabilmente gli avrebbe sputato tutto in faccia. "Ti piace scopare i culi, vero?"

Jake le sorrise, con l'aria da scolaretto innocente e tatuato. "A dir la verità, ho la tendenza a essere passivo, ma grazie mille." Maya non sapeva da dove gli fosse venuto quell'accento del sud, ma le piaceva.

Così rise, facendolo avvicinare in modo da posargli la testa sul petto, cercando di non agitarsi fra le sue braccia. "Ora ti sto immaginando mentre ti scopano da dietro e sono ansiosa di vederlo davvero."

Jake ridacchiò e le baciò la testa. "Il nostro ménage si mette bene, se l'idea che io stia con un altro ti eccita."

Maya si allontanò e lo guardò. "*Tu* mi ecciti. Tu e

Border? Devo dirtelo, non so qual era la fantasia esatta che avevo in testa quando hai detto di essere già stato con degli uomini, ma dannazione, Jake." Si leccò le labbra, lasciando che il piercing che aveva sulla lingua scivolasse sulla carne bagnata. "Credo che mi piacerà molto."

Jake ringhiò e leccò il punto su cui lei aveva appena passato la lingua. Maya rabbrividì fra le sue braccia. "Non hai risposto. Posso scoparti nel culo?"

"Come sei educato," gli sussurrò lei.

Jake la sculacciò e lei gemette. "Maya."

Quando lei si agitò fra le braccia di Jake, lui le diede un altro schiaffo e lei gemette. "Sì, puoi scoparmi nel culo. Ma prima, ti voglio nella fica. A dir la verità, la prima cosa che voglio fare, è sedermi sulla tua faccia. Che ne dici? Oh, e voglio metterti di nuovo sul cazzo il piercing che ho sulla lingua. Te lo ricordi, Jake? Ti ricordi la sensazione della mia bocca sul cazzo? Perché io ricordo il tuo sapore, e lo voglio di nuovo."

Jake piombò con la bocca su quella di Maya, che si perse: aveva bisogno di quel bacio, aveva bisogno di *lui*. Quando Jake la sollevò, mettendole le mani sotto il sedere, Maya gli mise le braccia intorno al collo e le gambe intorno alla vita. Gemettero entrambi in quella posizione, dato che l'uccello *durissimo* di Jake si trovava tra le gambe di Maya. La portò in camera da letto, massaggiandole il sedere e baciandola come se non potesse mai averne abbastanza. Ottimo, perché nemmeno lei poteva averne abbastanza di lui.

A Maya venne in mente il viso di Border e non poté trattenere un brivido. Conosceva tantissime cose su di lui per via di Jake, anche se lo aveva appena conosciuto. Era importante per Jake e quindi lo sarebbe stato anche per lei. Avrebbero pensato in seguito a cosa fare con lui, perché, per il momento, contavano solo lei e Jake.

Sarebbe dovuto succedere molto prima, ma non era mai stato il momento giusto.

Fino ad allora.

Quando Jake arrivò al bordo del letto California King, le fece rimettere i piedi per terra. Lei si assicurò di scivolare lentamente lungo il corpo di Jake. Le piacque il modo in cui gli occhi gli si riempirono di desiderio. Amava molte cose di quell'uomo.

E per il momento era meglio smettere di pensare in quel modo. Perché si sarebbero limitati a fare sesso e a vedere dove li avrebbe portati. Senza dare di matto.

Certo.

Jake la baciò di nuovo, prendendole con dolcezza il viso tra le mani. Maya gli passò le unghie sul petto prima di fare lo stesso sulla schiena. Aveva pensato che, a quel punto, sarebbero stati entrambi nudi, a scopare. Ma quel bruciare lentamente era molto meglio di qualsiasi cosa avesse immaginato.

Quando Jake si allontanò e cercò di riprendere fiato, Maya si inginocchiò davanti a lui. Lui cercò di prenderla per le spalle per farla alzare, ma lei scosse la testa.

"Maya, non c'è bisogno. Pensavo che volessi la mia bocca su di te."

Lei alzò gli occhi mentre gli sbottonava i jeans. "Voglio la tua bocca su di me e *sarai* tu a usare la bocca dopo. Ma voglio anche il tuo cazzo in bocca. Ti fa problemi?"

Jake gettò la testa all'indietro e rise. "Diamine, Maya. Adoro la tua bocca. Sul cazzo e anche quando parli. Vuoi usarla prima tu? Fai pure, piccola."

Maya piegò la testa di lato. "Non so se mi piace essere chiamata piccola." Gli mise una mano nei jeans e tirò fuori l'uccello. Jake gemette quando lei iniziò a usare le mani.

Le fece scivolare la mano sulla guancia e si leccò le labbra. "Perché non lasci che trovi qualcosa che ti piaccia?"

Maya batté le palpebre e gli leccò l'asta. "Ok."

Con quelle parole, lei iniziò a succhiargli la punta prima di prenderlo tutto in bocca. Jake grugnì e lei iniziò a usare la lingua, lasciando che il piercing facesse la sua magia. Maya non riusciva a farlo entrare tutto in bocca, così gli strinse una mano alla base facendola andare su e giù insieme alla testa. Le piaceva fare pompini, le piaceva la sensazione di potere che le davano. Le piaceva sapere di essere lei, quella che avrebbe portato Jake al limite solo con la bocca e le mani.

Jake le passò una mano fra i capelli prima di stringerli nel pugno. Quando la guardò, Maya si fece indietro e rimase con la bocca spalancata.

"Sei così bella, Maya." Scivolò di nuovo nella sua bocca, battendole contro la parte posteriore della gola prima di tirarsi indietro. Maya non si strozzò, per fortuna; quando Jake spinse di nuovo dentro di lei, non andò altrettanto in profondità. "Non voglio farti male, ma voglio scoparti la faccia. Che ne dici?"

Come risposta, Maya glielo succhiò e a Jake si incrociarono gli occhi. Ottimo. Scivolò fuori dalla bocca prima di scoparla come aveva detto. Maya gli tenne le mani sulle cosce, affondandogli le unghie nella carne. Jake si era abbassato i jeans fino alle ginocchia quando lei aveva cominciato, il che le dava una presa migliore.

Quando Jake si fece di nuovo indietro, però facendo un passo completo, Maya ringhiò. "Non avevo finito. Non mi lasci mai finire."

Jake le sorrise e la fece alzare, in modo da poterla baciare. "Non sono giovane come una volta. Voglio venire dentro di te, Maya. Ti verrò in bocca un'altra volta."

Maya incrociò il suo sguardo. "È quello che hai detto l'ultima volta. E ancora non è successo."

Jake le studiò il viso prima di annuire. "Forse, ma l'ultima volta ci siamo dovuti fermare per cose al di là del nostro controllo. Questa volta? Questa volta non ci fermeremo. E la prossima? Sì, ci sarà una prossima volta."

Maya rimase in silenzio e guardò le emozioni che gli passavano sul viso. Quella volta non era come quella precedente, non era un gioco. Era qualcosa di più, non solo degli amici che scopavano; tuttavia, se ci avesse pensato, si sarebbe spezzata. Per il momento, erano solo grandi amici che si trovavano.

Non solo per una notte.

Non sarebbe bastato.

Non poteva bastare.

Quando Jake le sfilò la maglietta dalla testa, Maya glielo lasciò fare lentamente, lasciò che la guardasse. Lui voleva così tanto avere il controllo, Maya poteva sentirlo;

per una volta, pensò che avrebbe potuto concederglielo. Forse non totalmente, ma abbastanza da fare in modo che lei potesse limitarsi a *sentire*.

Jake le sganciò il reggiseno e lei sfilò le coppe, lasciando che l'indumento cadesse a terra. Lui le tolse rapidamente le mutandine e lei lo aiutò a sfilargliele. Dato che Maya non voleva essere l'unica nuda, gli tirò l'orlo della maglietta e lui lasciò che gliela sfilasse. Poi gettò i pantaloni dall'altro lato della stanza e le spinse delicatamente il petto.

Quando colpì il letto con il sedere, Maya emise una risatina, che divenne rapidamente uno squittio, poi un gemito quando lui le sollevò le gambe, mettendosele sulle spalle, per poi sollevarle il sedere sul letto e leccarle la passera.

Maya strinse il letto con una mano e gli mise le dita dell'altra fra i capelli. Jake la leccò come se stesse morendo di fame, come se fosse un maestro nel sesso orale. Maya non riusciva a respirare, a parlare, ma *sapeva*, al di là dei loro scherzi, che Jake Gallagher era il Re del Sesso Orale.

Le succhiò le labbra prima di lasciarle andare con un *pop*. Poi la leccò intorno al clitoride, stuzzicandolo, prima di risucchiarlo in bocca e passarci sopra la lingua. Maya tremò, il corpo che si inarcava, dannatamente vicina al baratro.

Quando le infilò dentro due dita, Maya venne con un sussulto. La passera le si strinse intorno a lui mentre veniva, ma Jake non fermò le dita, continuò a muoverle dentro e fuori da lei. Anzi, andò sempre più veloce, continuando a succhiarle il clitoride. Quell'azione la portò di nuovo in alto, ma quando precipitò, i capezzoli le facevano malissimo e Maya non riusciva a riprendere fiato.

"Jake," annaspò. "Non… non riesco a respirare."

Jake alzò la testa, la bocca umida dei fluidi di Maya. "Ho superato il test?"

Maya ringhiò e si mosse verso di lui. Quel maledetto si rifiutava di cedere. Al contrario, le mise le dita bagnate sulle labbra e lei le aprì. Sentire il proprio sapore sulle dita di Jake quasi la fece venire di nuovo; dall'espressione di Jake, lui lo sapeva.

"Succhiale, piccola, succhiale come mi succhiavi il cazzo." Jake ringhiò, la bocca ancora bagnata. Non era giusto che fosse così eccitante.

Maya arretrò e lasciò che le dita di Jake le uscissero dalla bocca. "Se non mi scopi adesso, non sarò responsabile delle mie azioni."

Jake sorrise di nuovo, prima di allontanarsi. "Mi serve un preservativo. Dammi un secondo." Corse al comodino, l'impressionante uccello che gli rimbalzava sul ventre.

"Hai un bell'aspetto, Gallagher. Ho bisogno di avere quel cazzo dentro di me. Ok?"

Lui sorrise mentre tornava verso il bordo del letto, srotolandosi il preservativo sul pene. Il suo Jake era molto, molto talentuoso.

Maya fece per spingersi più in là sul letto, ma lui la prese per le ginocchia. "Che c'è, Gallagher?"

"Ti voglio così," le disse, poi la prese per le caviglie e sogghignò. "Mettimi le gambe sulle spalle mentre ti scopo." Scivolò lentamente dentro di lei e Maya sussultò, il corpo che le tremava. "Fottutamente perfetta."

Quando lui fu completamente dentro di lei, Maya cominciò a piangere. Era *Jake*. Non era un tizio qualsiasi con cui si stava vedendo, non un tizio scelto una sera per grattarsi un prurito. Era l'uomo che la conosceva dentro e fuori, l'uomo che le portava il gelato al pistacchio i primi due giorni del ciclo perché sapeva che era l'unica cosa che lei riusciva a mandare giù per il dolore. Era stato Jake a consolarla, dopo che il suo ex l'aveva scaricata, Jake le aveva tenuto indietro i capelli quando lei aveva bevuto troppa tequila. Era un amico di famiglia, si vedeva con i parenti anche senza di lei. Aveva aiutato i suoi fratelli e le sue sorelle a dare un senso alle loro vite amorose quando avevano avuto bisogno di lui.

Era il suo tutto.

Ed era dentro di lei, il corpo immobile, gli occhi nei suoi.

Maya non si stupì quando sentì cadere la prima lacrima.

"Maya?" le chiese Jake con la voce roca.

Lei non poteva rovinare le cose con le proprie emozioni, ma non poteva nemmeno nasconderle. Mai con Jake. L'unica volta in cui lui non aveva saputo cosa provasse Maya era stato quando lui stesso si stava nascondendo, ma non era una di quelle volte.

"È... fantastico." Maya aveva sussurrato e Jake le sorrise dolcemente.

Si chinò per baciarla e lei non poté fare a meno di sorridere. "Non ho mai provato niente di così bello come essere dentro di te, Maya. È... è tutto."

Dato che aveva le caviglie all'altezza delle orecchie, Maya non poté fare a meno di ridere. Jake sembrò offeso per un attimo, prima di sorriderle.

"Sei molto, *molto*, flessibile, Montgomery." Jake alzò e abbassò le sopracciglia e Maya gli afferrò le cosce.

"Anni di ginnastica e allenamenti a caso." Contrasse i muscoli interni e lui inspirò. "Ora scopami, Gallagher. Scopami finché non mi ballano le tette e ti vengo con forza sul cazzo."

Jake si raddrizzò, tirandosi dietro le gambe di Maya. "Come ordina la mia signora."

Maya si leccò le labbra. "Mi piace come lo dici." Si tirò gli anelli ai capezzoli e Jake deglutì rumorosamente. Dato che anche lui aveva dei piercing ai capezzoli, Maya non vedeva l'ora di poter tirare anche quelli. Erano stati così presi dai loro baci, che lei non aveva avuto ancora la possibilità di dedicarsi al corpo di Jake, ma la volta successiva? La volta successiva avrebbe leccato ogni centimetro.

Quando Jake uscì da lei, continuò a guardarla prima di scivolarle di nuovo dentro. Maya inspirò, ondeggiando i fianchi per andargli incontro mentre lui continuava a scoparla. Aumentarono la velocità, trovando il ritmo giusto, e Maya non poté fare a meno di voler venire insieme a lui.

Quando Maya si sporse verso di lui, Jake la spinse più in alto sul letto e si mosse in modo da scoparla alla stessa velocità; invece di stare davanti al letto, si mise in ginocchio sul bordo, molto più vicino. Poi si sporse in avanti e Maya gli tirò i piercing ai capezzoli. Jake sibilò ma gli occhi gli si adombrarono.

"Ti piace?" gli chiese Maya.

Lui allungò una mano fra loro e le tirò uno degli anelli ai capezzoli. Al sibilo di Maya, Jake si leccò le labbra. "Sì, mi è piaciuto, Maya. Voglio che lo rifai, ancora, più volte."

Maya gli passò le unghie sul petto, poi sulle braccia, e lui si abbassò su di lei, senza mai perdere il ritmo.

Poi lei lo strinse più vicino, facendo ondeggiare i fianchi mentre si avvicinavano sempre di più all'apice. Quando lui le passò il pollice sul clitoride, lei venne inarcando il corpo. Jake la baciò e Maya lo sentì riempire il preservativo.

Erano venuti insieme, crollando e cadendo allo stesso momento in una calda cascata di piacere e di promesse.

E quando furono di nuovo in grado di respirare, Jake la strinse a sé, l'uccello ancora affondato dentro di lei, e così si riposarono.

"È stato…" cominciò Jake.

"…tutto," finì lei.

Non ci furono altre parole, nessun senso di imbarazzo, promesse o rimpianti. Non potevano esserci. Non tra lei e Jake. Più tardi, quando Maya sarebbe stata da sola, avrebbe pensato a quello che era successo. In quel momento, però, lui era tutto ciò di cui aveva bisogno. Jake al suo fianco e il suo odore che le ricopriva il corpo.

Lui era tutto ciò di cui aveva bisogno.

E quando lui sarebbe andato da Border, perché lei non era tutto ciò di cui Jake aveva bisogno, Maya non sarebbe stata gelosa.

Perché non poteva, non davvero. Quella consapevolezza avrebbe dovuto preoccuparla, ma non fu così.

Era cambiato tutto, ma tutto quello che Maya Montgomery sapeva era che avrebbe resistito e forse, solo forse, avrebbe trovato la pace che aveva sempre cercato.

MAYA SI PASSÒ una mano sul viso e cercò di non sbadigliare. Lei e Jake erano stati svegli fino a tardi, la notte prima, anche se lei non era rimasta a dormire da lui. Se ne era andata prima del ritorno di Border; per quanto ne fosse stata felice da un lato, dall'altro Maya voleva vederlo. Avevano creato un legame, dato che lui era una parte del passato e del presente di Jake, aveva bisogno di conoscerlo.

Ovviamente, dato che Maya non aveva dormito molto, avrebbe probabilmente dovuto fare un pisolino, quel pomeriggio. Invece, dato che era il suo giorno libero, aveva fatto tutte le sue commissioni e cercato di prepararsi per la serata tra ragazze a casa sua. Il fatto che la sua serata fra ragazze, non proprio settimanale, si dovesse tenere a casa sua la sera dopo quella in cui era andata a letto con Jake probabilmente era opera del destino, che ce l'aveva con lei.

Non sarebbe stato possibile mantenere un segreto, non con loro.

Ovviamente, di solito era lei quella che faceva domande, ma non aveva intenzione di scendere nei dettagli.

Il campanello del suo bilocale squillò e Maya ruotò le spalle. Era ora di affrontare il plotone d'esecuzione.

Meghan e Miranda, le sue sorelle e le sue altre metà, erano sull'uscio, sorridenti e allegre.

La superarono prima che Maya potesse invitarle a entrare. "Prego," disse lei, ironicamente.

Meghan fece un cenno con la mano e mise sul bancone il piatto che stava portando. "Sei fortunata che non entriamo direttamente come fai tu," disse con un sorriso.

Miranda mise un altro piatto accanto a quello di Meghan e alzò gli occhi al cielo. "È la verità." Le due sorelle si misero all'opera per sistemare le due casseruole di salse per la serata mentre Maya chiudeva la porta. Non sapeva che cosa avevano portato, ma sicuramente sarebbe stato cibo fantastico e le avrebbe fatto mettere due chili, sul sedere.

Un sedere che, a quanto pareva, a Jake piaceva molto.

Appena chiuse la porta, qualcuno bussò e Maya la riaprì. Dall'altra parte c'erano Autumn, la ragazza di Griffin, e Sierra, la moglie di Austin. Maya le fece entrare, poi rise quando Tabby, Hailey e Callie arrivarono in gruppo. Tabby lavorava per Wes e Storm, Hailey era la proprietaria del caffè accanto al negozio di tatuaggi e stava con Sloane, mentre Callie lavorava alla Montgomery Ink e stava con Morgan.

Stavano seriamente esaurendo le donne single del gruppo. In effetti... c'erano solo Maya e Tabby, e forse nemmeno più Maya.

"La banda è riunita," disse Maya, con ironia. L'unica persona che mancava era Holly, e Maya non pensava che sarebbe tornata. A Maya era piaciuta quella ragazza, ma in quel momento sarebbe stato imbarazzante.

Maya ruotò le spalle e si preparò a una serata di gossip, chiacchiere serie e bevute, per chi non era incinta o doveva guidare. Il che significava che Maya avrebbe bevuto più di tutti. Evviva per lei, dato che le serviva un bicchiere (o forse sette) per capire cosa stava facendo.

Non aveva dato così di matto a letto con Jake, ma in quel momento stava impazzendo. Che stava facendo? Si era *scopata* il suo migliore amico. Era andata a letto con lui. Avevano avuto un'avventura. Fatto l'amore. Forse non la parte sul fare l'amore non era giusta, dato che avrebbe incluso sentimenti che lei era troppo spaventata per provare, non aveva paura di ammetterlo.

E cos'altro aveva fatto? Gli aveva detto di scopare anche Border. E Border le aveva baciato la tempia e le aveva scoccato uno sguardo infuocato.

Buon Dio, era finita in un telefilm per ragazzini. Completo di angosce e segreti. Le serviva solo una voce narrante insolente che diceva al mondo che Maya non era completamente un'idiota e aveva tutto il potere. O forse quella voce avrebbe detto al mondo che Maya era pazza e non aveva idea di cosa fare.

Avrebbe dovuto chiamare Jake? Andare a casa sua e vedere lui e Border? Stavano scopando in quel momento? E perché la cosa le interessava? Perché lo *voleva*?

"Hai scopato," disse decisa Tabby.

Maya batté le palpebre. Di tutte le persone che Maya credeva avrebbero capito che era andata a letto con qualcuno, Tabby era *l'ultima* della lista. Tabby governava la Montgomery Inc. Sapeva come tenere organizzati Wes e Storm, e sapeva farlo rimanendo dannatamente sexy con una gonna stretta e i tacchi a spillo.

Ma non era rumorosa e pazza come le altre. Al contrario, girava intorno al gruppo al punto che Maya non la conosceva bene come conosceva le altre.

Ma Tabby aveva visto quello che le altre non avevano ancora notato.

"Con chi sei andata a letto?" chiese Miranda.

Tabby fece una smorfia. "Scusa. Non so perché l'ho detto così. Credo che voi Montgomery abbiate una brutta influenza su di me."

Meghan e Miranda brindarono con le loro bibite mentre Maya cercava di respirare.

"Con Jake?" chiese Callie, nella stanza scese il silenzio. "Che c'è? So che lui e Holly non stanno più insieme e ho sempre pensato che voi due dovreste stare insieme."

Maya deglutì. Normalmente, a quel punto, quando qualcuno le chiedeva se sarebbe andata a letto con Jake, lei avrebbe riso e avrebbe detto di andarsene a fanculo. Solo che quella volta non poteva.

Quando lei annuì appena, le ragazze urlarono e alzarono le mani.

"Era ora!" disse Meghan.

"Sono così felice per te," disse Hailey.

Tabby la fissò. "Dovremmo essere felici per te?" sussurrò. "Stai bene?"

Maya batté le palpebre davanti alle donne e sospirò. "No, non sto bene. Sto dando di matto." Ma non poteva raccontare tutto. Non quando era tutto così nuovo, e non era un suo segreto. "Ma non posso parlarne. Non ancora. Ok? Beviamo, mangiamo e parliamo d'altro. Sappiate solo che sto impazzendo, ma mi serve tempo per impazzire da sola prima di farlo con voi."

Le ragazze annuirono e Miranda le si avvicinò. Maya si preparò a un abbraccio, ma abbassò gli occhi su un margarita.

"Bevi, zuccherino. Almeno uno o due bicchieri, poi mangia fino a scoppiare e poi ti lasciamo stare." La sua sorellina le baciò la guancia, poi la trascinò nella stanza.

Maya non poteva dire alle altre cosa stava succedendo davvero, ma il fatto che fosse riuscita a dire almeno quella parte significava qualcosa. Nella sua vita c'erano quelle ragazze, e Maya sapeva che sarebbero state lì per lei quando fosse stata pronta a raccontare il resto.

Poteva farcela. Non era sola.

Ed era libera di dare di matto.

APPENA LE RAGAZZE se ne andarono, Maya prese il telefono e chiamò Jake. Aveva bevuto solo un margarita, non aveva intenzione di annegare i propri dispiaceri nell'alcol. Alex l'aveva fatto e lei aveva quasi perso suo fratello. Alex presto sarebbe tornato a casa e Maya voleva essere sobria per accoglierlo.

"Maya." La voce di Jake le fece scorrere un brivido lungo la schiena e Maya sospirò. "Pensavo che fossi con le ragazze, stasera."

Maya deglutì rumorosamente, triste perché non era

con lui. E la cosa la infastidiva, quindi smise di pensarci. "Se ne sono appena andate e volevo chiamarti."

Jake fece una pausa. "Sono felice che tu mi abbia telefonato."

"Io... volevo solo dire, se vuoi stare con Border prima che ci vediamo di nuovo, va bene. In un certo senso lo voglio anch'io, sai?"

Jake rimase in silenzio tanto a lungo che Maya ebbe paura di aver detto la cosa sbagliata. "Piccola, sai proprio come dire tutto." Jake tossì e Maya pensò di aver sentito qualcun altro tossire in lontananza. Qualcuno che non era Jake. "Eri in vivavoce, dato che stavo prendendo un paio di birre dal frigo. Border ti ha sentita."

Beh, certo che l'aveva sentita. Come altro faceva Maya a rendersi ridicola, se non dicendo ai due ragazzi che erano in casa da soli che per lei andava bene se andavano a letto insieme?

"Beh, diamine," disse lei, secca. "Ciao, Border."

"Ciao, Maya cara," rispose la voce profonda di Border. "Sono felice che tu e Jake vi siate finalmente messi insieme. Era ora."

Maya chiuse gli occhi, non sapendo cosa pensare. Evidentemente lei e Border stavano spingendo Jake l'uno verso l'altra, mentre continuavano ad aggrapparsi a lui. Avrebbe dovuto essere imbarazzante, ma Maya non si sentiva a disagio; era *giusto*.

"Ok, allora. Jake? Non mentivo. Voglio che tu sia felice... e se per essere felice devi stare sia con me che Border? Allora credo che mi stia bene. Solo... fai quello che devi, ma non nasconderlo. Ok?"

Chiuse la telefonata prima che uno dei due uomini potesse dire qualcosa e urlò.

La palla era nella metà campo di Jake. O forse di Border. A ogni modo, non si poteva tornare indietro. Maya poteva trovarsi in un ménage, e non aveva idea di cosa stava facendo.

Sembrava una situazione in cui Maya si metteva volentieri. E con quel pensiero piacevole, urlò di nuovo e si mise a letto. Ci avrebbe pensato al mattino. Per il momento, avrebbe dormito e cercato di non dare di matto.

Ci avrebbe provato.

Capitolo Nove

BORDER FISSÒ IL TELEFONO DI JAKE E SBATTÉ LE palpebre. Ripetutamente. Non restava spesso di sasso, ma in quel momento non riusciva a pensare a cosa dire. Spostò il peso da un piede all'altro, stranamente eccitato e tuttavia chiedendosi cosa diamine sarebbe successo.

A quanto pareva, con Jake e Maya non si poteva mai sapere. Il fatto che la cosa stesse cominciando a piacergli avrebbe dovuto preoccuparlo, ma non era così.

"Quella ragazza mi uccide," disse Jake infine. "Mi fa fuori, ma non ne ho mai abbastanza di lei."

Border lo guardò, le sopracciglia sollevate. "Ci sei andato a letto, allora?" Non era geloso, tutt'altro, ma aveva bisogno di sentirglielo dire. Quando se n'era andato, il giorno prima, aveva avuto la sensazione che si sarebbero messi insieme. E poi, quando aveva visto il modo in cui si muoveva Jake al mattino, Border era più che convinto che fosse successo qualcosa, ma Jake non ne aveva parlato.

Jake annuì e si strofinò la nuca. "Sì, te ne avrei parlato stasera, veramente." Fece una smorfia. "Pensavo di trovare un modo per dirti che io e Maya eravamo andati a letto insieme e che lei vuole che io stia anche con te. Ma a quanto pare sono arrivato tardi, dato che lei è riuscita a dirlo meglio di quanto avrei fatto io."

Border sospirò e chiuse gli occhi. Non aveva idea di quello che stava facendo. Sapeva solo che Maya evidentemente la pensava come lui; solo che lui doveva respirare ancora un po' prima di dire qualcosa al riguardo.

C'era una cosa che lo assillava, però, e doveva metterla in chiaro. Anche se faceva male.

"Non ho intenzione di tornare a com'erano le cose quando eravamo giovani," disse Border, e si sarebbe preso a calci. Aprì gli occhi e sospirò.

Jake fece un passo indietro. "Che vuoi dire? Perché sei tu che hai cominciato, tornando qui."

"Cazzo. Non voglio dire che non voglio stare con te, Jake. Perché lo voglio. Sono stanco di girare intorno a quello che penso. Ti voglio, Jake. Ti voglio nel mio letto, nella mia vita. Ma non voglio essere l'uomo da cui ti lasci scopare davanti a Maya in modo che lei si ecciti ancora di più per te."

Quella era una delle sue peggiori paure, quando si trattava di Jake. Era stato così che avevano rovinato tutto la prima volta e Border si sarebbe dannato prima di farlo succedere di nuovo.

Jake fece un passo verso di lui e rimasero entrambi accanto al bancone, a pochi centimetri di distanza. "Non è questo, quello che voglio. E mi dispiace se hai pensato che lo fosse." Si passò una mano fra i capelli, rendendoli dannatamente sexy. "Non so esattamente cosa voglio, ma di certo non è trattarti come una merda. Quello che è successo anni fa non sarebbe dovuto succedere in quel modo. Siamo già stati *entrambi* con altri uomini, ma l'uno con l'altro? Ci siamo comportati come delle merde. Penso che sia stato perché eravamo molto legati, sai?"

Border incrociò lo sguardo di Jake e cercò di capire cosa volesse dire. Era confuso dalla telefonata con Maya e, francamente, dannatamente eccitato anche solo a sentire la voce di quella ragazza. Anche le sue parole erano state d'aiuto.

Border sapeva che non sarebbe stato facile trovare un modo per navigare le emozioni e i sentieri del passato che si intrecciavano nelle loro vite, ma sapeva di volerlo fare.

Non aveva idea di cosa ne sarebbe stato del suo lavoro, dove sarebbe finito dopo, ma sapeva di voler seguire il sentiero che portava a Jake, e a Maya. Non conosceva altro modo di far funzionare quello che voleva e francamente aveva la sensazione che quello che voleva *includesse* Maya.

Border si chinò in avanti, senza toccare Jake, ma avvicinandosi abbastanza da sentire il calore del suo respiro. "Troveremo il prossimo spasso, Jake. Basta che io non sia la seconda scelta, basta che *Maya* non sia la seconda scelta, troveremo un modo."

Jake lo guardò negli occhi e studio la sua espressione. "Ok," sussurrò. "Ok."

Border espirò dal naso. "E nemmeno tu sarai la

seconda scelta. Indipendentemente da tutto, siamo tutti uguali."

Jake rimase in silenzio tanto a lungo che Border temette di aver detto qualcosa di sbagliato. "Mi piace," disse, infine. "Anche se, a un certo punto, credo che dovremmo essere realmente tutti e tre in una stanza per più di cinque minuti, quando parliamo di cose del genere, eh?"

Border ridacchiò. "Sì, sarebbe una buona idea." Deglutì rumorosamente, cercando di pensare a cosa dire. Non gli faceva piacere, non sapere cosa sarebbe venuto dopo. Non era più un ragazzino di vent'anni. Aveva visto cose, fatto cose; cose che avrebbero fatto scappare gli altri. Aveva già avuto relazioni con uomini e con donne, anche se mai allo stesso momento. Non era un verginello innocente, ma con Jake non poteva fare a meno di sentirsi spiazzato.

Forse era perché si trattava di un rapporto importante. Molto più importante di qualsiasi rapporto avesse già avuto nella sfera privata. E se non fosse stato per il fatto che la sua vita professionale prevedeva la protezione della vita di alcune persone, avrebbe detto che era più importante persino di quello. Per come stavano le cose, Border non era sicuro di riuscire a trovare una distinzione tra quello che sentiva e quello che *avrebbe dovuto* sentire. Era tornato a Denver per vedere Jake e incontrare Maya, ma anche per schiarirsi la testa dall'ultimo incarico.

Aveva perso un pezzo di sé quando era stato troppo lento per fermare l'inevitabile. Non credeva che Jake potesse aiutarlo a trovare quel frammento, ma più che altro Border era stanco di cercare di guarire da solo. Era stanco di scappare, ed era tornato a casa.

Ma non muoversi, non scappare, sembrava più difficile che essere costantemente in fuga dalle proprie paure. Ovviamente, se fosse stato facile affrontare quello che aveva fatto, quello che aveva perso, lo avrebbe fatto anni prima.

"Stiamo mandando tutto a puttane?" chiese Jake, all'improvviso. Si passò una mano fra i capelli e aggrottò la fronte. "Cioè, sono andato a letto con la mia migliore amica, Border. Ed è stato…" Jake sorrise con dolcezza, e a Border sembrò di ricevere un pugno allo stomaco. Voleva essere *lui* a far sorridere Jake in quel modo, ma allo stesso tempo era felice che fosse Maya a farlo.

C'era qualcosa di fondamentalmente sbagliato nel modo in cui funzionava la mente di Border quando si trattava di Jake e Maya, ma onestamente non gliene fregava un cazzo. Gli *piaceva*.

Border mise la mano sulla spalla di Jake ed entrambi si bloccarono a quel contatto. Aveva molti più muscoli, molta più storia di quando erano giovani. Border voleva conoscere tutto, voleva sapere com'era avere Jake sotto di lui, sopra di lui. *Intorno* a lui.

Ma non potevano farlo, se davano di matto in cucina.

"Perché non ci facciamo un bicchiere o forse quattro e… vediamo come va?" disse Border, rompendo il silenzio.

Jake si leccò le labbra, e Border voleva sporgersi e leccare il punto che Jake aveva appena bagnato con la lingua.

Jake tossì. "Sì, un bicchiere o quattro sembrano una buona idea."

O una davvero, davvero brutta.

Jake si voltò e Border lasciò cadere la mano lungo il fianco. Ruotò il collo, cercando di stiracchiare le spalle. Quando Jake lo guardò, si accigliò.

"Ti fa male il collo?" gli chiese mentre prendeva un paio di bicchierini dall'armadietto.

Border alzò le spalle, poi fece una smorfia. "Solo un po'." La vecchia ferita da arma da fuoco sulla spalla si infiammava quando pioveva e quando era stressato, ma di solito lui sopportava il dolore e basta. Dall'espressione di Jake, Border aveva la sensazione che non avrebbe nascosto a lungo quella particolare cicatrice.

Jake annuì prima di prendere la bottiglia di Patron da un altro armadietto. Un tempo odiava la tequila, ma dopo aver passato tutto quel tempo con Maya... le cose erano cambiate. Le cose cambiavano sempre.

"Siediti sul divano. Posso aiutarti."

Border sbuffò dal naso e prese i bicchierini. "Davvero? Mi farai un massaggio? Credo che sarà molto utile alla conversazione."

Jake sorrise. "Beh, abbiamo già la tequila, possiamo anche prendere qualche altra decisione sbagliata."

Border afferrò il polso di Jake. "Che facciamo stasera? Che facciamo d'ora in avanti? Non possono essere pessime decisioni. Sono le *nostre* decisioni, ma non pessime. Capito?"

Jake annuì lentamente. "Ok." Strascicò la parola. "Siamo sicuri che la tequila sarà d'aiuto?"

"Diamine, no," disse Border, ridendo. "Ma credo che ci servirà comunque."

"Allora vatti a sedere sul divano. Non ti servono sale e limone o cose del genere, giusto?"

Border scosse la testa. "Non con il Patron. Va giù liscio."

"Troppo liscio, certe volte," mormorò Jake.

Border si accomodò sul divano, Jake accanto a lui, senza toccarsi, ma più vicino delle altre volte. Sembrava che fossero pronti a superare alcuni di quei limiti intorno a cui continuavano a girare in punta di piedi.

"Non potevamo permetterci questo tipo di tequila, da giovani," disse Border, ridendo. "Sono sicuro che le schifezze che bevevamo mi hanno bruciato uno strato di mucosa gastrica."

Jake alzò gli occhi al cielo e versò un bicchiere a entrambi. "Era tutto quello che potevamo permetterci." Diede un bicchiere a Border e vi fece battere il proprio contro. "Al capire come cazzo vanno le cose."

Border ridacchiò ma annuì. Bevve rapidamente, il bruciore della tequila gli scese liscio per la gola. C'era un motivo, se quella era la sua marca preferita.

Jake sollevò la bottiglia. "Un altro?"

Per quanto a Border servisse più di uno shot per iniziare a sentire gli effetti della dannata tequila, non voleva avviarsi per quella strada... non ancora. "Non subito."

Jake annuì e mise giù la bottiglia, prima di sistemarsi meglio sul divano. "Allora..."

"Allora..."

"La spalla e il collo ti danno ancora fastidio?" chiese Jake.

Border voleva mentire, in modo da non dover spiegare perché aveva quelle cicatrici, ma sapeva che, se si avviava per quella strada, non ci sarebbe stato modo di tornare indietro. Se avesse mentito, avrebbe dovuto continuare a farlo e avrebbe perso Jake. E forse anche Maya. Anche se avrebbe dovuto parlarle, prima di averla.

Per il momento, Jake aveva Maya. Con un po' di fortuna, presto avrebbe avuto Border.

Il che significava che Border e Maya avrebbero trovato un modo per capire come stare... insieme. Prima o poi.

E quei pensieri erano il motivo per cui avevano bisogno della tequila.

Border annuì in risposta, dato che non era sicuro che avrebbe avuto la voce abbastanza ferma.

"Togliti la maglietta."

Border sbatté le palpebre al tono di Jake. "Come?"

"Togliti la maglietta," ripeté Jake. "Ti farò un massaggio alla spalla." Sorrise. "E nient'altro, a meno che tu non chieda per piacere."

"Quanta tequila hai bevuto, per essere già così... accomodante?"

Jake alzò gli occhi al cielo e strattonò la maglietta di Border. "Sono stanco di essere angosciato, per cui cercherò di superare le parti peggiori, perché ricordo quelle buone. Sai? Se continuo a pensare a cosa sto rovinando, *continuerò* a rovinare tutto."

A Border sembrava un piano decente, per cui fece l'unica cosa che poteva fare. Si tolse la maglietta.

Dato che stava guardando Jake, vide subito il modo in cui inspirò, come gli si allargarono le pupille. Jake si leccò di nuovo le labbra e Border trattenne un gemito, poi gettò la maglietta sul sofà accanto al divano, continuando a guardare Jake.

"Maya ha detto di fare quello che ci sembrava giusto," disse Jake, lentamente. "Di… essere… di essere noi. Ti sta bene?"

Border inclinò la testa, studiando Jake: era molto simile a com'era anni prima, ma meglio. Più grande. Quegli zigomi forti erano ancora prominenti, come la mascella squadrata, ma il modo in cui il naso era rimasto storto dopo che uno dei fratelli glielo aveva accidentalmente rotto non lo faceva essere bello quanto avrebbe dovuto.

Al contrario, sembrava dannatamente sexy.

Border sapeva di non avere un aspetto altrettanto… gentile? No, non era la parola giusta, perché non c'era niente di gentile riguardo Jake. Ma aveva ancora qualche spigolo duro che veniva dal modo in cui era cresciuto e da come aveva vissuto dopo essere andato via da Denver. Border si era rasato i capelli per così tanto tempo, che non ricordava nemmeno più di che colore li avesse. Era un po' più grosso di Jake e aveva un po' più di muscoli, ma era sempre stato così. Non aveva i tratti stupendi di Jake, ma ricordava il modo in cui all'altro piaceva passargli i denti sulla mascella.

Sembrava che a Jake Border fosse piaciuto così

com'era, anche se avevano avuto troppa paura di rompere la loro amicizia per fare qualcosa al riguardo.

Le cose erano cambiate, Border lo sapeva, erano così dannatamente diverse. Se ci si aggiungeva Maya, erano tutti e tre a un passo dalla catastrofe. Ma, indipendentemente da tutto, Border avrebbe fatto del suo meglio per non farlo succedere.

"Sei silenzioso," disse Jake. L'altro lo studiò, gli occhi cupi e preoccupati. "E non mi hai risposto."

Invece di rispondere, Border mise una mano sulla mascella di Jake, che inspirò prima di appoggiarsi a quel tocco. Poi Border gli leccò le labbra e si chinò verso di lui, aveva bisogno di un assaggio, solo uno.

Quando toccò le labbra di Jake con le proprie, gemettero entrambi, come se avessero avuto fame l'uno dell'altro. Forse era proprio così, e allora gli andava dannatamente bene. Ne aveva bisogno, gliene serviva ancora. E aveva paura di dire a qualcuno quanto ne avesse bisogno. Premette di più, tenendo la bocca chiusa, come faceva Jake. Potevano andare oltre, lui sapeva che sarebbe successo, ma per il momento aveva bisogno solo di sentire le labbra di Jake contro le proprie, la sensazione dell'altro uomo fra le braccia, anche se era solo una cosa momentanea.

Si fece indietro dopo un attimo e incrociò lo sguardo di Jake.

"Diamine," disse Jake con un sogghigno.

"Diamine," ripeté Border.

"Deduco che *vedere come va* ti vada bene, allora? Un passo per volta?" Jake seguì il profilo della mascella di Border con un dito, prima di abbassare la mano. La sensazione della pelle di Jake contro la propria fece venire voglia a Border di piegare Jake sul divano e farlo suo, ma così sarebbe andato troppo in fretta. Anche con la loro storia, *soprattutto* per via della loro storia, dovevano pensare prima di fare qualcosa che avrebbero rimpianto. Perché non c'erano più solo loro. Maya era nella stessa stanza, anche senza essere fisicamente presente. Per quanto Border ne fosse felice, ne era anche sempre costantemente consapevole.

Border annuì. "Posso farlo. Ma parleremo tutto il tempo, ok? I segreti fanno solo casini. E c'è anche Maya, ricordi? Niente segreti con lei."

Jake scosse la testa. "Niente segreti con lei."

Border poi disse una cosa che non era sicuro sarebbe stata quella giusta, ma era qualcosa che aveva cercato di capire da quando aveva visto per la prima volta Maya e Jake nella stessa stanza.

"Non credo che dovremmo fare sesso finché tu, io e Maya non abbiamo parlato. Insieme."

Jake sgranò gli occhi. "Ok…"

Border prese la mano di Jake. "Abbiamo già fatto sesso altre volte, Jake. Lo abbiamo fatto e non ne abbiamo parlato. E non voglio che succeda di nuovo."

"Ma ti sta bene che io e Maya lo abbiamo già fatto?"

Border annuì. "Tu e Maya siete una cosa. Tu e io un'altra. Prima o poi, se le cose funzionano, noi tre saremo un'altra cosa ancora." Fece una pausa. "E credo che io e Maya avremo un'altra relazione ancora." Sbuffò dal naso. "Sono un sacco di relazioni che devono funzionare allo stesso tempo, sai? Penso che quello che voglio dire sia che, dato che sono quello nuovo, voglio andarci... piano. Almeno più lentamente, non a tutto gas."

Jake si accigliò. "Non sei quello nuovo."

"Sono stato via per un sacco di tempo, Jake. Per cui, sì, mi sembra un po' di essere quello nuovo. Non sto dicendo che non ti voglio, perché, cazzo, Jake, ti voglio assolutamente, ma..."

"Ma non vuoi ancora fare sesso." Sorrise Jake. "Che ne dici di un pompino?"

Border gettò la testa all'indietro e rise. "Un pompino è sempre sesso, caro. Però..." L'uccello gli prudeva, trattenne un gemito. Non sarebbe riuscito a togliersi dalla testa l'immagine delle labbra di Jake intorno al cazzo. Era una bella immagine. "Vediamo dove arriviamo dopo aver parlato un altro po'. Onestamente, sto decidendo man mano."

Jake si sporse in avanti e lo baciò con dolcezza. Border trattenne un gemito. "Parliamo, allora. Perché voglio sapere dove sei stato e con *chi* sei stato dall'ultima volta che ti ho visto. Un tempo eravamo grandi amici."

"E ora è Maya la tua migliore amica." Border fece una pausa. "Non ne sono geloso, sai. Sono felice che tu abbia lei. In effetti, non sono geloso di *niente* di quello che hai con lei. Nemmeno un po'. Credo sia per questo che ho accettato, sai? Il motivo per cui credo che possa funzionare. O, almeno il motivo per cui lo spero."

"È tutto così strano, ma non è strano per niente."

Border alzò le spalle, poi fece una smorfia.

"Diamine, girati, ragazzone," ordinò Jake. "Fammi vedere quella spalla. Già che ci sei, puoi dirmi perché hai la cicatrice di un colpo di pistola. Perché potrei averla ignorata per amor tuo, quando ti sei tolto la maglietta, ma non lo farò più. Che cazzo è successo, Border?"

Border si voltò e lasciò che Jake gli guardasse la schiena, consapevole che non ci sarebbero più stati segreti fra loro. Non potevano essercene. Anche se avrebbe dovuto portare lentamente Jake nella vita che aveva vissuto, perché era troppo da raccontare in un colpo solo.

"Mi hanno sparato."

Jake gli diede un pugno fiacco sul fianco, prima di chinarsi in avanti e baciargli dolcemente la cicatrice. Border inspirò ma non si mosse. Non lo aveva mai fatto nessuno, nemmeno nelle brevi relazioni che aveva avuto da quando era rimasto ferito.

Gli sembrava giusto che fosse Jake il primo.

Jake sarebbe sempre stato il primo.

"Border."

"Missione andata male. Le persone che dovevo proteggere avevano nemici con pistole più grandi delle mie. Sono riuscito a far uscire i miei, ma non sono stato abbastanza veloce da evitare una cicatrice."

Jake passò le dita sulla cicatrice e Border dovette deglutire rumorosamente per poter continuare a respirare.

"Non ha un bell'aspetto, Border."

Border si leccò le labbra. "Non è stata brutta come sembra."

"Cosa abbiamo appena detto sul dire la verità? Perché quello che vedo sembra un foro d'uscita. E non è bello."

"Non sono mai stato bello, Jake. Tu lo sai meglio di tutti."

Jake gli diede un altro pugno fiacco. "Non mi sei mai piaciuto per la tua bellezza, cretino. Ma smettila di cercare di nascondere quello che ti ha ferito. Posso affrontarlo. Lo sai. Non sono un ragazzino che non può affrontare quello che lo circonda." Fece una pausa, e Border voleva disperatamente voltarsi e cercare di decifrare quello che pensava Jake. Il viso di Jake poteva essere molto espressivo, se lo si guardava nel modo giusto, e Border era stupito da quello che riusciva a ricordare. "So di essermi comportato come se non potessi affrontare le cose. Ed è colpa mia. Non *volevo* affrontarle, ma non perché non potessi farlo. È perché sapevo che, una volta che mi fossi reso conto di poterlo fare, le cose sarebbero cambiate. Credo di aver avuto paura."

Border si lasciò andare contro la mano di Jake e sospirò. "Sul serio, la ferita non è brutta come sembra." Glissò su quello che Jake aveva detto alla fine, perché era più per Jake che per Border, e lui lo sapeva. C'erano occasioni in cui un uomo doveva solo esprimere i propri pensieri ad alta voce e sapere che qualcuno lo avrebbe ascoltato, senza necessariamente rispondere. "Il proiettile non ha colpito l'osso, mi hanno ricucito in fretta. La cicatrice è così solo perché non ho avuto il tempo di andare in un posto con un chirurgo abile. Il medico si è assicurato che non mi dissanguassi e che avessi il pieno utilizzo del braccio una volta guarito, ma tutto qui. Non stavamo pensando a come sarebbe cambiato il mio aspetto sulla spiaggia o roba del genere."

Jake baciò di nuovo la cicatrice e Border sospirò. Senza dire niente, cominciò a massaggiargli il collo e le spalle. Jake lavorò con forza sui muscoli di Border, che dovette trattenere gemiti e grugniti. A Border non sfuggì il fatto che, con ogni tocco, l'uccello gli diventava sempre più duro. In effetti, era piuttosto sicuro che gli sarebbe rimasto per sempre il segno della zip, una volta finito... e indossava anche i boxer.

"Non stiamo parlando," disse Jake sottovoce, e Border aprì gli occhi.

"Di cosa vuoi parlare?" Finché Jake continuava a tenergli le mani addosso, Border avrebbe probabilmente risposto a qualsiasi cosa.

"Sei mai stato sposato?"

Border tossì e Jake si fermò. "Stiamo cominciando con le domande difficili, allora? Non mi sono mai sposato, Jake."

Jake ricominciò a massaggiare le spalle di Border. "Nemmeno io."

"Lo avevo immaginato," disse Border, con dolcezza. "Cioè, ci *sentivamo* a distanza di pochi mesi. Avresti accennato all'avere un marito o una moglie a casa." Border fece una pausa. "Te l'avrei accennato anch'io."

"Sì, te l'avrei detto," sussurrò Jake. "Ho avuto qualche relazione seria in passato, ma in nessuna occasione si è mai accennato al matrimonio."

"Tranne che con Holly," aggiunse Border, che stranamente non era geloso di lei.

"Non credo che l'avrei sposata davvero," disse Jake dopo un po'. "Credo che volessi andare alla fase successiva della mia vita, e mi sembrava che Holly fosse la persona adatta. Il che mi rende uno stronzo."

"Forse," concordò Border. "Ma ti farai perdonare."

"Come fai a esserne così sicuro?"

"Perché non sei uno stronzo, anche se certe volte fingi di esserlo."

Jake passò le mani sulla schiena di Border. "Grazie." L'altro si schiarì la gola. "Dato che stiamo parlando di relazioni passate, dovrei probabilmente accennare al fatto che erano con uomini e donne, una volta anche a tre."

Border si voltò per guardare Jake. "Sei bisessuale, Jake, come me. Negli anni in cui siamo stati lontani, anch'io sono stato con uomini e donne. Non ho mai avuto un rapporto a tre, però." Gli sorrise. "Ti è piaciuto com'è andato?"

Jake annuì. "Sì, cioè, ha funzionato per un po' per tutti e tre, ma sapevamo che non eravamo fatti per una relazione lunga. Conosco alcune persone che hanno un rapporto a tre da anni, però." Jake incrociò lo sguardo di Border. "Per cui, ehm, se vogliamo parlarne con qualcuno, ci sono altre persone che hanno esperienza. Come la collega del cugino di Maya a New Orleans."

Border studiò il viso di Jake per un po' prima di annuire lentamente. "Credo che noi tre dobbiamo parlare, prima di fare qualsiasi cosa. Perché è una cosa troppo importante per incasinarla."

Jake prese la mano di Border. "Sì. Credo di sì." Fece una pausa. "Ti va un altro shot?"

Border rise dal naso. "Sì, credo che un altro shot ci farà bene."

Mentre Jake versava da bere, Border ruotò il collo, la tensione era sparita grazie alle mani talentuose di Jake. Avrebbe bevuto quello shot e avrebbe smesso di bere alcol per quella sera. Perché non avrebbe assolutamente mandato tutto a puttane per il troppo alcol. Avrebbero parlato con Maya e poi loro tre avrebbero pensato a cosa fare, perché non avrebbero fatto assolutamente nulla senza comunicare.

Era troppo importante.

Loro erano troppo importanti.

Capitolo Dieci

JAKE SI STROFINÒ LA NUCA E ASPETTÒ CHE IL CAFFÈ fosse pronto. La sera prima non si era ubriacato, ma aveva il cervello abbastanza annebbiato da pensare che forse si sarebbe dovuto fermare al primo shot, invece di bere anche il secondo. O poteva essere stato il fatto che era stato sveglio quasi tutta la notte a cercare di pensare a cosa dire a Maya e a Border, quando si sarebbero finalmente seduti tutti e tre a discutere di quello che stava succedendo.

Perché, per quanto fosse facile dirsi che loro tre avrebbero trovato un modo, Jake sapeva per esperienza personale che non era mai così semplice. Maya e Border potevano pensare di avere un legame solo perché si erano visti e sapevano l'uno dell'altra dalle storie di Jake, ma questo non voleva dire molto, alla lunga.

Sarebbe stata un'avventura tra loro tre? Una tra lui e Border e poi tra lui e Maya mentre gli altri due non sarebbero mai stati completamente insieme? Se ne sarebbero andati, una volta che si fossero tolti lo sfizio?

Non era una cosa facile, per un migliore amico che andava a letto con l'altro anche solo per una notte, e Jake sapeva molto bene che non era qualcosa in cui gettarsi alla cieca. Ne sarebbe potuto derivare un casino di proporzioni epiche e tuttavia Jake sapeva che sarebbero arrivati fino in fondo, se scoprivano che era quello che volevano, ciò di cui avevano bisogno.

Finalmente, il caffè fu pronto e Jake prese la tazza e lo bevve avidamente. Non gli importava di bruciarsi la lingua; gli serviva qualcosa per tirarsi su. Gli dèi della caffeina e del pensiero coerente erano per sempre uniti in una tazza di bontà.

Ridacchiò dopo aver bevuto un altro sorso. Chiaramente Jake era un po' stralunato, prima della dose giornaliera.

"Che hai da ridere?" grugnì Border mentre ciondolava verso la macchinetta del caffè. Jake si leccò le labbra e guardò il modo in cui la maglietta aderiva ai muscoli dell'altro. Non c'era niente di più sexy di Border al mattino dopo la doccia. Ok, forse vedere Maya dopo la doccia era altrettanto sexy, ma Jake avrebbe avuto bisogno di vederli fianco a fianco per fare un confronto.

Sorrise all'idea, nascosto dalla tazza. Border si voltò verso di lui, un sopracciglio sollevato.

"Che c'è?" chiese Border, incrociando le braccia sul petto.

"Sto solo pensando a te e Maya dopo la doccia," disse spontaneamente.

Gli occhi di Border si fecero vogliosi. "Eravamo insieme nella doccia?"

Jake scrollò le spalle. "Se vuoi."

Border si leccò le labbra prima di voltarsi per prendere la propria tazza. "Stamattina hai intenzione di uccidermi, Jake. Mi serve il mio dannato caffè, prima che tu me lo faccia venire così duro."

Jake gemette, pensando all'uccello di Border. A quanto pareva, non riusciva a toglierselo dalla testa. Ovviamente, *quell'* immagine portò ad altre fantasie su dove esattamente poteva andare quell'uccello.

Basta con quei pensieri.

Si scolò il resto del caffè e andò a prepararsene un'altra tazza. Sarebbe stata una giornata lunghissima.

"Vi prego, ditemi che c'è del caffè," disse Maya, entrando in casa senza bussare. Lo facevano da anni. Sia a casa propria che a casa di Jake. Anche se Maya aveva smesso di recente, da quando Holly aveva iniziato a passare del tempo a casa di Jake.

Lui non se ne era accorto, perché era troppo concentrato a rendere Holly parte della propria vita. Aveva quasi perso Maya, nel frattempo. Si rifiutò di farlo succedere di nuovo, il che significava che avrebbe dovuto parlarle. Diamine, non sarebbe stato facile.

"Pensavo avessi del caffè, a casa tua," disse Jake, bevendo un sorso dalla sua seconda tazza.

Maya gli mostrò il medio prima di infilarsi tra lui e Border, spingendoli via con i fianchi per potersi avvicinare alla macchinetta del caffè.

Jake incrociò lo sguardo di Border da sopra la testa di Maya e sorrise. Sì, averla in mezzo a loro non era male. Cazzo, gli piaceva.

"Smettetela di farvi gli occhioni dolci da sopra la mia testa," sbottò Maya. "Ho bisogno di caffeina e il mio dannato fratello mi ha rotto la macchinetta del caffè."

Jake alzò un sopracciglio verso Border prima di guardare Maya. "Quale dannato fratello?"

"Storm," disse Maya e si voltò per appoggiarsi al bancone mentre aspettava che il caffè fosse pronto.

Se avessero finito con lo stare tutti e tre a casa sua in quel modo, Jake avrebbe dovuto investire in uno di quei nuovi modelli di macchine per il caffè con la caraffa, perché dover aspettare che fosse pronta un'altra tazza era dannatamente fastidioso. Lui era sempre stato da solo, una tazza alla volta era perfetta. Ma da quel momento in poi? Potevano essere in tre, e quindi serviva più caffè.

Serviva molto più di quello.

"Che ha fatto Storm?" chiese Border. "Stava cercando di pulirla smontandola o qualcosa del genere?"

Maya e Jake si guardarono, le sopracciglia sollevate, prima di voltarsi verso Border allo stesso momento. "Esatto. Come hai fatto a indovinare?"

Border alzò le spalle. "Conosco Storm da tempo."

Quella era una novità per Jake e, dalla faccia di Maya, lo era anche per lei.

Il telefono di Border vibrò e lui sospirò prima di guardare lo schermo. "Devo andare, ma quando torno dobbiamo parlare di molte cose, incluso il fatto che conosco Wes e Storm dai tempi in cui vivevo qui, in passato. Niente di negativo," disse loro. "Ma il fatto che non dobbiamo avere segreti significa che devo parlarvi di chi conosco."

Maya si leccò le labbra, il piercing che si affacciava

dalla bocca. "Ok. Sì, dovremmo parlare. Stasera, magari. Ho un appuntamento con un cliente sul tardi e non posso spostarlo. Resto aperta fino a tardi per venire incontro ai suoi orari di lavoro e non posso annullare. Francamente, non voglio annullare, visto che è un cliente pagante. Ma quando avrò finito, verrò qui e possiamo… parlare."

Jake annuì. "Ho una cosa di famiglia, stasera," aggiunse. Guardò Border. "Mi ero dimenticato di dirtelo. Ho detto a Graham che sarei andato da lui per una pizza e per vedere la partita. Ci saranno tutti i miei fratelli. Io uhm… ti inviterei, ma credo vogliano parlare di te." Rise dal naso, anche Maya e Border risero.

"Mi sembra giusto," disse Border. "Devo andare a occuparmi di una cosa e probabilmente non avrò finito prima delle dieci o giù di lì. Ci vediamo dopo quell'ora? So che sarà dannatamente tardi, ma diamine, non possiamo continuare a rimandare. Sta diventando ridicolo."

"Per me va bene," disse Maya, mentre zuccherava il caffè.

"Anche per me," rispose Jake. Era proprio ora di parlare.

"Bene." Border si chinò a baciare dolcemente Jake sulle labbra, prima di baciare Maya sulla guancia, vicino alle labbra. Con quel gesto, li lasciò in cucina come due idioti.

"Che uomo," disse Maya, scuotendo la testa.

Jake rise. "Sì, lo so."

Questa volta, Maya rise con lui e Jake si appoggiò a lei. "Sono felice che tu sia qui," le disse con dolcezza.

"Sono felice che tu non sia rimasta lontana troppo a lungo."

Maya si voltò per potergli baciare la mascella. "Non posso starti lontana, Jake, e credo che sia questo il punto."

Jake abbassò la testa e la baciò con dolcezza. Maya gemette e Jake dovette farsi indietro prima di fare qualcosa di stupido come toglierle i pantaloni e leccargliela in cucina. Per quanto sarebbe stata una colazione fantastica, non voleva fare niente senza prima parlare con Border. Loro tre dovevano decidere cosa diamine volevano fare, prima che il sesso annebbiasse le loro menti più di quanto non avesse già fatto.

Maya fece un passo indietro e si leccò le labbra. "Tu sì che sai baciare, Jake Gallagher."

Jake sorrise. "Nemmeno tu sei male."

Maya andò dall'altro lato della cucina, mettendo un po' di distanza fra loro, e Jake ne fu felice. Dal modo in cui le si muoveva il petto mentre respirava profondamente, Jake non era l'unico che era rimasto scosso da quello che stava succedendo fra loro tre.

"Ehm, sì, scusami per aver vomitato tutto al telefono, ieri sera," disse Maya, dopo un po'. "Non volevo rendervi le cose difficili."

Jake scosse la testa. "Non ti scusare. Anzi, ha reso le cose più... facili per me e Border, dopo che hai riagganciato."

Maya sollevò le sopracciglia e gli sorrise. "Davvero? Cos'è successo ieri sera?"

Jake scosse la testa. "Niente."

Maya lo fissò.

"Cioè, niente in termini di sesso. Non ci siamo neanche toccati il cazzo a vicenda. Te lo garantisco."

Maya ridacchiò. "Povero Border, perché il tuo cazzo non è male da toccare."

Jake le fece l'occhiolino e si passò la mano sul membro duro. "Beh, grazie." Scosse la testa. "Ci siamo baciati, ma lo hai visto baciarmi neanche due minuti fa, per cui non è una novità."

"Non è una novità, ma di certo è stato eccitante." Maya alzò le spalle. "Probabilmente, sarei gelosa di te con un'altra persona, ma è Border, no?" Scosse la testa. "Ne parleremo stasera, dopo che avrò cercato di mettere ordine ai miei pensieri."

"Mi sembra un buon piano. Per cui, sì, io e Border ci siamo solo baciati. Oh, e gli ho fatto un massaggio, dato che gli facevano male il collo e le spalle, ma, a parte togliergli la maglietta, non abbiamo fatto niente. E abbiamo bevuto solo un paio di shot di tequila, quindi *non* abbiamo fatto niente di stupido."

Maya gli sorrise. "Pensi sempre così tanto, Jake."

"Beh, tu pensi tanto quanto me, per cui non so perché lo stai dicendo."

"Vero." Maya fece una pausa. "Ricordi la volta che abbiamo usato lo zucchero filato come chaser e ce lo siamo mangiato dopo la tequila?"

Jake rise. "Tu hai usato lo zucchero filato. Non io."

Maya rise dal naso. "Uhm, no tesoro. Tu hai lasciato che lo zucchero ti si sciogliesse sulla lingua dopo lo shot, proprio come ho fatto io. Anzi, se ricordo bene, hai detto che era fantastico. Ti è piaciuto. Un sacco. E poi abbiamo guardato dei video di Adele che cantava canzoni delle Spice Girls e abbiamo finito con gli One Direction."

Jake strinse le labbra per non ridere. "Bugiarda," mentì.

Maya andò da lui e gli premette un dito sul petto. "Ti è piaciuto, Jake Gallagher. Hai anche cantato insieme a me e Adele. Mi hai detto quello che vuoi, quello che vuoi davvero."

Jake scosse la testa prima di chinarsi e baciarla. "Che resti fra noi, Montgomery."

Maya sorrise. "Credo che a Border farà piacere sentire quella storia."

Jake le schiaffeggiò il sedere e quando lei sussultò si bloccarono entrambi. "Sarà un casino."

Maya si limitò a sorridere. "Lo è sempre stato. Ci limitavamo a ignorarlo."

"Io, uhm… dovrei mettermi al lavoro," disse Jake dopo un po', la voce profonda.

"Sì, anche io." Gli prese il viso fra le mani. "A stasera?"

Jake annuì. "A stasera."

Lui non sapeva se quella sera avrebbero solo parlato o fatto altro, ma era già qualcosa. Ed era sicuro che, indipendentemente da quello che succedeva, le cose sarebbero cambiate.

Per sempre.

"ALLORA, ci dirai mai cosa ti passa per la testa?" chiese Graham, dopo essersi seduto sul divano accanto a Jake.

Dopo che Jake aveva accompagnato Maya alla

porta, si era costretto a togliersi dalla testa tutti i pensieri riguardo a quello che sarebbe potuto succedere quella sera, in modo da poter lavorare. Aveva pensato che concentrarsi sarebbe stato difficile, ma, al contrario, era come se tutto quello che gli passava per la testa *aiutasse* la sua creatività. Lui era un artista che lavorava con le mani, ma gli servivano la mente e il cuore per creare.

Evidentemente, avere in mente Border e Maya, anche se sullo sfondo, lo aiutava. Non sapeva cosa potesse voler dire, ma gli piaceva.

Dopo aver realizzato alcuni dei suoi lavori migliori, si era dato una ripulita ed era andato a casa di suo fratello maggiore Graham. Per quanto i Gallagher non fossero tanti come i Montgomery, erano comunque una bella ciurma. I genitori avevano cresciuto quattro figli in modo che fossero indipendenti e creativi a modo loro, persino con tutti i casini che aveva passato Murphy crescendo, con le cure e le operazioni.

"Hai intenzione di rispondere? O te ne starai seduto lì a fissare la TV senza volume prima che cominci la partita?"

Jake si riscosse dai suoi pensieri e si voltò verso Graham. "Cosa?"

Suo fratello ridacchiò. "Amico, non ci stai con la testa. Che ti succede?"

"Sì, sei giù di corda da un po'," disse Owen, entrando con quattro birre in mano. Ne porse due a Jake e Graham tenendole per il collo.

"E non può trattarsi solo di Holly," aggiunse Murphy, che aveva in mano quattro cartoni di pizza e un paio di contenitori di alette di pollo. Appoggiò tutto sul tavolino da caffè e si fece scivolare dal polso la busta con i piatti di plastica e i tovaglioli.

"Non si tratta solo di Holly," disse Jake, distratto, guardando il cibo. "Non so se abbiamo abbastanza cibo, ragazzi," aggiunse, sarcasticamente.

Murphy alzò le spalle. "Pensavo che Graham avesse degli avanzi."

Graham imprecò sottovoce. "Ho quasi quarant'anni, ragazzi. Non so se dovrei mangiare tutto questo grasso." Mentre lo diceva, aprì il cartone in cima alla pila e prese una fetta di pizza col salamino piccante.

"Siamo tutti vicini ai quaranta," disse Owen, un po' ironico.

Jake mostrò il dito medio al fratello minore. "No, io e Graham siamo vicini ai quaranta. Tu e Murphy siete ancora sotto i trentacinque. Non potete cominciare a lamentarvi del prossimo decennio finché non arrivate a trentacinque."

Murphy sorrise, mostrando le fossette. "Sì, beh, indipendentemente da quello che succede, sarete sempre più vecchi di me. Sono solo felice di invecchiare, in generale."

Con quelle parole, si mise nel piatto alcune fette di pizza e delle alette di pollo, poi si sedette sull'altro divano accanto a Owen.

Gli altri tre fratelli si guardarono dopo il modo tranquillo con cui Murphy aveva parlato della propria mortalità. Il loro fratello era quasi morto un sacco di volte, quando il cancro aveva preso possesso del suo corpo, ma era lì, vivo, in salute, e faceva commenti sul fatto di essere dannatamente fortunato a essere vivo.

Jake non sapeva come rispondere, per cui si limitò a mettersi alcune alette di pollo nel piatto, con salsa ranch e sedano. Avrebbe preso la pizza più tardi e avrebbe continuato a ignorare il fatto che non sapeva cosa dire, quando si trattava di Murphy e del suo cancro.

"Allora, Holly, eh?" chiese Murphy, la bocca piena di pizza. "Hai detto che non si tratta solo di lei." Ingoiò e bevve un sorso di birra, e Jake scosse la testa al modo in cui mangiava il suo fratellino. E lui che pensava che i Montgomery si ingozzassero.

"No, non è solo Holly," ripeté Jake.

"Allora, di che si tratta?" chiese Owen, pulendosi le mani su un tovagliolo. Quell'uomo sapeva essere ossessivo-compulsivo quando si trattava di liste e di pulizia.

"Può trattarsi dell'uomo che vive a casa tua adesso?" tentò Graham. "L'uomo con cui stavi, l'uomo che, prima di andarsene, era il tuo migliore amico? L'uomo di cui ti rifiuti di parlarci?"

Jake sospirò.

"Hai paura di essere giudicato?" chiese Murphy, il dolore negli occhi. "Perché non lo faremo. Cioè, non lo abbiamo fatto in tutti questi anni e non lo faremo adesso. Puoi stare con chi ti pare. Finché sei felice, siamo felici."

Jake scosse la testa e i suoi fratelli si acciglarono. "No, non è questo. Ve lo garantisco. Non ho mai pensato che voi, o i nostri genitori, poteste giudicarmi perché sto con un uomo o una donna. Diamine, voi non mi avete mai criticato quando stavo con un uomo e una donna allo stesso tempo."

Ecco, quello era un buon modo per arrivare a

quello che aveva bisogno di dire. Perché anche se non era esattamente sicuro di cosa sarebbe successo quella sera, quando lui, Border e Maya avrebbero parlato, Jake sentiva di doverne parlare prima. E perché non farlo con i suoi fratelli, che già sapevano molte cose di lui. Jake poteva non sentirsi sempre parte del gruppo, dato che non lavorava sempre con loro e aveva una vena più artistica, ma non si era mai sentito non voluto, non amato. Lo avrebbero aiutato anche solo ascoltandolo. Il fatto che ne fosse così sicuro lo fece rilassare.

"Allora, che succede?" chiese Graham, con calma. Era sempre il più calmo di loro, finché *non* lo era più. A quel punto, esplodeva e distruggeva tutto per poi rimetterlo in piedi.

Jake sospirò. "Non è solo Border. Si tratta anche di Maya."

Graham alzò un sopracciglio, mentre Owen rideva e Murphy sorrideva. "Era ora," borbottò Graham.

"Cazzo, sì," si inserì Owen. "Voi due avreste dovuto mettervi insieme molto tempo fa."

"E anche con Border?" chiese Murphy, sorridendo. "Quindi sei in un rapporto a tre con due persone a cui so che tieni e che tengono a te? Che c'è di sbagliato in questo?"

Diamine, i suoi fratelli continuavano a sorprenderlo, anche quando non dovevano. Jake avrebbe dovuto avere più fiducia in loro, ma in realtà era la mancanza di fiducia in se stesso a essere il problema.

"È pur sempre qualcosa di nuovo," disse Jake. "Così nuovo che dobbiamo ancora *parlare* del fatto che io e

Maya siamo andati a letto insieme; tuttavia sappiamo entrambi che voglio stare anche con Border."

Graham gli studiò il viso. "La comunicazione è importante," disse sottovoce. "Sai che lo capisco. È stato il problema che ha mandato a puttane il mio matrimonio." Lo sguardo del fratello si fece lontano e carico di dolore. "Beh, tra le altre cose."

Jake imprecò sottovoce. "Merda, mi dispiace per avertici fatto pensare."

Graham scosse la testa. "Penserò sempre a quello che è successo, Jake. Quello che ho perso, quello che *abbiamo* perso tutti, non è lontano dai miei pensieri. Ogni dannato secondo di ogni dannato giorno. Però non stavamo parlando di questo, ma di te."

Jake annuì, lasciando cadere l'argomento di quello che era successo alla famiglia di Graham. "Noi tre parleremo stasera. Stileremo delle regole, o almeno parleremo di quello che ci sta passando per la testa."

"Ottimo," disse Graham con dolcezza. "Va benissimo."

"E tu vuoi entrambi?" chiese Owen. "Vuoi avere una relazione con entrambi? Perché non è un ménage di una notte, non credo. Giusto? Cioè, tu e Border avete un passato, e tu e Maya? Cazzo, è la tua migliore amica. Non puoi incasinare quel rapporto perché sei arrapato."

Anche se sentì la rabbia strisciargli lungo la schiena alle parole di Owen, Jake accantonò la cosa. Owen stava solo dicendo quello che doveva essere detto, che doveva essere pensato, e a Jake doveva andare bene.

"Non è solo una notte," disse Jake, sottovoce. "Non so che cos'è, ed è qualcosa che noi tre dobbiamo capire insieme. Ma… non voglio ingigantire la cosa. Se mi metto a pensare a un futuro solido, potrei incasinare tutto prima ancora di cominciare."

"Allora non farlo," disse Murphy, e Jake gli scoccò un'occhiataccia. "Aspetta, stammi a sentire. Comincia questa relazione sapendo che dovete pensare l'uno all'altro e sapendo che lo avreste fatto comunque. Non sei un tipo spietato. Non sei crudele. Sei voi tre iniziate questa relazione senza pensare a una fine chiara, va bene. È naturale, Jake. Nessuno comincia una relazione *sapendo* che finirà con un matrimonio e dei figli." Murphy e Jake fecero una smorfia mentre gli occhi di Graham si annebbiarono. "Comincia sapendo che non *vuoi* fare del male alle altre persone nella tua vita e cerca di fare del tuo meglio non solo per vivere, ma per vivere il momento. È tutto quello che puoi fare. Sii onesto al riguardo."

Jake sospirò, le parole del fratello lo avevano colpito. Murphy aveva ragione, anche se Jake sapeva che non sarebbe stato così facile. Soprattutto con Maya. Sapeva di non poter incasinare quello che aveva con lei, perché Maya era la ragione per cui Jake era chi era. Era stata con lui nella buona e nella cattiva sorte da quella mattina in cui Jake era entrato alla Montgomery Ink. Avrebbero trovato un modo di far funzionare le cose.

In un modo o nell'altro.

Gli altri fratelli rimasero in silenzio ancora per un po', prima che Graham prendesse il telecomando e alzasse il volume.

"Sta per cominciare la partita," mormorò.

Jake annuì, sollevato dal fatto che gli stessero vicini

anche se Jake non sapeva cosa dire. Cominciò a mangiare le alette tiepide e sorseggiò la birra. Sarebbe stato bene, sarebbero stati tutti bene. Perché, indipendentemente da quello che succedeva, non poteva perdere di nuovo Border, e di certo non poteva perdere Maya.

Avrebbero trovato un modo.

Dovevano trovarlo.

Capitolo Undici

A Maya tremavano le mani. Per fortuna, non stava lavorando più al tatuaggio di un cliente, ma diamine, le mani non le tremavano *mai*. Certo, non si era mai trovata in quella posizione. La parola posizione le fece pensare al sesso, perché il suo cervello evidentemente seguiva una spirale oscena e non riusciva a togliersi dalla testa il pensiero di Border e Jake che scopavano.

Non che volesse toglierselo dalla testa.

Appena ci pensò, si immaginò in mezzo a loro e sotto di loro, e forse sopra di loro, se c'era una posizione che funzionava.

Evidentemente Maya non ne sapeva molto delle posizioni da fare in tre, ma aveva la sensazione che le avrebbe scoperte.

E presto.

Mentre in parte voleva scappare e nascondersi con una bottiglia di tequila, ruotò le spalle e mise la mano sulla porta di Jake. Poteva farcela. Forse.

Jake aprì la porta prima che lei potesse bussare o

usare la chiave e Maya sospirò. A quel punto lei immaginò che *avrebbe* dovuto farcela. Dopo tutto, era in parte
una sua idea.

"Sembra che possa servirti qualcosa da bere o un
paio di scarpe da corsa," disse Jake, sarcastico, e lei rise
dal naso.

Maya lo guardò negli occhi e si rese subito conto di
essere nel posto giusto, al momento giusto e che stava
facendo la cosa giusta. "Non mi servono le scarpe. Non
vado da nessuna parte." Fece una pausa davanti allo
sguardo luminoso di Jake. "Anche se non mi dispiace-
rebbe qualcosa da bere."

Jake le porse una mano, che lei prese, i loro palmi si
toccarono con una scintilla di energia a cui Maya non
seppe dare un nome. Era il suo Jake, l'uomo che conosceva da così tanto tempo che era diventato parte di lei,
tuttavia era allo stesso tempo un nuovo Jake. Quel Jake
era un uomo che Maya avrebbe conosciuto meglio
quella sera, quando il tempo avrebbe ripreso a scorrere
per entrambi.

Per tutti e tre.

"Ho la tequila," disse Jake. "Ma non ho lo zucchero
filato."

"Perché diamine dovresti rovinare della tequila
perfetta con lo zucchero filato," chiese Border, alle spalle
di Jake.

Maya si fece strada fino al salotto e si mise le mani
sui fianchi, lasciando la mano di Jake. Lui chiuse la
porta; avere il calore di Jake alle spalle le fece un effetto
piacevole. Ma prima, Maya doveva occuparsi di quell'e-
straneo. Quell'estraneo che non era uno sconosciuto e

che sapeva sarebbe stato parte della sua vita, in un certo qual modo, almeno per il momento; con un po' di fortuna, per molto tempo.

"Prova, prima di giudicare," disse Maya. Sollevò un sopracciglio, sapendo che, quando lo faceva, il piercing appariva sexy. Glielo aveva detto Jake, una volta, mentre bevevano, anche se lei non aveva voluto darci peso. Non più. "In effetti, dovresti provare molte cose, prima di giudicarle."

Border scosse la testa, con un sorrisetto. "Sei un bel tipo, Maya Montgomery."

"Lo dici come se mi conoscessi," rispose lei con un sorriso. Spesso, tanti pensavano di conoscerla appena vedevano i tatuaggi e i piercing. Se ci si aggiungeva il fatto che Maya imprecava come uno scaricatore di porto e difendeva le persone che amava a proprio rischio e pericolo, la gente vedeva quello che voleva vedere.

Ma lei non era solo la Montgomery con la boccaccia.

Jake lo vedeva; con un po' di fortuna, l'avrebbe visto anche Border.

"Voglio conoscerti," rispose Border, guardandola fisso negli occhi.

Il calore fra loro si infiammò e Maya dovette trattenersi dall'ansimare. Di quell'uomo sapeva solo quello che le aveva detto Jake, e tuttavia voleva saperne di più. Ne aveva bisogno.

Jake si spostò da dietro di lei e andò in cucina. Per come era fatta la casa, senza bisogno di lasciare la stanza e Border, Maya poteva vedere Jake che prendeva la tequila e i bicchieri.

"Per quanto abbia detto di volere un drink," disse Maya, "credo che dovremmo essere tutti lucidi, se dobbiamo parlare."

Jake annuì mentre andava a mettere bicchieri e bottiglia sul tavolo. "Uno shot per riscaldarci. Pensalo come un brindisi. Poi berremo ancora, se vogliamo. Ma credo che abbiamo bisogno di fare *qualcosa* per cominciare, in modo che non sia imbarazzante."

Border sorrise apertamente. "Rimarrà comunque imbarazzante, all'inizio."

Maya rise dal naso e li raggiunse, facendo ondeggiare i fianchi. Aveva delle curve e sapeva come usarle. Di solito, ancheggiava indipendentemente da come camminava, date le dimensioni dei suoi fianchi. Quella sera, comunque, voleva usarli a proprio vantaggio. Quegli uomini erano molto più grossi di lei e sembravano riempire la stanza con la loro mera presenza, per cui Maya aveva bisogno di usare quello che aveva, in modo da essere sullo stesso terreno. Non ci sarebbe stato altro modo di procedere. Lei si rifiutava di essere quella che veniva passata tra loro, quella che veniva ignorata e trascurata.

Era Maya Montgomery e nessuno poteva ignorarla.

E una volta che, nella sua mente, si comportava come in Attrazione Fatale, era arrivato il momento di fare il passo successivo prima di mandare tutto al diavolo.

Maya versò abilmente tre shot e li porse agli altri due. Alzò il proprio bicchiere e guardò Jake e Border. "Brindiamo al non mandare tutto a puttane e al vedere dove arriviamo."

Le labbra dei ragazzi si incurvarono verso l'alto a quelle parole e tutti e tre gettarono la testa all'indietro per bere. La tequila le bruciò in gola e Maya fece le fusa. C'era un motivo se quello era il suo alcolico preferito.

Quando riabbassò la testa, dovette deglutire rumorosamente all'espressione di Jake e Border.

"Che c'è?" chiese, con voce roca.

Border si leccò le labbra e Maya dovette stringere le gambe, dato che il clitoride aveva deciso di iniziare a pulsarle in sincrono con il battito cardiaco accelerato. Se Maya avesse avuto ancora il piercing lì, probabilmente sarebbe venuta solo per il modo in cui Border la guardava.

Ok, allora.

Border alzò le spalle, non aveva per niente l'aria rilassata, anche se cercava di esserlo. "Sei dannatamente sexy, a bere uno shot così. Non so come abbia fatto Jake a non metterti le mani addosso prima."

Maya scosse la testa e sprofondò nel divano alle sue spalle. Il che lasciò i ragazzi vicino all'altro divano, ma non si sedettero; al contrario, avanzarono verso di lei, ognuno da un lato. Dato che voleva guardarli entrambi in faccia, Maya si fece indietro fino a potersi appoggiare al divano e incrociare le gambe sotto di sé. I ragazzi si sedettero sul bordo del divano e si voltarono, in modo che tutti e tre potessero guardarsi.

"Jake è il mio migliore amico," cominciò Maya, poi alzò le mani quando gli altri due aprirono la bocca per parlare. "Lasciate che finisca, poi potete parlare. Poi continueremo a parlare finché non avremo finito. Dopo di che, possiamo saltarci addosso come dei selvaggi e scopare fino a essere esausti, oppure lasciar perdere, se è troppo. Vi sta bene?"

Maya dovette stringere le labbra mentre i due si guardavano. Non c'era niente di più sexy di due uomini che si volevano e che si guardavano. E quando rivolsero a lei lo stesso sguardo?

Maya Montgomery aveva tutte le fortune.

Si schiarì la gola. "Io e Jake siamo già andati a letto insieme. Forse avremmo dovuto aspettare e parlarne di più, ma non lo abbiamo fatto. Invece, abbiamo scopato e io non voglio smettere di farlo con il mio migliore amico." Maya guardò Jake, che le sorrise con così tanta emozione che lei dovette sbattere le palpebre per non piangere. Dannato Jake, che la conosceva dentro e fuori. La *capiva*. "Ho detto a Jake, e anche a te, Border, dato che a quanto pare ero in vivavoce, che penso che anche voi due dovreste stare insieme." Sospirò, quella era la parte complicata.

"Ti abbiamo aspettata, Maya," aggiunse Border, con dolcezza.

"Lo so. E vi ringrazio, anche se sono un po' triste perché avete dovuto aspettarmi. O almeno, aspettarvi l'un l'altro. Non lo so. È per questo che stiamo parlando. Sarà complicato. Perché io voglio Jake."

"Anche io ti voglio, Maya."

Maya prese la mano di Jake. "E Jake, tu vuoi Border."

Jake annuì e prese la mano di Border.

Border la afferrò e strinse la mascella. "Anche io voglio Jake." Si voltò e incrociò lo sguardo di Maya.

Quando le porse la mano, Maya batté le palpebre. "E voglio anche te."

Maya gli guardò la mano, e Jake le strinse l'altra mano. "Nemmeno mi conosci."

"Non ne ho bisogno," sbottò Border. "Ti voglio, dannazione. Non so perché è successo così in fretta, ma forse non è così. Jake mi parla di te da *anni*, Maya. Non credo sia una cosa improvvisa. Sono tornato in città per motivi di lavoro, di cui vi parlerò più tardi, ma non sono tornato solo per quello. Sono tornato per vedere Jake. Per vedere cosa voleva e cosa mi ero perso andandomene. E sono tornato per vedere chi era questa Maya Montgomery di cui Jake parlava tanto spesso. Non sono tornato solo per Jake, Maya. Credo di essere tornato anche per te."

A Maya si strinse la gola.

"Lo pensi o lo sai?" Non era sicura del perché lo avesse chiesto, solo che ne aveva bisogno. Era una follia, ma sembrava giusta. C'era qualcosa, qualcosa a cui Maya non sapeva dare un nome, e aveva bisogno di capire non solo con Border, ma anche con Jake.

"Lo so. Sono tornato per tutti e due." Border chiuse gli occhi e scosse la testa. "Sembra che io creda nel destino, e non so se è così. Ma quello in cui credo è che, indipendentemente da quello che succede, dobbiamo impegnarci. Certe volte, le cose succedono per un motivo, e altre volte le facciamo succedere perché ne abbiamo bisogno. Non voglio mettermi in mezzo a qualsiasi cosa abbiate voi due, ma so anche che adesso non posso andarmene."

Maya guardò la mano tesa di Border prima di voltarsi verso Jake. "E tu?"

Jake la guardò con un'intensità tale che Maya temette che lui potesse vedere tutto. Era nuda davanti a lui, anche senza togliersi i vestiti. Era quello che aveva sempre avuto con Jake, ma era diventato più intenso, *significava* qualcosa di più, al di là di quello che loro due, loro *tre* potessero capire.

"Ti ho vista al bar anni fa e ho saputo di avere bisogno di te nella mia vita. Ti ho portata a casa perché volevo che succedesse. Quello che non sai, è che avevo pensato che avrei trovato un modo per tenerti nella mia vita più a lungo di quella notte. Poi sono successi casini con Murphy e abbiamo dovuto smettere."

Maya gli strinse la mano, comprimendo le labbra. "Avrei lottato per restare, all'epoca," sussurrò. "Anche io sentivo la connessione." Era la prima volta che lo diceva, la prima volta che rivelava quello che aveva tenuto nascosto tanto a lungo.

Jake sgranò gli occhi. "E poi sono arrivato tardi, lo capisco. Sono rimasto perché sapevo che avevi qualcosa di speciale, Maya. Volevo far parte della tua vita, anche solo come amico."

"Non c'è nessun 'solo', in quello che provavo per te, Jake. In quello che provo per te." Maya fece una pausa, non volendo approfondire troppo prima di aver parlato delle questioni pratiche di quello che stava succedendo fra loro.

Jake sorrise, prima di sospirare. "Indipendentemente da quello che succede fra noi, che sia una cosa breve o qualcosa di più, non voglio perderti come amica. Cazzo,

Maya, per la maggior parte del tempo, mi conosci meglio di quanto io conosca me stesso, e non voglio perderti. Per prima cosa siamo amici. Capito? Se scopriamo, dopo aver fatto questo, questa *cosa* fra noi tre, che facciamo schifo insieme e che stiamo meglio come amici, allora dannazione *restiamo* amici."

Jake sospirò.

"Per prima cosa, amici, Maya," ripeté.

"Sempre amici," disse lei, con decisione. "Questo te lo prometto. Resteremo amici. So che adesso è facile dirlo, ma noi non siamo come gli altri." Maya per lo meno lo sperava. Perché non era sicura di cosa ne sarebbe stato di lei, se avesse perso Jake. Diamine, era diventata l'ombra di se stessa quando pensava di averlo perso perché lui stava con Holly. Per quanto non le piacesse il fatto che parte di lei si affidasse così tanto a Jake, Maya sapeva di non avere altro modo di essere. Jake faceva parte della sua anima.

Forse era arrivato il momento di fare qualcosa al riguardo.

Anche con l'uomo dall'altro lato.

Perché, nonostante tutto, c'era anche lui, e Maya aveva la sensazione che il fatto che *non* ci fosse stato per tutto quel tempo fosse la ragione per cui lei non aveva mai sentito che fosse il momento di stare con Jake.

Si sarebbe concentrata su quei sentimenti quando poteva, ma per il momento doveva assicurarsi di avere il suo migliore amico al fianco fino alla fine. Forse, solo forse, avere anche Border.

Santo cielo, non sapeva esattamente come fosse

successo, ma se avesse continuato a tormentarsi, sarebbe
esplosa.

Invece di continuare lungo una spirale di pensieri
che l'avrebbero solo confusa, si voltò verso Border e gli
prese la mano.

"Amici," disse Maya sottovoce. "Con qualche
aggiunta, credo. Ma amici."

Border la fissò in silenzio con un'intensità tale che
Maya si sentì arrossire. Dannazione. Non era il tipo che
arrossiva, invece sotto gli occhi di Border non poteva
evitarlo. Per quanto conoscesse benissimo Jake, di
Border sapeva solo quello che le aveva raccontato Jake.
L'ignoto, il mistero, la eccitavano di più. Più di quanto
avesse creduto possibile. Se ci si aggiungeva l'idea di
andare contemporaneamente a letto con il suo migliore
amico? Era un miracolo che non avesse preso fuoco.

Jake ridacchiò. "Posso dire quanto cazzo è eccitante
guardarvi mentre vi guardate? Perché l'idea che vi desi-
deriate quanto io desidero voi mi fa sballare, non ci
capisco più una mazza."

Maya ridacchiò guardando Border, che sollevò un
sopracciglio. Maya si voltò verso Jake. "Pensavo che
saremmo stati noi a giocare con la tua mazza."

Jake rise. "Lascia che ti dica una cosa, poi puoi
toccare, succhiare, leccare e scopare la mia mazza
quanto vuoi, tesoruccio."

La ragazza strinse gli occhi e Border rise. "Che ti ho
detto dei nomignoli?"

Jake le sorrise con dolcezza. "Sto cercando quello
giusto, fagottino alla cannella."

Maya lasciò la mano di Jake e lo colpì al petto. Lui

rise e Border si spostò, in modo da poterle passare un braccio intorno alla vita. Maya lo guardò e lui alzò le spalle, l'aria rilassata, la schiena di Maya premuta contro il petto e una mano sul fianco di lei.

Jake gemette guardandoli, ovviamente Maya si accoccolò di più contro Border. Il calore negli occhi di Jake le fece venire voglia di gemere, ma al contrario passò le dita sul braccio di Border. Border le strinse di più il fianco e lei dovette deglutire con forza per non agitarsi in quella stretta.

Jake si leccò le labbra. "Ho intenzione di scoparti, Maya," le disse, a voce bassa. "Voglio solo togliere di mezzo le questioni pratiche." Incrociò lo sguardo di Border. "E presto scoperò anche te e mi farò scopare da te. Non so se tu e Border scoperete, ma credo che dovremmo metterlo in conto. Dobbiamo stabilire dei limiti così non facciamo per sbaglio qualcosa a cui non possiamo rimediare. Perché vi voglio entrambi nel mio letto. Se non sarà allo stesso tempo, posso capirlo, ma devo saperlo adesso." Posò gli occhi sul braccio che Border teneva intorno alla vita di Maya. "Ma forse adesso sto solo straparlando."

Maya guardò di nuovo Border, che aveva abbassato il mento. "Tu che ne dici, Border? Vuoi scoparmi?"

Per tutta risposta, Border chinò le labbra su quelle di lei, mentre con l'altra mano le stringeva un seno da sopra la maglia e il reggiseno. Maya annaspò, inarcando la schiena, aveva bisogno che la toccasse di più. Il suo bacio era più rude di quello di Jake, il suo sapore era diverso. Tuttavia li voleva entrambi. Non le importava se gli altri potessero avere un problema con il fatto che lei volesse entrambi gli uomini e che loro si volessero a vicenda. Gli altri potevano anche andare a farsi fottere.

Maya voleva Jake *e* Border e, dannazione, li avrebbe avuti.

Border le passò la lingua sulla sua e lei approfondì il bacio, voleva di più. Quando lui si allontanò, Maya era senza fiato ed eccitata.

"Credo che questo risponda alla tua domanda, ma sì, voglio scoparti, Maya. E voglio conoscerti. Non è solo per la camera da letto. Capito? Perché se questo è tutto quello che vuoi, allora dobbiamo parlare di più invece di spogliarci e usare il letto mostruoso di Jake. Allora, vuoi qualcosa di più del sesso? Perché se è così, ti porto in camera da letto e ti metto la testa fra le gambe. Voglio sapere che sapore ha la tua passera e nel frattempo voglio che lo succhi a Jake. Adoro l'espressione di Jake quando scopa la faccia di qualcuno, ed è passato troppo tempo dall'ultima volta che l'ho vista. Che ne dici, Maya? La vuoi la mia bocca sulla fica e il cazzo di Jake nella tua, di bocca?"

Maya si allontanò e si alzò, ancheggiando. Jake e Border la guardarono, poi si guardarono e scoppiarono a ridere.

"Che cos'era?" chiese Jake, asciugandosi una lacrima.

"Oh mio Dio," ansimò Maya. "Lo hai sentito? Sono fortunata. Mi tocca non uno, ma *due* sporcaccioni. E sai come la penso sul sesso orale, devo sapere cosa sa fare Border, perché, tesoro, se gli serve aiuto, tu puoi insegnargli una cosetta o due." Fece oscillare di nuovo i fianchi. "*Due* sporcaccioni con il cazzo grosso che vogliono

scoparmi e avermi nelle loro vite? Cazzo sì! Ora spoglia-
moci perché sono così bagnata che me lo sento scorrere
sulle gambe. Se non vengo subito, dovrò pensarci da sola
e preferirei che fosse uno di voi o tutti e due a farmi
venire."

Si mise le mani sull'orlo della maglia e se la tolse
sfilandola da sopra la testa. Prima che potesse toccare il
bottone dei jeans, Border le aveva messo le mani sui
fianchi e Maya si ritrovò sulle sue spalle, afferrandogli la
schiena per non cadere.

Guardò Jake mentre Border la portava in camera da
letto. Jake la fissò come se volesse mangiarla e Maya
dovette mordersi il labbro per non gridare dalla gioia
per quello che stava per succedere.

Border la mise giù e si inginocchiò. "Devo metterti
la bocca sulla fica," ringhiò. Maya si mosse per aiutarlo
ad abbassarle i jeans sui fianchi. Border le tolse rapidamente le scarpe e le fece arrivare le mutandine alle caviglie in un lampo. Jake si occupò del reggiseno e Maya
dovette respirare profondamente per poter assorbire
tutto.

Santo cielo, stava *succedendo*.

Jake la baciò con forza prima di abbassarle le labbra
sul seno. Le tirò i piercing ai capezzoli e lei annaspò.

"Border, li vedi questi piercing? Se li tiri nel modo
giusto, ti viene sulle dita senza nemmeno doverle toccare
il clitoride."

Border le sorrise, mettendole la testa fra le gambe e
leccandole la passera. Maya tremò, le gambe che le
cedevano. Jake la prese e la sorresse, e lei capì di potersi
fidare di lui fino alla fine del mondo.

"Sono sorpreso che non abbia un piercing al clitoride," mormorò Border, prima di leccarla come un affamato a un buffet. La sua lingua si muoveva in modo magico e Maya dovette controllare il respiro, altrimenti sarebbe svenuta.

"Ce l'avevo," ansimò. Strinse il braccio di Jake, mentre lui le succhiava i capezzoli. Era troppo e non abbastanza. "Quest'uomo sa praticare sesso orale, Jake." Maya rise quando Jake le mugolò sul piercing. "Superate entrambi la prova. Ora fatemi venire, perché sono così maledettamente eccitata."

Jake le fece scivolare una mano lungo il ventre fino al clitoride, mentre Border usava la lingua. Il duello di sensazioni la portò all'apice e Maya urlò, senza dire i loro nomi perché non era in grado nemmeno di usare la propria lingua in quel momento. Come si chiamavano? A chi cavolo importava, Maya sapeva quello che importava.

Erano *suoi*.

E cazzo, sapevano usare la bocca.

Con la mente che turbinava e le membra pesanti, Jake la fece sdraiare sul letto e finì di spogliarsi. Maya si leccò le labbra, toccandosi e stuzzicandosi i capezzoli. Era venuta, ma non aveva ancora finito.

Nudo, Jake si inginocchiò sul letto, il pene in una mano e una striscia di preservativi e una bottiglietta di lubrificante nell'altra. "Per dopo," disse, gettando profilattici e lubrificante sul letto.

Maya alzò la testa mentre Jake le metteva una mano fra i capelli e l'uccello in bocca. Lei ingoiò avidamente, usando il piercing sulla lingua per portarlo all'apice. Maya gemette intorno al membro di Jake, mentre Border le si inginocchiava fra le gambe, usando la bocca e tre dita per farla venire di nuovo. Prima che Maya potesse far venire Jake, entrambi gli uomini si allontanarono e lei piagnucolò.

"Ti scoperò per primo," sussurrò Jake, prima di baciarla. "Poi lo farà Border."

Le prese il viso fra le mani e lei cedette a quella presa. "Mi sembra un buon piano," biascicò Maya, il corpo ancora in preda all'estasi. "E voi due?"

Jake guardò Border, che si stava spostando per inginocchiarsi davanti a Maya. "La prossima volta," disse, con dolcezza. "Ci sono centinaia di posizioni per noi. Per adesso, lascia che amiamo te; la prossima volta potrai guardarci mentre ci scopiamo."

Maya sospirò. "Oh, com'è difficile," tubò. "Ok, se proprio devi." Abbassò le gambe, allargandole ancora di più. "Salta su, Gallagher. Facciamo partire il treno. E Gentry? Porta qui quel cazzo. Non ci ho ancora messo su la bocca."

Border ridacchiò. "Sono solo un pezzo di carne, allora?"

Maya strinse gli occhi e lo afferrò alla base dell'asta, stringendo il pugno. Border incrociò gli occhi e Maya aspettò che la guardasse.

"Sei più che un cazzo che deve riempirmi, Gentry. Ora, per quanto io non veda l'ora di cavalcarlo, perché, ehi, guarda quanto è grosso, faresti meglio ad accettare l'idea che mi aspetto una cena e una chiacchierata." Guardò Jake. "Da entrambi."

Jake le spinse contro il membro coperto dal preservativo. "Ho capito, piccola. Ora apri le gambe così posso scoparti."

Border le batté la punta del pene sulla guancia e lei alzò un sopracciglio. "Voglio conoscerti, Maya. Ne abbiamo già parlato. Ora mettimi la bocca sul cazzo e fammi venire."

Il tono della sua voce le fece passare dei brividi deliziosi lungo la schiena, per cui Maya non protestò. Aprì la bocca e lo prese fino in fondo mentre Jake la penetrava. Sussultò intorno al membro di Border.

Jake fece l'amore con lei, e Maya gli venne incontro spinta dopo spinta, succhiando Border. Border prestò attenzione al seno di Maya e allungò una mano per giocare con il clitoride. Mentre lei veniva, Jake uscì e i due ragazzi le fecero cambiare posizione. Maya finì sopra l'uccello di Border coperto dal preservativo, e Jake si tolse il proprio, di preservativo, in modo che l'altro potesse fargli un pompino.

Maya scivolò su Border e lo cavalcò, i fianchi che facevano gli straordinari mentre si chinava per baciargli il collo. Quell'uomo, quegli *uomini*, la rendevano più di se stessa, e Maya sapeva che non sarebbe mai stata la stessa senza di loro.

E andava bene, perché non doveva essere la stessa persona, da sola. C'era un motivo, se quei due erano speciali nella sua vita.

Il viso di Jake raggiunse la beatitudine assoluta mentre il suo amante lo succhiava, e Maya non poté fare a meno di essere grata di farne parte. Jake era il suo migliore amico, la sua metà, eppure Maya sapeva di doversi dividere ancora per Border, sapeva che era proprio quello che serviva.

Quei due erano nella sua vita per un motivo; mentre Maya veniva e i suoi uomini la seguivano, le loro grida di estasi la mandarono di nuovo all'apice, così vicina al primo orgasmo da sapere che, indipendentemente da cosa sarebbe successo, non si poteva tornare indietro.

Si accasciarono insieme in una matassa ansimante di membra, il corpo di Maya tra quello dei ragazzi.

Erano suoi, e l'uno dell'altro.

Per il momento. E forse, forse per sempre.

"Porco cane," ansimò Jake.

Border rise e baciò il collo di Maya, il loro gigante silenzioso era più calmo di quanto lei avesse creduto possibile.

Porco cane davvero.

Capitolo Dodici

"Ripetimi cosa diamine ci faccio qui?" chiese Border, tirandosi giù l'orlo della camicia. Non l'aveva infilata nei pantaloni e si era arrotolato le maniche per far respirare gli avambracci, ma aveva comunque addosso una dannata camicia.

"Perché Maya ti ha invitato," rispose Jake con un sorriso. Nemmeno lui si era infilato la camicia nei pantaloni, ma sembrava comunque più... civilizzato di Border. "E se Maya ti invita da qualche parte, sai che è più un ordine che altro. In effetti, vale lo stesso per tutte le donne Montgomery."

Border non indossava la cravatta, ma sentiva comunque il bisogno di allargare il colletto. Non riusciva a respirare. Cavolo. Non era un ragazzino che andava a conoscere i genitori della fidanzatina. No, stava per incontrare i genitori e i sette fratelli e sorelle della ragazza con cui si stava vedendo. Per non parlare dei compagni e dei figli del clan Montgomery. Oh, e non ci stava andando da solo, si stava portando dietro l'altro amante. Lo stesso amante che condivideva con Maya.

Perché non era una situazione confusa o spaventosa, no.

Jake si sporse verso di lui e lo baciò. Con forza. "Smettila di pensare."

"Non ci riesco," borbottò Border. "È quello che faccio sempre."

"E di solito non sei così agitato, togliti la testa dal culo e ricorda che lo stiamo facendo per Maya."

"Stiamo insieme solo da una settimana," borbottò Border, anche se sapeva che era solo una scusa.

"E siamo molto più avanti di quanto non sarebbero altri in una settimana, e lo sai. Smettila di dare di matto."

"Che state facendo qui fuori a chiacchierare?" chiese Maya, raggiungendoli.

Erano sul marciapiedi davanti alla casa dei Montgomery, dato che erano arrivati insieme, ma Border non era sicuro di cosa gli fosse passato per la testa.

Maya aveva i capelli sciolti sulle spalle e ne aveva arricciato le punte, che rimbalzavano mentre camminava. Aveva una maglia larga e leggings stretti con del pizzo. Non era un vestito, ma nemmeno i soliti jeans a vita basta.

"Stai benissimo," le disse Border.

Maya arrossì e Jake ridacchiò, attirandola a sé per baciarla. Vedere quei due, l'uno fra le braccia dell'altra, fece provare a Border un senso di pace. Era sorprendente, e contemporaneamente non lo era.

Quando Maya andò da Border e lo baciò, Border si

rese conto che avrebbe lottato per quel rapporto, avrebbe lottato per quello che avrebbero potuto avere, perché niente gli era mai sembrato così giusto.

"Stiamo spaventando i vicini," disse Maya. Si guardò intorno e fece un cenno alle persone che avrebbero potuto fissarli dalle finestre. "Siamo già la casa rumorosa, visto che siamo tantissimi, e ora vi ho baciati entrambi sul marciapiede."

"Beh, io avevo già baciato Border, è una cosa a tre," disse Jake, anche se il sorriso non gli arrivava agli occhi. "Non avremmo dovuto fare qualcosa in pubblico? So che hai detto che andava tutto bene e che non avremmo nascosto niente alla tua famiglia, ma non volevo che fosse un problema."

Maya scosse la testa e prese le mani di entrambi. "Non voglio nascondere niente. Non potrà essere un problema per il mio lavoro o per il tuo, Jake, dato che siamo artisti e la gente pensa già che facciamo quello che ci pare." Incrociò lo sguardo di Border. "So che hai detto che stavi trovando un nuovo tipo di carriera, però; sai, a un certo punto dovrai spiegarcelo. La nostra relazione sarà un problema?"

Border scosse la testa. "Non lascerò che lo sia."

Maya studiò il suo viso per un attimo, prima di annuire. "Ok, allora. Faremo quello che ci sembra naturale. Non limoneremo davanti casa dei miei perché fa schifo, ma tenerci per mano, baciarci, stringerci? È normale. La mia famiglia è molto affettuosa e ci abbracciamo sempre. E sanno tutti che sto con voi due, anche se non conoscono i dettagli."

Border scosse la testa, un sorriso appena accennato

sul viso. "Perché, lo hai detto alle ragazze durante la vostra serata?"

Maya annuì. "In parte, poi ho raccontato dell'altro perché parlo con la mia famiglia quando ho bisogno di pensare."

Border non riuscì a evitare di sentirsi invidioso. Lui non aveva una famiglia con cui parlare delle sue relazioni o della sua vita in generale. E la famiglia che aveva avuto non era del tipo con cui si poteva parlare. Soprattutto non di qualcosa di così importante. Jake aveva i suoi fratelli e Border, in passato, aveva avuto solo Jake. Poi, quando aveva dovuto lasciarlo, non aveva avuto più nessuno.

Allontanò quei pensieri, sapendo che non lo avrebbero portato da nessuna parte, e sospirò. "Allora, queste cene di famiglia sono occasioni frequenti?"

A Maya brillarono gli occhi. "Sì. Cerchiamo di vederci almeno una volta al mese, se non di più. Molti di noi lavorano insieme, quindi ci vediamo spesso, ci stiamo sempre fra i piedi. Oggi, ci sono fratelli, coniugi, figli e compagni. Il che significa che voi due siete con me. C'è anche Tabby, nonostante non stia uscendo con nessun Montgomery. Fa parte della famiglia, visto che è parte del cuore della compagnia di costruzioni. Se la cosa ha senso."

Border aggrottò la fronte e le passò un dito sulla guancia. "Cosa c'è?"

Maya sospirò. "Di solito, queste cene hanno un programma. Pianifichiamo vacanze, compleanni o cose del genere. Questa volta, però, credo si tratti di Alex."

Jake imprecò. "Uscirà presto dalla comunità."

Maya annuì. "Sì, e ci serve un piano d'azione."

Border le baciò la guancia e si allontanò. "Capito. Sono con te, a prescindere." Anche se era imbarazzante.

Il sollievo che attraversò il volto di Maya e quello di Jake gli fece capire di aver detto la cosa giusta, per una volta. Lei aveva bisogno di loro, anche se era una cosa nuova e spaventosa, ma Border avrebbe trovato un modo per non essere a disagio in un gruppo di estranei che si conoscevano tra loro, ma non avevano idea di chi fosse lui. Poteva conoscere Storm e Wes, ma la sua presenza sarebbe comunque stata imbarazzante.

Border baciò Maya con dolcezza prima di farsi condurre dentro casa. Il rumore era quasi assordante, ma era vicino. I Montgomery non erano silenziosi, poco ma sicuro.

Chissà perché, visto che c'era così tanta gente, Border pensava che lui, Jake e Maya sarebbero riusciti a entrare e confondersi tra la folla. Non fu così. Ogni singolo occhio nella stanza cadde su di loro e tutti smisero di parlare, alcuni si interruppero addirittura a metà frase.

Fissarono il trio, e Border sentì il bisogno di allentarsi il colletto per respirare. Non era abituato ad avere una famiglia. Non ne aveva una sua e quella di Jake non era così grande. Jake aveva i suoi fratelli, per quanto fosse cresciuto anche con i genitori. La madre dei Gallagher era morta quando Jake era un ragazzino, il padre l'aveva seguita solo da pochi anni. Niente era paragonabile alla dimensione del clan Montgomery. Border era in grado di dire facilmente chi avesse un legame di sangue, dato che i parenti avevano gli stessi occhi.

E quegli occhi lo stavano soppesando, proprio in quel momento.

Jake si schiarì la gola e si avvicinò a Border, fino a sfiorargli le spalle. Quando Maya fece lo stesso dall'altro lato, lui si rilassò, sapendo che gli erano vicini. Anche se non sapeva perché si stava comportando in quel modo. Erano lì per Maya, dopo tutto, non per lui.

"Ok, ci avete fissati, ci avete studiati e avete incrociato le braccia per dimostrare che siete grossi e cattivi," ringhiò Maya. "Lui è Border, Jake lo conoscete già. Border, loro sono gli altri. Ora tornate a quello che stavate mangiando e bevendo e smettetela di fissarci come se voleste saltarci addosso."

Alcuni parenti risero, mentre il più grosso si limitò a scuotere la testa. Sembrava essere il fratello maggiore, per cui Border pensò potesse essere Austin. Tenuto conto che Border non era ancora andato nel negozio di Maya, cosa che sarebbe successa presto, non sapeva con quale fratello lavorasse.

"Tu più di tutti, sorellina, dovresti sapere che non lasciamo correre," disse quello che Border pensava fosse Austin, ridacchiando. "Porti a casa due uomini, uno che conosciamo come un fratello, l'altro che non conosciamo affatto, e ti aspetti che non siamo curiosi? Tu, più di tutti," ripeté.

Border sollevò un sopracciglio. "Perché dice così?" chiese a Maya, anche se teneva d'occhio il fratello.

"Mio fratello Austin crede di essere divertente," rispose Maya, con sarcasmo.

Jake scoppiò a ridere. Border si voltò verso l'altro amante, sollevando le sopracciglia. "Che c'è?"

Jake scrollò le spalle. "Maya si fa gli affari di tutti. Cazzo!" Si sfregò il braccio dove Maya lo aveva colpito. Jake si guardò intorno e vide i bambini con gli occhi sgranati. "Scusate."

Border non poté fare a meno di ridacchiare. "Beh, adesso capisco tutto." Si allontanò quando Maya cercò di dare un pugno anche a lui. Poi le prese la mano e le baciò il pugno.

Maya strinse gli occhi davanti a quella dimostrazione pubblica di affetto e abbassò il braccio. "Come ha detto lei, sono Border. Piacere di conoscervi."

Storm colse l'occasione per andare ad abbracciare Border. "È bello vederti, amico."

La tensione si spezzò e presto Border fu presentato a tutti i membri della famiglia, ai bambini e persino a Tabby, l'amica di famiglia che lavorava per i Montgomery. La ragazza avrebbe dovuto sembrare fuori posto, con i suoi vestiti puritani e la coda di cavallo, invece sembrava far parte del gruppo.

Dopo qualche minuto, Border cominciò a sentirsi più a suo agio. Maya e Jake non si allontanarono mai da lui; anche se aveva ricevuto qualche sguardo curioso, non era stato tanto male. Anzi, la famiglia sembrava deliziata dal fatto che Maya non stesse solo con Jake, ma anche con lui. Non tutti avrebbero accettato una relazione a tre nelle loro dinamiche familiari, ma i Montgomery non batterono ciglio. O almeno finsero molto bene.

Dato che fuori faceva un po' freddo, sembrava che

avrebbero mangiato in casa. I genitori di Maya si assicurarono che tutti avessero da mangiare e un posto in cui sedersi; non fu una cosa facile, tenuto conto del numero enorme di persone presenti. Per fortuna, sembrava che la coppia avesse continuato ad ampliare la casa a ogni figlio che arrivava, così c'era tantissimo spazio.

Border era seduto su un divano, tra Maya e Jake. Stava chiacchierando con Storm quando qualcuno si schiarì la gola e nella stanza scese il silenzio. Maya fece scivolare la mano in quella di Border e lui non poté fare a meno di stringerla, prima di rivolgere la propria attenzione a Meghan e Luc.

Meghan era la sorella maggiore di Maya ed era la proprietaria della divisione paesaggistica della Montgomery Inc, la compagnia edile fondata dai genitori di Maya e ora di proprietà di Wes e Storm, con Tabby che li teneva organizzati. Luc era l'elettricista della compagnia, ma era stato anche il migliore amico di Meghan da ragazzini, prima che lei si sposasse per la prima volta. Border stava lentamente imparando tutte le storie dei Montgomery, ma ci sarebbe voluto tempo.

"Allora," cominciò Luc, schiarendosi la gola. "Dato che abbiamo la vostra attenzione…"

Meghan arrossì e si appoggiò al marito. "Avremo un bambino! È ancora molto presto, ma i marmocchi lo hanno scoperto per caso e non vogliamo costringerli a mantenere il segreto." Mise le mani sulle teste dei figli e sorrise.

Maya strillò e saltò dal divano per abbracciare la sorella, il resto della famiglia fece a turno per abbracciare Luc e poi Meghan, quando Maya la lasciò andare.

Border rimase sul divano, sorridente. Era strano essere lì durante quell'annuncio, ma sapeva di dover accettare la cosa. Stava imparando a stare con Maya, stava ancora imparando chi fosse. Ma lei lo voleva lì, e Border avrebbe fatto un passo alla volta.

Sasha, la figlia di primo letto di Meghan, andò da lui e si fermò davanti al divano. Gli mise la manina sul ginocchio e sfarfallò le ciglia. Quella lì somigliava più a Maya che a Meghan, e Border non poté fare a meno di sorridere.

"Sei il fidanzato di zia Maya?" chiese Sasha, salendogli in grembo.

Border si bloccò per un attimo, prima di appoggiarle la mano sulla spalla. Guardò Maya in cerca di aiuto, ma lei si limitò a sorridere. Jake non lo stava nemmeno guardando, e non sarebbe stato d'aiuto.

"Sì," rispose, infine. "Lo sono." Era quasi la verità. Non era sicuro di poter dire che loro tre, al momento, erano solo amanti che stavano cercando di capire che posto avessero nella vita gli uni degli altri.

"Anche Jake è il fidanzato di zia Maya?"

Border deglutì rumorosamente e guardò Maya. Per fortuna, lei ebbe pietà e gli tolse la bambina di dosso. La fece piroettare e Sasha ridacchiò deliziata, poi Maya la mise giù.

"Sì, Sasha. Jake è il mio ragazzo."

"E Border è anche il mio ragazzo," disse Jake con un sorriso. "È tutto confuso, eh?"

Sasha alzò gli occhi al cielo, con la grazia di una bambina. "No. Vi piacete, e state insieme." Si illuminò. "Quando sarò grande, voglio anche io due fidanzati." E con quelle parole, se ne andò a giocare col fratello e con i cugini.

Border incrociò lo sguardo dei suoi amanti e rise. "Beh, non è stato come me lo aspettavo."

Meghan li raggiunse, gli occhi lucidi, ma un sopracciglio sollevato. "I Montgomery non sono mai quello che ti aspetti. Ho appena sentito dire che mia figlia vuole *due* fidanzati."

Luc mise il braccio intorno alla vita della moglie e guardò male il trio. "La mia bambina non avrà *un* fidanzato, figurarsi due."

Il resto della famiglia rise e Border si unì a loro. Era stupito, perché nessuno sembrava avere problemi col fatto che lui, Maya e Jake stessero insieme. Oppure, se ne avevano, se li tenevano per loro e non ne facevano un dramma. Sapeva che non sarebbe stato facile, fuori da quel circolo, ma quell'accoglienza almeno gli dava speranza.

Ancora non sapeva per cosa. Il loro futuro era incerto, e metterlo sotto stress non sarebbe servito a niente.

"Allora," disse Harry Montgomery. Il patriarca della famiglia Montgomery sembrava aver passato le pene dell'inferno ed essere sopravvissuto. Border aveva saputo da Jake che il padre di Maya aveva sconfitto di recente un cancro. Sembrava avere un bell'aspetto, pur avendo superato un dramma del genere.

"Allora," disse Marie, che mise la mano in quella del marito e sospirò. "Alex esce domani."

Border si irrigidì. Non lo sapeva. Sapeva che uno dei Montgomery era andato in comunità qualche mese prima e che sarebbe uscito presto, ma non sapeva che sarebbe stato così presto. Cavolo, non c'era da stupirsi se Maya era così nervosa per quello che stava succedendo fra loro tre.

"Andrò a prenderlo io," disse Maya, decisa. Alzò la mano quando gli altri cominciarono a parlare tutti insieme. "So che gli abbiamo telefonato e ci ha ascoltati. So che gli abbiamo scritto, e lui lo ha riconosciuto. Ma non ha voluto vedere nessuno di noi. Non so perché, ma gli serviva spazio, lo capisco. Siamo una grande famiglia." Fece una pausa, aggrottando la fronte. "Siamo stati io e Jake ad accompagnarlo, quando si è reso conto che gli serviva aiuto, e ce ne siamo resi conto *noi*, un aiuto che non potevamo dargli da soli." Incrociò lo sguardo di Jake, e Border sentì la necessità di allontanarsi da loro. "Dovremmo essere io e Jake ad andarlo a prendere."

Jake le strinse la mano e abbassò la testa. "So che è tuo fratello, ma gli starò vicino."

Border si schiarì la gola, sapendo che stava per fare qualcosa che gli si sarebbe potuto ritorcere contro. "Verrò anche io."

Si voltarono tutti verso di lui, ma Border aveva occhi solo per Maya e Jake. "Non conosco Alex, ma conosco Maya e Jake. Ci sarò per loro. E forse a vostro fratello farà bene vedere qualcuno che non ha nessuna aspettativa su di lui."

Gli occhi di Maya si riempirono di lacrime, e lo abbracciò. "Grazie," gli sussurrò.

Lui la strinse e tese una mano verso Jake, che abbracciò Maya da dietro. Avrebbe dovuto essere strano, abbracciarsi davanti alla famiglia di Maya, ma sembrava giusto. Border non riusciva a spiegarlo, ma forse era una di quelle cose che non aveva bisogno di spiegazioni.

"Credo sia una buona idea," disse Marie mentre gli altri ricominciarono a parlare. Poi Marie andò da Border e gli accarezzò la guancia. "Sei un brav'uomo, Border. Spero di conoscerti meglio, ora che fai parte della vita di mia figlia e della vita dell'uomo che chiamo figlio, quando non mi sente nessuno."

Jake ridacchiò e Border non poté fare a meno di unirsi a lui. "Ho sentito che ha cercato di adottare Jake più di una volta," disse infine. Il calore della mano di quella donna sulla guancia lo fece sentire a casa… e non era sicuro di cosa pensare al riguardo.

"Ho cercato di adottare tutti i Gallagher. Ma non me lo lasciano fare." Marie fece l'occhiolino e Border scosse la testa.

I Montgomery erano più di quello che lui sperava, ma non era sicuro di cosa sarebbe successo. Non c'era un futuro deciso per lui, Maya e Jake, Border lo sapeva, ma con quell'assaggio di ciò che *potevano* essere, aveva paura di sperare.

Perché la speranza poteva portare al dolore.

Di nuovo.

BORDER ERA alla guida dell'auto verso il centro riabilitativo, Maya era seduta accanto a lui e Jake sul sedile posteriore. Il SUV era abbastanza grande perché Alex potesse stare comodo senza stare addosso a nessuno. Per quanto Border avesse detto che sarebbe andato per Maya, e anche per Alex, ora era un po' preoccupato di essersi messo in mezzo. Non conosceva quell'uomo e i suoi demoni. Onestamente, non era sicuro che qualcuno dei Montgomery conoscesse i demoni di Alex, ma lui si stava infilando nella vita di Alex in un momento in cui lui era molto fragile.

Lo stava facendo per Maya, però. Per Maya e per Jake. Border poteva anche aver conosciuto Maya attraverso Jake, ma dopo aver sentito parlare di lei per anni e dopo averla incontrata e conosciuta Border sapeva che quello che sentiva per lei non dipendeva da Jake. Era una cosa che avrebbe dovuto capire insieme a Maya, ma non era il momento di pensarci.

Al contrario, sarebbe stato accanto a Maya mentre lei passava l'inferno per il fratello. Era già pallida, i tatuaggi più evidenti. Faceva andare su e giù il ginocchio e si tamburellava le dita sulla coscia. Non riusciva a stare ferma e Border non sapeva cosa fare. Con Jake sul sedile posteriore, toccava a Border cercare di calmarla. Le prese la mano, stringendola più forte del solito, ma senza farle male.

"Sono qui, Maya." Inclinò la testa verso il sedile posteriore, senza togliere gli occhi dalla strada. "Ci siamo entrambi."

Jake si sporse in avanti e mise la mano sulle loro. "Già, zucchero filato, siamo qui."

Maya rise e Border scosse la testa. "Zucchero filato?" chiese lei, ridendo. "È il meglio che ti è venuto?"

Border guardò dallo specchietto retrovisore e vide

Jake sogghignare. "Sei dolce come lo zucchero filato, dolcezza."

"Gesù," borbottò Border, sorridendo. "Fai schifo con i nomignoli, Gallagher."

Jake strinse la spalla di Border prima di appoggiarsi di nuovo al suo sedile. "Non le piace farsi chiamare piccola, pasticcino, cara, tesoro, zucchero filato, dolcezza, zucchina, cioccolatino, ragazza, bimba, culo ballerino, sto pensando a come chiamarla."

Maya guardò Border, prima che lui tornasse a concentrarsi sulla strada. "Hai appena detto che ho il culo ballerino?"

Border scosse la testa. "Me ne chiamo fuori."

Maya lo colpì al ventre, con forza. Cristo, quella ragazza sapeva colpire. "Attento, Gentry. E Gallagher, che cazzo?"

Jake rise, stando attento a tenersi fuori dalla portata di Maya. "Il tuo culo balla benissimo quando ti scopo da dietro e lo stringo fra le mani. Hai abbastanza carne addosso da poterti strizzare. Aspetta solo che mi scopi quel culo. Mi ballerai sul cazzo, e ti farò venire più forte che mai."

Border gemette e dovette sistemarsi i jeans. "Grazie, stronzo. Ora ho un palo nei jeans e siamo quasi arrivati."

Maya inspirò. "Se mi chiami di nuovo culo ballerino, non te lo lascerò scopare. Ora, smettiamola con questi discorsi perché devo entrare al centro a prendere mio fratello. E se ho l'aria di una che ha bisogno di un orgasmo, non ne sarò felice."

"Sto solo cercando di allentare la tensione," disse

Jake. "Sappi che noi siamo qui per te, Maya. A prescindere."

Border strinse il volante. "A prescindere."

Maya sospirò. "Lo so. Non ne ho mai dubitato. Grazie."

Proseguirono in silenzio, fino ad arrivare al centro riabilitativo. Maya gemette prima di togliersi la cintura di sicurezza e aprire la portiera, prima ancora che Border avesse spento il motore.

"Maya, aspetta."

"È fuori," disse Maya. "Il mio fratellino, ragazzi. È il mio fratellino." E con quelle parole, saltò giù dal SUV e andò lentamente verso l'uomo alto con la camicia di flanella e i jeans consunti, appoggiato al muro di mattoni. Ai suoi piedi c'era un borsone, con sopra la custodia di una macchina fotografica.

Border guardò Jake. "Sei pronto?"

"Non c'è niente di cui essere pronti. È Alex," disse Jake e scese dall'auto per unirsi a Maya.

Border sapeva che era una bugia. Era Alex. Un uomo distrutto e un alcolista. Di lui sapeva solo quello che gli era stato detto, ma capiva che, in ogni caso, Maya non avrebbe rinunciato a lui. Border pregò solo che non restasse ferita. *Sapeva* che stava proiettando la propria famiglia incasinata nel mezzo di come si sentiva su quell'uomo, che aveva fatto del male ai Montgomery, Border stesso doveva superare la cosa. Non sapeva perché Alex si fosse dato all'alcol e non erano affari suoi. Ma se Maya aveva bisogno di lui, Border ci sarebbe stato perché non c'erano alternative, quando si teneva a qualcuno.

Border uscì dall'auto e si diresse verso gli altri tre. Maya aveva abbracciato il fratello e Alex ricambiava la stretta, anche se con riluttanza.

Maya si fece indietro e sorrise ad Alex. Non stava piangendo e Border sapeva che era più nell'interesse di Alex che nel proprio. Cercava di essere forte per lui, e la ammirò per questo.

"È bello vederti," disse Maya, a bassa voce.

"Sì." Alex si schiarì la gola. "Sì, è bello vederti." Fece un cenno a Jake. "Anche te, amico." Guardò Border e aggrottò la fronte. "Io… ehm… non ti conosco, vero?" Scosse la testa. "Se ci siamo incontrati verso la fine, mi dispiace. Non ero in me."

Border scosse la testa prima di porgere la mano. Cavolo, come ci si doveva sentire a non sapere se non riconoscevi la persona che avevi davanti per colpa dell'alcol invece che per una pessima memoria? Non tutti ricordavano ogni persona che incontravano nella vita, ma il fatto che Alex avesse immediatamente dato la colpa all'alcol fece capire a Border un sacco di cose su di lui. Che Alex potesse addirittura parlarne era già tanto. Quell'uomo era così diverso dal padre di Border che non era nemmeno divertente. Alex si stava già assumendo la responsabilità di quello che aveva fatto, mentre il padre di Border non se la assumeva nemmeno per essersi versato da solo da bere.

"È la prima volta che ci incontriamo," disse Border con gentilezza. "Ho pensato di aiutare Maya e Jake a darti un passaggio."

Alex rilassò appena le spalle. "Bene, ottimo. Piacere di conoscerti." Fece una smorfia. "Beh, sai, in generale.

Forse non è il posto migliore per incontrare qualcuno."
Gli occhi di Alex si scurirono appena, come se stesse
pensando a qualcosa che sapeva solo lui, ma allontanò il
pensiero. "Sei un amico di Maya?"

Border incrociò lo sguardo di Maya e lei sorrise. "Io,
Border e Jake stiamo insieme," rispose semplicemente
lei, anche se non era affatto semplice. "Ho pensato che
sarebbe stato meglio dirtelo subito, invece di mantenere
il segreto."

Alex sbatté le palpebre prima di annuire. "Ok,
allora. Vi dispiace se ci fermiamo per un hamburger o
qualcosa del genere? Ho un po' fame. Credo che fossi
troppo nervoso per pranzare."

Border rise. "Possiamo farti avere un hamburger,
amico." Gli brontolò lo stomaco. "E, a quanto pare, uno
farebbe comodo anche a me. O anche due."

Fece per prendere le borse di Alex, ma l'altro le
prese per primo. "Ci penso io," disse Alex rapidamente.
"Ci penso io."

Border incrociò lo sguardo di Alex e annuì. "Va
bene," disse. Certe volte, il bagaglio metaforico non
era così metaforico. Se Alex doveva fare da solo e
portarsi le sue borse letteralmente, poteva farlo
benissimo.

Raggiunsero il SUV e ci salirono mentre Maya
parlava con il fratello. Però lei si mise dietro con Alex,
mentre Jake si mise davanti con Border. Alex rispondeva, ma non a voce tanto alta quanto quella degli altri
Montgomery. Border non sapeva se fosse sempre stato
così, o se questo fosse un nuovo Alex. In ogni caso, era
appena uscito dalla comunità, e le cose non sarebbero

state facili, ma Border aveva la sensazione che i Montgomery lo avrebbero aiutato.

La famiglia sapeva come serrare i ranghi e aiutare i
parenti.

E Border non ne sarebbe stato geloso.

Neanche un po'.

ALEX

ALEX SI GUARDÒ INTORNO NELLA CASA IN CUI AVEVA vissuto negli ultimi anni e si rese conto che non sarebbe riuscito a viverci ancora a lungo. Le pareti raccontavano ricordi incisi a fuoco nel suo cervello. Gli serviva un posto dove ricominciare da capo, dover vivere nella stessa casa che aveva condiviso con l'ex moglie, dove aveva perso il controllo ed era diventato l'ombra di se stesso, una persona che non riconosceva, non l'avrebbe aiutato.

Sua sorella e i suoi uomini l'avevano accompagnato a casa dopo un pranzo teso. Alex aveva cercato di partecipare alla conversazione, ma era come se non stesse funzionando al massimo delle proprie capacità. Anche se, con Maya, si sentiva sempre un po' indietro. Tenuto conto del fatto che sua sorella non aveva solo uno, ma *due* uomini nella sua vita, in quel momento, Alex pensò che si sarebbe sentito spiazzato per un po'.

Maya, Jake e Border si erano accorti che lui non era completamente presente, ma non avevano detto nulla.

Lo avevano lasciato mangiare in pace senza chiedergli di partecipare alla conversazione. Per quanto lui potesse preoccuparsene, loro non lo avevano guardato come se temessero che potesse prendere una bottiglia e ubriacarsi proprio in quel momento.

Ne aveva voglia, e sapeva che sarebbe stato sempre così.

Ci sarebbe stata per sempre una voce nella sua testa che gli diceva, solo uno, *solo un bicchiere non farà male a nessuno*. Ma uno avrebbe portato a quattro e poi a errori che non si potevano cancellare.

Avrebbe dovuto imparare a vivere la sua nuova vita.

Quella in cui era Alex Montgomery: alcolizzato, divorziato, distrutto, e così dannatamente perso.

Poteva essere a casa, ma non si sentiva a casa. Doveva ricominciare, non troppo lontano dalla famiglia, ma nemmeno fra i loro piedi. Non meritavano quel peso, non dopo tutto quello che avevano passato e quello che lui aveva fatto loro passare.

Come si sarebbe organizzato? Come poteva trovare una nuova vita che gli andasse bene e non lo distruggesse?

Doveva scusarsi con tutte le persone che aveva ferito, con tutte le persone che aveva distrutto.

Doveva trovare un modo per vivere con le decisioni che aveva preso, oltre a quelle che avevano preso gli altri per lui. Doveva trovare un modo per assicurarsi che ne valesse la pena, perché non sarebbe tornato ad essere l'uomo che era prima che la sua vita gli sfuggisse di mano.

Deve valerne la pena, si ripeté.

Perché non l'aveva fatta finita prima, e non poteva farlo in quel momento.

Doveva essere più forte di prima. Più forte.

Doveva essere resiliente.

Doveva essere un Montgomery.

Se solo fosse riuscito a ricordare cosa significasse.

Capitolo Tredici

MAYA RUOTÒ LE SPALLE E GUARDÒ IL BLOCCO DA
disegno. Aveva appena finito un altro piccolo tatuaggio
per la signora Peterman, la sua cliente settantenne che
aveva iniziato solo in età avanzata a realizzare il sogno
di avere dei tatuaggi. Era una delle clienti preferite di
Maya, che *amava* lavorare su di lei. L'anziana signora
aveva voluto un piccolo bombo sulla caviglia, in modo
che si vedesse quando indossava i pantaloni a pinoc-
chietto mentre lavorava in giardino. Non era facile
realizzare tatuaggi sulla pelle anziana, dato che, a quel
punto, non era più elastica, ma Maya trovava sempre un
modo.

Se la signora Peterman voleva un tatuaggio, lo
avrebbe avuto.

A Maya era rimasto qualche minuto tutto per sé, per
poter lavorare a uno schizzo per un cliente, dato che ci
sarebbe voluto un po' prima dell'appuntamento successivo. L'appuntamento glielo aveva preso Autumn, la
ragazza di Griffin, nonché receptionist della Montgo-

mery Ink, però Maya non aveva ancora incontrato il cliente. Se le cose non funzionavano al primo incontro, Maya non avrebbe fatto nessun tatuaggio. Non importava se la persona voleva davvero un nuovo tatuaggio, se l'artista e il cliente non andavano d'accordo, si sarebbe notato nel risultato.

Maya era assolutamente fantastica nel suo lavoro, quindi poteva facilmente dire di no a qualcuno che diceva di volere un tatuaggio ma si comportava da imbecille o *pensava* solo di volerne uno. Probabilmente, non era quello il modo migliore di fare affari, ma secondo lei era l'unico modo. Se non credeva nel suo lavoro, allora non c'era ragione di continuare a farlo. Se avesse dovuto passare le sue giornate a disegnare ideogrammi cinesi a caso per le ragazzine dell'università, si sarebbe fatta del male; per fortuna, aveva superato quel punto della sua carriera.

Lei e Austin avevano costruito qualcosa che funzionava perfettamente per loro due e per la famiglia che avevano creato fra quelle mura. Appena la postazione per i piercing fosse stata pronta, Blake si sarebbe unita a loro e li avrebbe aiutati a portare la Montgomery Ink in una direzione ancora più vantaggiosa. Qualcuno aveva chiesto perché non aprivano un altro negozio in un'altra città o in un'altra zona di Denver, ma Maya non era sicura che la cosa avrebbe funzionato per lei e Austin. Quella era casa loro e a lei piaceva lavorare con i membri della sua famiglia, la Montgomery Ink. Aveva dei cugini che erano artisti, però; forse, solo forse, potevano aprire qualcosa dove vivevano.

Quello però era un sogno lontano. In quel

momento, Maya doveva concentrarsi sullo schizzo che aveva davanti, prima dell'appuntamento successivo. Adorava disegnare, era sempre stato così, fin da bambina. Per lei, tatuare era una forma d'arte che usava la pelle come tela invece di un muro o un pezzo di carta. Jake lavorava con le mani sull'argilla o altri materiali per realizzare delle splendide opere d'arte e quindi Maya aveva sempre sentito la connessione tra loro. Anche i fratelli di Jake lavoravano con le mani alla Gallagher Ristrutturazioni, ma Jake era sempre stato quello più artistico.

E Border... beh, Border era un po' un mistero.

Non era un artista come lei e Jake, per lo meno non le aveva mostrato quella parte di sé. Maya sapeva che Border aveva lavorato nel ramo della sicurezza e della protezione, ma niente di più. Lui non aveva spiegato esattamente cosa significasse e lei era sicura che non *potesse* dirlo. Sapeva che lui avrebbe dovuto presto aggiungere altro, perché Maya non sopportava i segreti. Non solo doveva mettere il naso ovunque, ma non riusciva ad aprire il cuore (o le gambe) per un uomo che si tenesse per sé cose del genere. Per quanto stessero cercando il più possibile di tenere le cose fra loro informali, c'erano degli aspetti che non si potevano ignorare.

Maya non aveva idea del perché dovesse tirare fuori segreti e scoprire l'ignoto, oltre al fatto che ne aveva bisogno per assicurarsi di tenere sotto controllo la propria vita. Anche se certe volte non sembrava.

Maya sospirò, infastidita con se stessa per essersi messa di nuovo a pensare a Jake e Border. Di solito, era brava a tenere gli uomini con cui stava uscendo lontani

dalla propria testa mentre lavorava o stava facendo qualcosa che richiedeva attenzione. Al contrario, tutto quello
che riusciva a fare era cercare di lavorare *mentre* pensava
a Jake e Border. I ricordi su come l'avevano amata
insieme la notte prima le riempirono la testa e Maya
chiuse gli occhi.

Dannazione, Montgomery, impegnati.

Le dava fastidio non riuscire a capire cosa stesse
facendo nella propria relazione e forse anche nella
propria vita. Dopo tutti quegli anni, stava andando a
letto con il suo migliore amico. Se fossero stati solo lei e
Jake, *forse* sarebbe riuscita a trovare un appiglio, ma con
l'aggiunta di Border non ne era sicura. Sembrava che
Jake e Border stessero capendo come funzionavano
insieme, ma lei e Border? Era un mistero.

Lo aveva appena incontrato, ma aveva con lui una
connessione a cui non riusciva a dare un nome.

Non sapere che ruolo aveva, tra Border e Jake, le
faceva male.

"Maya?"

Parli del diavolo.

Si voltò quando sentì la voce di Border, il cuore che
le martellava nel petto. Era come se l'avesse evocato,
tutto muscoli sexy e tratti decisi. Voleva arrampicarsi sul
suo corpo e stringerlo fra le braccia, ma sapeva che non
l'avrebbe fatto, non con Austin, Sloane, Callie e Autumn
presenti. Il che era strano, perché in passato lo aveva
fatto con gli altri ragazzi con cui era stata. Invece di fare
quello che le suggeriva l'istinto, si alzò e mise giù
l'album.

"Non sapevo che saresti venuto," disse, inclinando la

testa. "Ho un appuntamento fra qualche minuto, altrimenti potevamo andare a prenderci un caffè o qualcosa del genere."

Border si chinò e le sfiorò le labbra con le proprie. Fu un contatto momentaneo, ma i suoi capezzoli già rigidi divennero ancora più duri. Le ginocchia minacciarono di cederle e dovette schiarirsi la gola. Che uomo dannatamente potente.

"Sono io il tuo appuntamento, in realtà," le disse lui con un sorriso.

Maya sgranò gli occhi, il cuore che accelerava. "Davvero? Vuoi un tatuaggio?"

"Sì e ho pensato che, se fossi andato da qualcun altro, mi avresti fatto il culo."

Maya rise dal naso, cercando di tenere sotto controllo le emozioni. Non era da lei. "Eh già, nessuno può toccarti tranne me." Gli fece l'occhiolino. "E Jake."

Border si leccò le labbra e la guardò. "Mi piace questo tuo lato possessivo."

"Oh davvero? Non hai ancora visto niente." Quel batti e ribatti le piaceva. Di solito, non erano mai da soli e Maya si rese conto che era proprio quello, che mancava. Erano sempre in tre, o lei e Jake, o Jake e Border. Dovevano esserci anche Maya e Border. E quella era una cosa che potevano iniziare subito. Si morse il labbro e lo guardò, immaginando in che modo potessero essere soli.

Ma non pensava soltanto a stare a letto con lui. Quella sarebbe stata una cosa che sarebbe venuta poi (quando anche loro sarebbero venuti), ma Maya voleva sapere altro su di lui, non solo le dimensioni del suo uccello.

E che uccello.

"Amico, guarda che ti sentiamo," ringhiò Austin dalla sua postazione. "Se hai intenzione di farti la mia sorellina, aspetta prima che io non sia a portata d'orecchio."

Maya mostrò il dito medio al fratello senza guardarlo e andò a sedersi al proprio sgabello. "Siediti e parliamo di tatuaggi."

Border alzò un sopracciglio senza scomodarsi a guardare Austin alle sue spalle, prima di sedersi sulla poltroncina. Maya aveva abbassato i braccioli, in modo che lui non dovesse strizzarsi per sedersi. Le sedie erano grandi, dato che Maya era cresciuta con degli omoni e sapeva che avrebbe fatto tatuaggi a gente che era almeno della loro misura.

Tuttavia, Border era *grosso*.

Tutto muscoli e potere sotto un involucro che lei non riusciva a trapassare. Certe volte era dolce e collaborativo, altre volte si chiudeva a riccio. A volte prendeva il controllo e metteva lei e Jake in ginocchio in sua presenza, altre ancora li coccolava, andando lentamente e lasciando che loro facessero quello di cui avevano bisogno. Poi c'erano momenti in cui si faceva da parte e la confondeva. Maya non sapeva dove si situasse Border nelle loro vite e francamente era più preoccupata di non sapere che posto avesse *lei* nella vita di Border.

Lui le strinse il mento con le dita e quel dolore dolce la riportò alla realtà.

"Stai pensando troppo, Montgomery." La voce

dell'uomo le scivolò addosso, un ruggito profondo che la calmava e la eccitava. Non aveva senso, ma Maya sapeva che avrebbe potuto diventarne dipendente.

Si schiarì la gola e si allontanò. Sentì la perdita del suo tocco fin nelle viscere, ma fece del suo meglio per ignorarlo. Non poteva appoggiarsi a lui, a cosa poteva significare per lei, non quando non lo conosceva. Non ancora. Si era detta che avrebbe iniziato una relazione con Jake e Border ma solo proteggendo il proprio cuore, e così avrebbe fatto.

Era l'unica cosa che *poteva* fare.

"Scusami, che tipo di tatuaggio pensavi di fare?" gli chiese, cercando di mantenere un tono di voce professionale. Dalla faccia di Border, aveva fallito. Miseramente.

Border strinse gli occhi. "Perché non mi dici a cosa stavi pensando *tu*?"

Maya sbuffò, cercando di comportarsi come se niente la infastidisse. Perché, onestamente, niente avrebbe dovuto infastidirla. Era un'avventura, forse, e non avrebbe dovuto legarsela al dito, se era così confusa. Sarebbe passato tutto, una volta conosciuto meglio Border; quando le cose fossero finite, come finivano sempre, almeno sarebbe riuscita a mantenere un amico.

Perché col cavolo che avrebbe perso Jake, e questo significava che non avrebbe perso nemmeno Border.

E se continuava a ripeterselo, avrebbe potuto cominciare a crederci.

"Sto solo pensando a cosa faremo quando torneremo a casa mia," disse lei, senza mentire troppo.

Dal modo in cui gli occhi di Border si incupirono, ci stava pensando anche lui. Bene. Perché se l'avesse guardata troppo attentamente, avrebbe visto qualcosa che Maya non voleva fargli vedere.

Border cambiò posizione, sistemandosi l'uccello nei jeans, e Maya dovette deglutire rumorosamente. Tenuto conto che suo fratello era a sei metri di distanza, doveva smetterla di pensare alle porcate e concentrarsi invece sui tatuaggi. Non era facile, quando aveva Border e il suo fantastico membro così vicini alla bocca, però.

"Voglio delle piume sulle spalle," disse Border all'improvviso e Maya batté le palpebre.

"Piume?" gli chiese, prendendo il blocco e una matita. "Che tipo di piume e dove esattamente?"

Border si tolse la maglia e Maya quasi ingoiò la lingua. Che andasse al diavolo, lui e il suo corpo sexy. Dovette farsi battere il piercing alla lingua contro i denti per non dire qualcosa di simile a *voglio morderti*. Doveva essere professionale. Poteva farcela.

Forse.

"Hai presente la cicatrice che ho sulla spalla?" le chiese, voltandosi appena.

"Sì," disse lei, la voce improvvisamente roca. Gliel'aveva lasciata un colpo di pistola, Maya lo sapeva. Gliel'avevano spiegato Jake e Border quando lei l'aveva chiesto a letto, dopo una scopata che li aveva lasciati particolarmente sudati. All'inizio, le era sembrato un po' strano che Jake lo sapesse già, ma lui le aveva spiegato che Border glielo aveva detto da poco.

Maya aveva dovuto superare la gelosia che aveva nei loro confronti. Si conoscevano da anni, così come lei e Jake, ora anche lei aveva la possibilità di conoscere Border e formarsi dei propri ricordi. Forse, dopo averlo fatto, non avrebbe più avuto l'impressione di guardarli da fuori. Certo, si chiedeva se Border si sentisse allo stesso modo quando si trattava di lei e Jake. Vivere in un ménage non era per i deboli di cuore e di testa, poco ma sicuro. Era più facile quando era solo una notte di sesso sfrenato, ma per loro non era così. Doveva conoscere Border almeno quanto sia lei che Border conoscevano Jake e ci sarebbe voluto del tempo.

Tanto valeva cominciare subito.

"Che tipo di piume vuoi?" Gli studiò la spalla e la pelle in rilievo, che parlava di una storia che Maya sapeva gli stava a cuore. Lei poteva sapere come si era procurato quella particolare cicatrice, ma non sapeva tutto.

"Piume di gufo," rispose lui, guardandosi da sopra la spalla. "Non color fango o roba del genere; piume da cacciatore."

Maya lo guardò negli occhi e sorrise. "Credo che sarà perfetto. Vuoi coprire la cicatrice? O andarci intorno? Per il modo in cui è in rilevo, posso farci più facilmente un tatuaggio sopra che intorno. Se fosse stata più grande, avrebbe potuto essere un problema, capita con le ustioni, ma è una cicatrice con cui si può lavorare." Stava parlando a vanvera e non sapeva perché.

Border la guardò e le si mozzò il fiato. *Oh, ecco perché.*

"Puoi fare in modo che le piume ci si abbinino? Che la coprano senza nasconderla?"

Maya gli studiò le spalle, sfiorandogli con le dita il profilo della cicatrice che gli era quasi costata la vita. Border poteva non averlo detto, ma la situazione che aveva portato a quella ferita lo aveva messo in pericolo, di sicuro.

"Posso farlo," disse lei. "A seconda di quanto vuoi che siano grandi le piume, ci vorrà più di una sessione. Che ne dici se prendo le misure e lavoro allo schizzo e poi facciamo un'altra seduta in cui comincio effettivamente il tatuaggio?"

Border le sorrise e le si mozzò di nuovo il fiato, il cuore che le faceva un balletto a cui Maya non riusciva a dare un nome. Stupido cuore, doveva smetterla.

"Mi sembra un buon piano," le disse dopo un po'. "Quando stacchi?"

Maya si leccò le labbra. "A dire la verità, sei il mio ultimo appuntamento." Poteva restare per i clienti senza appuntamento, se voleva, ma non ce n'era bisogno.

"Allora andiamo a casa tua a finire lo schizzo," disse Border dopo un po'. "Mi piacerebbe vedere casa tua, Maya."

Lei annuì, le mani tremanti. Le mani non le tremavano mai, dannazione. Ma evidentemente Jake e Border facevano fare al suo corpo cose che lei non riusciva a controllare. Non era sicura di come dovesse sentirsi al riguardo.

Border si rimise la maglia mentre Maya raccoglieva le proprie cose. Lo fecero in silenzio, ma non fu imbarazzante. Al contrario, era un silenzio pieno di promesse. Lei *sapeva* che gli altri avevano una mezza idea di cosa avrebbero fatto lei e Border, una volta arrivati a casa, ma ignorò i sogghigni e le sopracciglia sollevate. Maya aveva fatto lo stesso quando erano stati loro ad andarsene con i rispettivi partner, per un pomeriggio di… riposo e relax. Non poteva permettersi di parlare.

Border la seguì a casa con la macchina, dato che c'era ancora neve sull'asfalto. A Maya sarebbe piaciuto vederlo in moto, dato che lei adorava le due ruote. Non era appassionata al punto da avere una moto propria, dato che tendeva a voler guardare il paesaggio e godersi il vento, invece di doversi concentrare sulla strada, ma il fatto che Jake *e* Border ne avessero una la rendeva felice. Forse, quando avrebbe fatto più caldo, potevano andare a fare un giro, solo loro tre.

Batté le palpebre entrando in casa, infastidita perché si era messa a pensare a cose a lungo termine. Doveva vivere nel presente e godersi quello che aveva, perché se non l'avesse fatto si sarebbe fatta solo del male.

Border la seguì nell'appartamento e mise il cellulare e le proprie cose sul tavolino accanto alla porta. Maya fece lo stesso con l'album degli schizzi e la borsa, improvvisamente nervosa. Non era mai stata sola con Border, avrebbero fatto sesso? O solo parlato? Non ne era sicura, ma sapeva che qualsiasi cosa sarebbe successa avrebbe cambiato le cose. Sperava solo che fosse un cambiamento in positivo, invece di distruggere tutto prima ancora di cominciare.

"Da quanto tempo hai il negozio?" le chiese Border, sprofondando sul divano.

Maya sospirò, sollevata dal fatto che Border avesse preso l'iniziativa. Il fatto che lei fosse così pronta a rinunciare ad avere il controllo diceva molto su che tipo di uomo fosse Border e su come si sentiva Maya con lui.

"A dire la verità, da prima di conoscere Jake."

Sorrise e si sedette accanto a lui. Border le mise un braccio intorno alle spalle sullo schienale del divano e lei si voltò verso di lui. "Beh, solo da qualche mese prima di incontrare Jake, ma abbastanza a lungo. All'inizio eravamo solo io e Austin, con nostro cugino Shep che veniva ad aiutarci quando non lavorava a New Orleans."

"Tuo cugino è un tatuatore?" Border le disegnò con un dito dei motivi sulla coscia fasciata dai jeans e Maya dovette respirare a fondo per restare calma. Quell'uomo poteva probabilmente farla venire solo guardandola e lei doveva riuscire a mantenere il controllo. O almeno doveva riuscire a fingere meglio.

"Sì, ho anche altri cugini che fanno gli artisti e si sono cimentati con i tatuaggi." *Respiro profondo.* "Noi siamo i cugini più vecchi, abbiamo trovato la nostra strada prima degli altri."

"Mi sembra giusto." Continuò a guardarla mentre le muoveva le dita sulla coscia e poi fra le gambe. Maya inspirò, ma lui tirò su di nuovo la mano per poi lasciargliela sulla coscia. Aveva le dita *troppo* vicine al clitoride; Maya sapeva che, inarcando un po' i fianchi, sarebbe riuscita a sfregarsi contro di lui. Ovviamente, non lo fece. Per qualche ragione, voleva che fosse *lui* a farla venire, piuttosto che venire da sola *usando* Border.

"Che stiamo facendo, Border?" gli chiese, ma ebbe improvvisamente paura della risposta.

"Siamo noi stessi, Maya," le rispose Border con pazienza. Mosse le dita, con quello più lungo le sfiorava il clitoride. Se non avesse avuto dei vestiti addosso, sarebbe venuta subito, la carne di Border contro la propria, l'erezione contro la pelle bagnata.

"Che significa?" Una domanda senza fiato, piena di aspettative.

"Significa che ti scoperò e che verremo entrambi," rispose Border, le dita che continuavano a esplorare. "Poi, quando saremo entrambi appagati, scopriremo altre cose l'uno sull'altra, scopriremo come funzionano Border e Maya, non solo come parte di un trio. Poi ti preparò la cena e dopo ti leccherò, prima di tornare da Jake, in modo che anche lui non sia solo. Che te ne pare?"

Maya sbatté le palpebre, ma invece di rispondere gli si sedette in grembo. Al diavolo il controllo. "Penso che dovremmo essere nudi."

Border la prese per i fianchi, conficcandole le dita nella carne. Maya avrebbe avuto dei lividi il mattino dopo, ma non le importava. Avrebbe portato i suoi marchi con orgoglio e li avrebbe fatti leccare a Jake per farsi passare il dolore.

Quando lui le prese la nuca per farla avvicinare a sé, Maya chiuse gli occhi, aveva bisogno del suo sapore, del suo tocco, ma sapeva che, se l'avesse guardato, lui avrebbe visto troppo. Aprì la bocca per lui, quando le passò la lingua sulle labbra, poi gemette, tremando. Voleva *di più*.

"Quel piercing sulla lingua mi fa così felice," ringhiò Border, poggiandole la fronte contro la sua. "All'inizio, temevo sarebbe stato fastidioso nei pompini, visto che ho un piercing sul cazzo, ma funzioniamo bene, non credi?"

Maya gli fece l'occhiolino e ruotò i fianchi, sfregandogli il membro. "Credo che dovremmo fare un po' più di pratica, per stare tranquilli."

Border ridacchiò. "Pensavo di farmi anche io un piercing sulla lingua. Sarebbe un problema, con quelli che hai sui capezzoli?"

Maya *adorava* il fatto che stessero avendo quella conversazione. La faceva arrapare. L'idea stessa che lui avesse un piercing sulla lingua la fece contorcere. "Metterò le barrette, così daranno meno problemi degli anelli. Per questo il tuo piercing funziona; è una barretta. E sto *molto* attenta quando succhio la punta. Oh, e se ti fai il piercing sulla lingua, mi aspetto che me la lecchi ogni sera." Ignorò il fatto che stava parlando di un futuro non scolpito nella pietra, ma aveva bisogno di dirgli cosa stava immaginando, il motivo per cui era già così bagnata, tanto che di sicuro Border poteva sentirlo attraverso i jeans. "Voglio che mi metti la bocca sulla fica, Border, con o senza piercing."

Lui gemette, mettendole le mani sul seno, tirandole i piercing attraverso il reggiseno. Maya si leccò le labbra, il corpo le tremava.

"Pensi che a Jake piacerà avere sul cazzo le nostre lingue coi piercing? Potrebbe venire al primo tocco."

Maya rabbrividì. "*Io* ho bisogno di venire, Border. Diamoci una mossa, se no mi metto le mani nei pantaloni e ci penso da sola."

Border ridacchiò e le strinse di più il seno, le faceva quasi male, proprio come le piaceva. "Come ordina la mia signora."

Maya rise dal naso. "Certo, tesoro, come se tu seguissi i miei ordini."

Border sollevò un sopracciglio. "Potrei farlo, se ho il giusto incentivo."

Invece di darle il tempo di rispondere, la fece sdraiare sulla schiena e le tolse le scarpe e i pantaloni. Le si inginocchiò fra le gambe e le fece l'occhiolino.

"Hai detto qualcosa riguardo al leccarti la fica?" Seguì il contorno delle labbra sotto le mutandine e sorrise. Con l'altra mano, le tirò su la maglia e il reggiseno, scoprendole il seno. "Eccoci qua, le due cose che mi piacciono."

Diamine, quanto le piaceva il fatto che ai suoi uomini piacesse dire porcate. "Andiamo Border, leccamela."

"Come sei eloquente, Montgomery."

Maya aprì la bocca per ribattere ma finì per urlare quando Border le scostò le mutandine e le leccò la passera. Ansimando, gli mise una mano sulla testa e affondò l'altra nel divano. Border si applicò, leccò, succhiò e morse, facendola sudare e mozzandole il fiato. Le succhiò il clitoride e Maya venne. Diamine se quell'uomo sapeva cosa stava facendo, con quella lingua perfetta.

Border prese un preservativo dalla tasca prima di spogliarsi. Maya tremava, ma si tolse il reggiseno e la maglia, anche se non lo fece con la grazia sperata, tenuto conto del fatto che riusciva a malapena a concentrarsi, quando Border era nudo, tanto era sexy.

Quando lui cominciò ad aprire l'involucro del preservativo, Maya glielo tolse di mano. Border alzò appena un sopracciglio mentre lei finiva di aprirlo e glielo faceva scivolare sulla punta.

"Questi sono i preservativi più resistenti, allora?" gli chiese lei, srotolandoglielo sull'asta.

Border deglutì rumorosamente. "Sì, ci sono meno possibilità che il piercing lo rompa. Però tu prendi la pillola, giusto?"

Maya annuì. "E sono pulita," disse. "So che, uhm… io e Jake l'abbiamo fatto anche senza preservativo perché prendo la pillola e siamo puliti, per cui, sì… se non usiamo il preservativo non ci sono problemi. Cioè, non è perfetto al cento per cento, ma sto *molto* attenta con i contraccettivi."

Border la guardò negli occhi e si tolse lentamente il preservativo. "Voglio sentirti."

Maya sentì la passera contrarsi. "Anche io."

Border si sporse verso di lei e le mise una mano sotto la coscia. Quando la sollevò in modo da farle arrivare il ginocchio praticamente vicino all'orecchio, Maya ringraziò Dio che Miranda l'avesse costretta a seguire tutte quelle lezioni di yoga. La punta del pene di Border le premette contro il sesso e Maya rabbrividì, il piercing freddo faceva contrasto con il calore del proprio corpo e dell'uccello di Border. Si guardarono mentre lui la penetrava in un unico movimento, riempiendola fino in fondo.

Gemettero entrambi, tremando.

"Scopami, Border. Non mi romperò." Gli affondò le mani nei bicipiti e lui si chinò a baciarla.

"Tieniti forte, Maya, ti porto a fare un giro." Uscì prima di spingere di nuovo. Il piercing la colpì al punto giusto e lei tremò, il corpo pronto a venire di nuovo solo per quello. Border tenne un ritmo spietato, scopandola con una forza mai vista prima, il che era tutto dire, dato che era già stata con lui e con Jake.

Quando lui uscì e la fece sdraiare sulla pancia, Maya sussultò. Border le schiacciò la guancia contro il divano, i capezzoli premuti contro la stoffa, poi le sollevò i fianchi in modo da prenderla da dietro.

Maya inarcò la schiena, aveva bisogno che andasse più in profondità, voleva *di più*. Border le schiaffeggiò il sedere, facendola urlare, ma lei voleva di più. Le diede un altro schiaffo e un altro ancora, abbastanza perché Maya sapesse che le sarebbe rimasto il segno. Era *ansiosa* di vederlo.

"Toccati il clitoride," sbraitò Border. "Masturbati mentre ti scopo."

Maya mise una mano sotto di sé, pur avendo ancora la guancia schiacciata contro il divano. Appena si toccò, si rese conto che non sarebbe durata a lungo. Si bagnò la mano, i suoi umori le rendevano più facile strofinarsi il clitoride con quanta forza poteva. Quando Border sbatté di nuovo dentro di lei, Maya venne, sapendo che stava venendo anche lui. Border la riempì, caldo e pieno, poi lei crollò sul divano e lui le coprì il corpo con il proprio. Era pesantissimo, ma essere bloccata non le importava. Si sentiva *piena, sua*.

E quando lui si girò di fianco e la strinse a sé, Maya sbatté le palpebre per non piangere, sapendo di non poter tornare indietro.

Si era innamorata.

E non poteva farci niente.

Capitolo Quattordici

BORDER RUOTÒ LE SPALLE E GUARDÒ LA BAMBINA CHE
giocava da sola in cortile, gli occhi non erano più cupi
come lo erano stati quel giorno di non molto tempo
prima. Doveva considerarlo un miglioramento, perché
non c'era molto su cui poter contare, a quel punto.

"Da quando è qui, non ha mai sorriso," disse il
detective Sanchez, accanto a Border. "In effetti, i suoi
genitori affidatari dicono che non ha ancora né riso, né
pianto."

Border studiò la bambina che aveva perso così tanto
in così poco tempo, perché lui non era stato abbastanza
forte da proteggere le persone che lei amava. Il fatto che
la piccola non avesse mostrato emozioni non lo sorpren-
deva. Non era sicuro che potesse farlo, dopo quello che
aveva passato. Il fatto che riuscisse a giocare dimostrava
la forza che le sarebbe servita per sopravvivere, per
crescere e integrarsi. Aveva però una leggera luce negli
occhi che prima non c'era e Border sapeva che, prima o
poi, sarebbe guarita.

Sperava solo che la bimba sopravvivesse abbastanza a lungo per guarire.

"Sono passate solo alcune settimane," disse infine, sapendo che il detective con cui lavorava da anni lo stava guardando. Sanchez viveva in un altro stato, tecnicamente non era presente in veste ufficiale. Non poteva, dato che il Nevada era fuori dalla sua giurisdizione. Ma era stato Sanchez a chiamare Border perché lo aiutasse a proteggere la famiglia della bambina, quando le cose erano andate in malora. Il servizio di protezione testimoni non poteva aiutarli *prima* che la famiglia testimoniasse. Per questo motivo erano quasi stati uccisi.

E quando erano andati da Border, lui non era riuscito a salvarli tutti.

In quel momento c'era una bambina senza famiglia e con una taglia sulla testa perché aveva visto gli uomini che avevano ucciso suo padre, sua madre e sua sorella.

Border non si sarebbe mai perdonato di non essere riuscito a salvarli, ma poteva almeno cercare di tenere lei in vita. Sarebbe stata la sua ultima missione in un mondo in cui aveva vissuto di segreti e sotto traccia. Non poteva stare con Jake e Maya ed essere l'uomo che era dovuto diventare davanti all'oscurità che minacciava tutti loro.

"Il processo comincerà a breve," proseguì Sanchez, dopo qualche attimo di necessario silenzio. "Non sarà più un peso che dovrai portare tu sulle spalle." Sospirò. "Non dovrebbe esserlo neanche adesso, amico. Non è stata colpa tua. Qualcuno ha parlato. Li abbiamo zittiti, ma è stato troppo tardi."

Troppo tardi, pensò Border. Ma non significava più niente. "L'ho iniziata io e io la finirò."

"Stai attento, ok?" gli chiese Sanchez a voce bassa. "Sta succedendo qualcosa che non riesco a capire, il che significa che qualcuno sta facendo circolare di proposito certi dettagli su ciò che succede."

Border annuì, sapendo che il mondo non era in bianco e nero. Faceva delle cose e doveva imparare a conviverci per proteggere chi non poteva proteggersi da solo. Il che significava che lui era sempre fuori a guardare all'esterno, mentre viveva come un bersaglio umano. Se giravano voci su quello che quella bambina sapeva e che qualcuno la proteggeva, era perché qualcuno *voleva* che Border e Sanchez lo sapessero.

"Starò attento," rispose Border. Guardò la bambina portare la bambola dalla madre adottiva, una donna anziana che non aveva mai avuto figli ma si occupava di lei come se fosse qualcosa di prezioso. Si poteva dire lo stesso per il padre, che le dava le giuste attenzioni. Quella famiglia sarebbe stata ottima per la piccola, finché non fosse arrivato il momento di strapparla da loro e trovarle un'altra casa. "Merita di avere una vita, Sanchez. Merita qualcosa di più che segreti e morte."

"Ci arriverà," giurò Sanchez. "Fosse l'ultima cosa che facciamo."

Border scosse la testa. "Non voglio che sia l'ultima cosa che facciamo," disse, con un ringhio. "Io ho chiuso, però. Lo sai, vero? Me ne tiro fuori, dopo questa."

Sanchez incrociò lo sguardo di Border e annuì. "Lo so. Potresti uscirne anche adesso, se vuoi. Lascia la bambina a noi."

Per quanto l'idea avesse senso, se Border avesse voluto lasciarsi completamente andare con Maya e Jake, non poteva farlo. Non ancora. Border scosse la testa. "Finisco sempre quello che inizio."

"Se è quello che ti serve." Fece una pausa. "Hai finalmente trovato qualcosa per cui vivere, oltre alle persone che non conosci e che non rivedrai mai più?"

Border non rispose per un po', incerto su come ribattere. Lui e Sanchez non erano grandi amici, non si confidavano, ma forse era arrivato il momento di cedere un po'. Solo un po'. "L'ho sempre avuto, ma non lo sapevo finché non è stato quasi troppo tardi." Non scese nei dettagli, non ce n'era bisogno. Jake e Maya erano *suoi* e non voleva condividerli in quel frangente, non dove menzogne e inganni erano all'ordine del giorno e le vite erano sempre a rischio.

Sanchez se ne andò poco dopo e Border fece lo stesso, lasciando la bambina con l'unica sembianza di famiglia che le era rimasta. Anche se lui sapeva che glie- l'avrebbero tolta presto. Con un po' di fortuna, sarebbe stata l'ultima volta. Odiava il fatto che la piccola dovesse sopportare quella situazione, ma non poteva dire lui ai tribunali come comportarsi. Cercava solo di trovare un modo per tenere in vita le persone.

Con un sospiro, salì sul furgone e si mise in marcia, sapendo che lo aspettava un'ora di viaggio fino a casa. Aveva lasciato Maya e Jake a letto, quella mattina, anche se sapeva che si sarebbero alzati presto per andare al lavoro. Voleva solo tornare a casa e tenerli stretti.

Non agiva in quel modo da tanto di quel tempo, che la sensazione gli sembrava strana. Soprattutto perché gli sembrava allo stesso tempo così *normale*. Maya e Jake gli si erano infilati rapidamente nel cuore e nella vita e Border doveva trovare un modo per riuscire a far funzionare le cose.

Era ancora tutto così campato in aria. Avevano fatto del loro meglio per parlare delle cose grosse, quelle importanti, senza effettivamente parlarne. Erano stati bravi ad assicurarsi che ci fosse una clausola di uscita, nella loro relazione, e Border non era sicuro di come sentirsi al riguardo. Non avrebbe dovuto esserne sorpreso, dato che vivevano una cavolo di ménage a tre. Non era una cosa così inusuale come credeva la gente, ma di certo non era facile. Dovevano cominciare a prendere delle decisioni e parlare di cose importanti per loro e per il loro futuro, se volevano che la cosa funzionasse anche fuori dalla camera da letto.

Lui voleva Jake nella sua vita, lo aveva sempre voluto. Dopo tutto, Border era tornato per lui. Maya... era stata una sorpresa. Aveva pensato che una delle opzioni che aveva, tornando a casa, sarebbe stata di farsi da parte ed essere amico di Jake, in modo che lui potesse stare con Maya, e tuttavia non era successo. Lei si era aperta a Border e lui sapeva di dover trovare un modo per tenere al sicuro quel dono prezioso. Maya poteva comportarsi come se avesse il controllo di tutto nella propria vita, ma Border sapeva che, con un solo errore, sarebbe potuta crollare. Si rifiutò di esserne il motivo.

Voleva sia Maya che Jake nella sua vita e nel suo futuro, ma non era certo che potesse succedere. I Montgomery e i Gallagher potevano accettare la loro relazione a tre, ma non tutti avrebbero capito. Che avrebbero fatto, se avessero avuto un figlio? Cosa sarebbe successo alle loro vite? A loro tre, aggiungendo un'altra vita? Legalmente, come avrebbero funzionato le cose? E a livello emotivo?

Le relazioni erano complicate, ma aggiungere una terza persona le rendeva esponenzialmente difficili. Lui non era certo di essere abbastanza forte da allontanarsi al momento giusto, ma sapeva anche che avrebbe dovuto essere lui a farlo. Gli altri due avevano le loro radici a Denver. Border aveva solo Jake... e Maya.

Sospirò e strinse più forte il volante al pensiero di lasciarli, di lasciare tutto quello che avevano iniziato a costruire. Ma forse sarebbe stato meglio per tutti? Se ne fosse andato, li avrebbe potuti proteggere meglio. Proteggere i loro corpi e i loro cuori.

Pensò che avrebbe potuto farlo. Se ci avesse lavorato, poteva andarsene e non guardarsi indietro. Di nuovo.

Solo che a quel punto non ci sarebbe stata nessuna lettera, nessuna telefonata a Jake. Perché Border non era il tipo d'uomo che poteva trovare la forza una seconda volta. Se le cose si fossero fatte troppo dure, se ne sarebbe andato. Non per se stesso, ma per loro. Meritavano qualcosa di più dell'angoscia e del dolore di quello che avevano. Loro erano la sua ragione di vita, la ragione per cui lottava; ecco perché, se fosse arrivato il momento e le cose non avessero funzionato, Border si sarebbe assicurato che almeno *loro* riuscissero a essere felici. Meritavano molto più di lui e a lui stava bene. Avrebbe trovato un modo per sopravvivere, per vivere la vita che aveva sempre vissuto; ma senza il pericolo in agguato a ogni angolo. Lo aveva fatto per anni e lo avrebbe rifatto. Per loro.

Il veicolo sbandò sul lato della strada, i finestrini in frantumi, il metallo che si piegava. Le orecchie di Border furono invase dal suono orribile di un'altra auto che si fiondava contro il lato guida della sua macchina. Riuscì a mantenere la presa sul volante mentre rimbalzava contro la cintura di sicurezza. Cercò di sterzare, ma non stava solo sbandando e non aveva il controllo del veicolo. In quelle che gli sembrarono ore, la macchina finì fuori strada, sbattendo contro la massicciata. Qualsiasi cosa l'avesse colpito tornò alla carica e Border fece del proprio meglio per non perdere conoscenza. Non aveva battuto la testa, quindi non pensava di avere una commozione cerebrale, ma venire colpito da un'altra auto non gli aveva fatto bene e non ne aveva fatto alla sua auto.

Deglutì con forza e valutò i danni. Il finestrino dal lato guida era in frantumi, lo sportello era deformato, ma per il resto non c'erano quasi danni all'interno. Per quanto ne sapeva, era peggio all'esterno ma, per il momento, quello che riusciva a vedere doveva bastargli. Aveva qualche taglio sulle braccia per i frammenti di vetro e non si sarebbe sorpreso se fosse stato lo stesso per il viso. Sapeva anche che sarebbe stato pieno di lividi, una volta uscito dalla macchina.

Era da solo su una strada secondaria, dato che aveva deciso di non prendere l'autostrada per tornare a Denver; chiaramente era stata un'idea terribile. Non riusciva ad aprire la portiera, ma poteva andare sul lato passeggero e uscire da lì. Quando stava per farlo, però, dovette schivare la raffica di proiettili che stava colpendo l'auto.

Beh, diamine. Sembrava non essere per nulla un incidente. Si abbassò il più possibile, slacciando la cintura di sicurezza per potersi chinare di più. Aveva lasciato la pistola nel vano del cruscotto, dato che poteva solo tenerla lì, legalmente, ma era troppo lontana perché potesse prenderla. Doveva solo sperare che l'altro si stancasse e se ne andasse.

Anche se Border non credeva che sarebbe successo.

Rimase in silenzio, maledicendosi perché non aveva un'arma a disposizione. La macchina era fuori uso; se anche quei tizi l'avessero lasciato in vita, avrebbe dovuto pregare di riuscire a usarlo per tornare a casa.

Forse poteva chiamare Sanchez.

Diamine, avrebbe dovuto chiamarlo comunque. La loro posizione era stata compromessa di nuovo.

Santo cielo, la bambina. Non poteva lasciare che le facessero del male, non poteva lasciare che succedesse qualcosa a Jake e Maya. Non poteva succedere di nuovo. Non poteva perdere qualcuno che doveva proteggere.

Stava per aprire lo scomparto del cruscotto, al diavolo i proiettili, quando sentì il suono di un motore che veniva avviato e chiunque l'aveva attaccato se ne andò. Border sospirò e prese la pistola, facendo del suo meglio per non farsi ancora più male quando si mise a sedere.

Con l'arma in pugno, valutò la situazione e imprecò di nuovo. Era in una zona collinare, da solo e in pessime condizioni. Avrebbe potuto andare peggio, questo lo sapeva, ma avrebbe dovuto camminare un bel po' per avere aiuto.

Prese rapidamente il telefono e chiamò Sanchez. "Tirala fuori," urlò Border appena l'altro rispose. "Mi hanno appena colpito."

"Che diamine? Stai bene? Dove sei?" Sanchez parlò sempre più veloce man mano che sparava domande e Border sospirò. Doveva uscire da quella dannata macchina, perché gli sarebbe stato impossibile guidare. Dannazione. Quel veicolo gli piaceva. E se si preoccupava abbastanza di quello, forse non avrebbe dovuto preoccuparsi del fatto che la vita della bambina doveva essere stravolta. Di nuovo. E che la sua presenza metteva in pericolo Jake e Maya.

Doveva essere un tipo speciale di stronzo, per essersi legato a loro. Ma non era sicuro di potersene andare.

"Tirala fuori," ringhiò Border.

"Ci sto già lavorando, stronzo," sbottò Sanchez. "Ora, dove cazzo sei? Sei ferito? Parlami, amico."

Border si appoggiò al poggiatesta del sedile del passeggero e diede le indicazioni a Sanchez, prima di riagganciare e chiudere gli occhi. Doveva uscire dall'abitacolo, nel caso gli stronzi che l'avevano mandato fuori strada decidessero di tornare. Sapeva solo che gli faceva male tutto e che voleva tornare a casa, dalle due persone che contavano di più per lui... anche se probabilmente non era una buona idea.

Quando riuscì a uscire dall'auto, Sanchez stava parcheggiando dietro di lui. Gli sembrava di essere stato investito da un'auto, in effetti era andata proprio così.

"Cazzo, Border," disse Sanchez, correndo verso di

lui. "Ho chiamato le autorità locali, che si occuperanno dell'incidente e non faranno troppe domande, dato che ho chiesto qualche favore." Si passò una mano tra i capelli neri scompigliati. Sembrava che l'avesse fatto più volte. "Devo portarti in ospedale?"

Border scosse la testa e non fece smorfie; lo considerò un progresso. "Non ho battuto la testa e non stavo correndo quando sono uscito di strada. Mi fa male tutto, ma non credo di avere emorragie interne."

Sanchez strinse gli occhi. "Non puoi dirlo solo guardandoti, Border. Fatti controllare. Potresti non ricordare di aver battuto la testa."

Border sospirò. "Voglio solo andare a casa, Sanchez." Finché ne aveva una, almeno.

"Assecondami," disse Sanchez, secco. "Non voglio che chi ti aspetta a casa mi prenda a calci in culo perché ti ho lasciato morire davanti ai miei occhi. Capito?"

Border ringhiò.

"Bene. Ora mettiti in macchina e ti porto a fare un controllo. Vuoi che chiami qualcuno?"

Border avrebbe potuto avere la meglio su Sanchez, anche da ferito, ma sapeva che gli serviva un po' di tempo prima di rivedere Jake e Maya. Non avrebbe potuto nascondere i lividi e i tagli, francamente, non era sicuro di doverlo fare. I suoi due compagni meritavano di sapere in cosa si stavano impelagando, anche se significava doverli lasciare per tenerli al sicuro.

Diamine, forse davvero gli faceva male la testa, dopotutto.

Senza dire niente, raggiunse l'auto di Sanchez ed entrò, imprecando contro se stesso. Era stato così preso dai propri pensieri, da Jake e Maya, dal futuro che potevano avere, che non aveva visto il furgone che lo aveva fatto uscire di strada. Diamine, non sapeva nemmeno se *fosse* un furgone. Poteva essere una cavolo di Prius, per quanto poteva saperne.

QUANDO USCÌ DALL'OSPEDALE, dove i medici avevano detto che era indolenzito ma in salute, e arrivò a casa di Jake, era stanco, di cattivo umore e ancora non era sicuro di cosa avrebbe detto a Maya e Jake su quello che era successo. Ma con dei lividi nuovi e dei tagli medicati, non sarebbe riuscito a nasconderlo.

"Vuoi che venga con te?" chiese Sanchez dal lato guida.

Border scosse la testa. "Non c'è bisogno." Sospirò, facendo una pausa prima di parlare. "Non ti dirò dove l'abbiamo messa. Non che non mi fidi di te, è solo che…"

"Che vuoi che *io* sia al sicuro. Ho capito, Sanchez." Sospirò Border. "Me ne chiamo fuori, comunque. Non posso lasciare che venga fatto loro del male." Fece un cenno verso la casa.

"Loro?" chiese Sanchez, curioso.

"Ciao, Sanchez." Non avrebbe lasciato che l'altro entrasse nella sua vita. Non era sicuro di cosa stesse facendo lui stesso. "Grazie di tutto." Con quelle parole, sbatté lo sportello e andò lentamente verso la porta della casa di Jake.

Quando si aprì senza che lui dovette bussare, Border si rese conto di dover dare delle spiegazioni.

"Che cazzo, Border?" chiese Jake, a occhi sgranati. Il suo amante si mosse rapidamente, prendendo Border per la vita e tirandolo in casa. "Cosa diamine è successo?"

"Oh mio Dio, Border," sussurrò Maya, che poi chiuse la porta e gli passò delicatamente le mani sul corpo. "Tesoro."

"Sto bene," grugnì. Era solo una piccola bugia.

"Col cazzo," sputò Jake. "Dobbiamo portarti dal medico? Diamine, guarda quei lividi, tesoro."

Jake lo portò verso il divano, dove sprofondarono tutti e tre, Border in mezzo, con i suoi amanti che lo accarezzavano come se volessero assicurarsi che fosse davvero lì.

"Mi hanno già visitato," ammise e si rese conto di aver compiuto un altro errore quando sia Jake che Maya strinsero gli occhi.

Maya chinò la testa e lo studiò. Dio, Border amava quei luminosi occhi blu, anche quando era arrabbiata con lui. "Come, scusa? Sei andato in ospedale e non ci hai chiamati? Forse hai battuto la testa e per questo non hai chiamato le due persone a cui importa di te?"

Maya fece una pausa e Jake si inserì.

"O forse non ti conosciamo per niente, adesso? Perché sei ferito, ti hanno chiaramente medicato in ospedale, e noi non ne avevamo idea. Chi ti ha accompagnato? Chi ti ha portato in ospedale? Dove diamine è la tua auto? È una cosa relativa al tuo lavoro? È stato solo un incidente?"

Maya deglutì rumorosamente. "O forse non c'è bisogno di farcelo sapere. Forse ne stiamo facendo una questione personale." Si alzò sulle gambe tremanti. "Mi sto comportando in modo passivo-aggressivo e lo odio. Che ne dici se ti prendo del ghiaccio e ti lascio stare?"

Maya si mosse e Border le prese il polso, ignorando il dolore al petto. Si era mosso troppo in fretta, poteva non essersi rotto niente, ma era molto indolenzito.

"Siediti," le ordinò e sospirò. "Per favore. Adesso vi spiego tutto. Ve lo prometto."

"Dovrei comunque prenderti del ghiaccio," disse Maya con gli occhi lucidi. La sua Maya, però, non avrebbe pianto, non finché non fosse stata sola o fuori di sé e non poteva guardarsi indietro. Era così che funzionava.

"Sto bene. Lo giuro." La tirò di nuovo e lei si sedette accanto a lui. Fece attenzione a non premere contro di lui, ma Border poteva ancora sentire il suo calore. Jake gli rimase seduto dritto accanto, dall'altro lato, ma almeno era vicino.

"Cosa diamine è successo?" chiese Jake.

Border sospirò e raccontò tutto. Disse loro della bambina e del fatto che aveva lasciato morire la madre e la sorella, che il padre era già morto, innescando la reazione a catena che lo aveva portato lì. Disse loro perché era tornato a Denver, oltre che per Jake, e quali sarebbero stati i passi successivi. Spiegò ogni cicatrice, incluse quelle nuove, e fece del suo meglio per restare calmo mentre Maya e Jake cominciavano a imprecare sottovoce.

"Sul serio, Border?" chiese Jake a voce bassa. "Hai fatto tutto questo e sei comunque tornato qui? Sei tornato da me?"

Border si schiarì la gola. "Sì, sì, sono tornato da te."

Maya si appoggiò a lui, senza fargli male. Il suo calore gli arrivò alle ossa e per la prima volta da tempo, gli sembrò di poter respirare.

"Non spaventarci di nuovo così," disse lei dopo un po'. "Sei molto più forte di quanto pensassi. Border? Sei più forte di quanto credi. Questo lo so. Ma non voglio mentirti e dire che non sono felice che tu stia lasciando la vita che ti ha portato qui. Non ti conosco tanto quanto Jake, ma sei mio. Lo capisci, vero? Sei mio tanto quanto Jake e io mi prendo cura di ciò che è mio. Per cui sì, sono dannatamente felice del fatto che tu sia vivo e sia qui, anche se un po' malconcio." Gli prese il viso tra le mani. "Hai protetto chi potevi e so che ti porti nel cuore la perdita di chi non sei riuscito a salvare. Questo è l'uomo che sei, Border Gentry. Sei fantastico, premuroso, forte e *nostro*."

Quando gli sfiorò le labbra con le proprie, Border capì che l'avrebbe amata fino alla fine dei suoi giorni. Non aveva intenzione di innamorarsi di Maya Montgomery, ma avrebbe dovuto sapere, dal momento in cui l'aveva incontrata, diamine, dal momento in cui Jake l'aveva *menzionata*, che gli avrebbe fatto perdere il controllo del proprio cuore. L'amava tanto quanto amava Jake e, indipendentemente da quello che sarebbe successo, non l'avrebbe persa.

Anche se avesse dovuto andarsene per salvarli.

Quando Maya si allontanò, Border si voltò verso Jake, che gli rivolse un'occhiataccia. "Che c'è?" chiese, con la voce che si spezzava.

"Farai qualcosa di stupido, vero?" gli chiese Jake,

ringhiando. "Perché pensi come me e io adesso farei qualcosa di molto stupido."

Maya gli strinse il braccio, facendo attenzione ai lividi. "Di che state parlando?"

Border chiuse gli occhi e si strinse il naso. "Odio il fatto che mi conosci così bene."

"Vaffanculo," disse Jake. "Non fare l'idiota."

"Ditemi cosa diamine sta succedendo," pretese Maya. Quando Border aprì gli occhi, lei guardò gli altri due e imprecò. "No. No. Non te ne andrai per proteggerci."

Diamine, Border non avrebbe mai capito come facevano quei due a conoscerlo così bene. La cosa lo spaventava a morte.

"Devo," sussurrò. "Devo farlo per proteggervi. Se sono riusciti a trovarmi per strada, possono trovarmi anche qui." Ricordò la sensazione di essere osservato quando era uscito di casa e si sentì invadere dal terrore. "Potrebbero averlo già fatto. Non so cosa farei se dovesse succedervi qualcosa per colpa mia."

Maya ringhiò e si allontanò mentre Jake stringeva il ginocchio buono di Border. "Vaffanculo, Gentry. Siamo tuoi e non puoi cambiare le cose. Non puoi scappare per tenerci al sicuro. Lo hai già fatto per le tue ragioni; anche se prima non capivo, adesso lo capisco. Ma non hai più quella scusa. Siamo adulti e ci siamo dentro insieme. Non puoi lasciarci perché temi per la nostra sicurezza."

Border prese il viso di Jake fra le mani, la barba ruvida contro i palmi. "Non so cosa farei se vi succedesse qualcosa per colpa mia."

Maya andò verso di lui e gli si sedette in grembo. Per fortuna, non gli faceva male, ma in quel momento Border non pensava che le importasse. Lei gli prese il viso fra le mani e si accigliò. "Mi alzo, se ti faccio male, ma è meglio se mi stai a sentire, Gentry. Sei nostro. Abbiamo detto che saremmo andati avanti finché avessimo saputo che non ci facevamo del male, che il nostro rapporto non ci stesse distruggendo, ma se scappi ci fai più male che rimanendo. Trova un modo per tenere la casa al sicuro, per tenere al sicuro il mio appartamento e il negozio. È quello che fai, giusto? Tienici al sicuro *restando*. Se te ne vai, sarà peggio. Non avremo te e non saremo protetti. Non dico di averne bisogno, ma per tenerti qui, per tenere *te* al sicuro, farei qualsiasi cosa. Ma devi restare."

Border deglutì rumorosamente, le mani che tremavano. "Non posso perdervi," sussurrò, sapendo che li avrebbe persi comunque, se le cose si fossero messe male. Se ne sarebbe andato per proteggerli, per salvaguardare il loro futuro. Ma per il momento sarebbe rimasto, perché loro ne avevano bisogno. Una volta che quello fosse cambiato, se ne sarebbe andato. Andarsene l'avrebbe distrutto, ma lo avrebbe fatto.

"Border," ringhiò Jake.

"Resto", disse alla fine. Gli altri due si rilassarono visibilmente e Border capì che, anche se avevano promesso di continuare quello che stavano cercando di fare gli uni con gli altri, la discussione non era finita. Maya si appoggiò a lui e Border le passò un braccio intorno al corpo per toccarle il sedere, mentre con l'altra mano teneva stretto Jake. Gli faceva male tutto, soprattutto il cuore. Lo tennero stretto e Border si rese conto che, se le stelle fossero state dalla sua parte... avrebbe potuto andare avanti per sempre.

Avrebbe cercato di tenerli al sicuro, di tenerli nella sua vita.

Avrebbe potuto provarci... o forse... solo forse, sarebbe stata l'ultima cosa che avrebbe fatto.

Capitolo Quindici

LE MANI DI JAKE SCIVOLAVANO SULL'ARGILLA MENTRE LA ruota del tornio girava, il vaso che aveva davanti prendeva lentamente forma con ogni tocco, a ogni rotazione. L'argilla gli sfiorava le dita, morbida e cedevole al tatto. Si morse il labbro, facendo scivolare lentamente il pollice dentro e fuori dal vaso per creare la forma che voleva. Era quello che amava, lavorare con l'argilla, creare opere d'arte con le proprie mani e sapere che, quando avrebbe finito, avrebbe visto qualcosa che aveva fatto *lui* invece di qualcosa in cui lui non c'entrava nulla.

Qualcuno gemette al suo fianco e Jake tolse il piede dal pedale e le mani dall'ultima opera. A quel punto, era finita e non avrebbe potuto migliorarla. Per lo meno non in quel momento. Era esattamente quello che voleva; con un po' di fortuna, anche quello di cui aveva bisogno il suo cliente.

Guardò Border, appena guarito, e Maya, fresca di doccia, che lo guardavano in piedi dal corridoio, toccandosi a vicenda con gli occhi puntati su Jake. A quella vista, gli si indurì l'uccello e deglutì rumorosamente. Si leccò le labbra, sentendosi la bocca improvvisamente secca.

"Che ci fate qui?" chiese, con la voce stranamente roca. Si schiarì la gola, cercando di non pensare alla propria arte e sforzandosi di concentrarsi sulle due persone che aveva davanti. Le due idee, però, si fusero nella perfezione data dal loro calore e dal suo tavolo.

Maya si leccò le labbra e afferrò il pene di Border attraverso i jeans. Il loro amante gemette di nuovo, ondeggiando i fianchi nella presa di lei. "Guardarti lavorare così con le mani?" Maya si sventolò con la mano libera. "Ho un momento tipo *Ghost*." Sorrise come il proverbiale gatto che aveva mangiato il topo. "Credi che possiamo farlo? Ti ho visto lavorare per anni, lo sai. Anche se ho sempre saputo che sensazione mi dava avere le tue mani addosso, credo di non essermi mai accorta che vederti lavorare con l'argilla fra le gambe fosse sexy." Strizzò di nuovo Border mentre il loro amante le palpava il seno, con un pollice che le sfiorava un capezzolo indurito.

Jake ridacchiò e si alzò, le mani sporche e i pensieri ancora più sporchi. "Possiamo fare come in *Ghost* con il prossimo pezzo. Sono un po' indietro con questo, ma quando metterò un nuovo blocco d'argilla lassù? Possiamo giocare. Vedere le tue mani sul mio... pezzo non sarebbe male."

Maya alzò gli occhi al cielo e si passò il piercing sulle labbra. "Non sarebbe male?"

"Credo di volervi piegare entrambi sulle panche di Jake e scoparvi fino a farvi urlare," disse Border tranquillo, anche se le sue parole erano tutt'altro che tranquille.

Jake aprì la bocca per dire qualcosa, ma suonò un allarme sul cellulare, facendolo imprecare. "Per quanto voglia farlo adesso, purtroppo non posso. Ho messo la sveglia perché devo andare dai miei fratelli per aiutarli."

Il cellulare continuò a squillare e lui si guardò le mani sporche di argilla. Quando usava una vecchia sveglia e non gli importava di sporcarla era tutto più facile, ma era diventato pigro con il cellulare. Maya sospirò e raggiunse il telefono per disattivare l'allarme.

"Vatti a fare una doccia e a prepararti," gli disse. "Io devo comunque andare al negozio, per cui non c'è tempo per una sveltina, nemmeno per un bel pompino." Sembrò così triste nel dirlo che Jake non poté fare a meno di sorridere.

"Quando torno a casa?" le chiese. Gli piaceva come suonava, casa. Maya era rimasta a dormire da lui e Border ogni sera, da quando Border era tornato ferito. Jake si era sentito più sicuro così e, diamine, gli piaceva il fatto che dormissero tutti e tre insieme. Non era sicuro che avrebbe sempre funzionato in quel modo, ma per il momento se la sarebbe goduta. Era tutto quello che riusciva a fare senza pianificare per il futuro con quei due. Era troppo pericoloso. Diamine, aveva paura che lo sarebbe stato per molto tempo.

Maya si sporse in avanti e gli afferrò l'uccello come aveva fatto prima con Border. "Penso che si possa fare. Ma voglio tutto il trattamento *Ghost*. Per dire."

Jake si chino e la baciò, il sapore di lei gli esplose

sulla lingua, dolce e ricco. "Si può fare," le mormorò sulle labbra.

"Credo di essere più grosso di te, sai," disse Border avvicinandosi. "Dovrei essere io a stare dietro di te."

L'uccello di Jake avrebbe avuto permanentemente il segno della zip. "Mi piace averti dietro." Si sporse a baciare il suo amante prima di sospirare, quando suonò di nuovo l'allarme del cellulare. Evidentemente, il Jake del passato conosceva fin troppo bene quello del futuro. "Devo andare a darmi una ripulita e devo scappare, prima che i miei fratelli mi prendano a calci in culo."

Gli occhi di Maya si illuminarono mentre spegneva la seconda sveglia. "Spero che tu non ti pulisca troppo."

Jake la baciò di nuovo. "Non sarò mai troppo pulito, con voi due."

"Beh, c'è stata quella volta nella doccia, tutti e tre," disse Border, sorridendo. "Ci siamo puliti abbastanza, quella volta."

Jake alzò gli occhi al cielo e Maya rise. "Sì," confermò, "ma poi avete dovuto sorreggermi in due, quando mi hanno ceduto le ginocchia."

"Avevo il cazzo dentro di te in quel momento, non posso fartene una colpa," disse Jake, tutto serio.

Maya rise di nuovo e lui si allontanò, sapendo che la terza sveglia non gli avrebbe dato abbastanza tempo per fare la doccia. Quando Maya gli mise il telefono in tasca, Jake dovette trattenere un gemito. Dannata donna eccitante. Malefica.

"Ci vediamo quando torno a casa?" chiese Jake.

"Ci sarò," disse Border. "Devo occuparmi di alcune scartoffie."

"Io potrei fare tardi," disse Maya. Alzò le mani quando entrambi gli uomini fecero per parlare. "Ma non sarò sola in negozio. Sloane lavora fino a tardi con me su un altro cliente."

Jake si accigliò. "E mentre torni a casa?"

"Sarò al sicuro e non prenderò strade secondarie." Maya strinse le labbra. "È il meglio che possa fare continuando a vivere la mia vita."

Gli occhi di Border si adombrarono e Jake imprecò. Sapeva che l'altro voleva andarsene o per lo meno sentiva di doverlo fare, ma Jake e Maya non glielo avrebbero permesso. Dovevano solo stare attenti. Incrociò lo sguardo di Maya, che annuì. Avrebbero fatto del loro meglio.

Dovevano farlo.

Li salutò di nuovo rapidamente e andò a farsi la doccia. Arrivò quasi in ritardo al cantiere dei Gallagher. Per fortuna, il suo sistema con tre sveglie lo aveva fatto giocare d'anticipo. Sapeva che il modo in cui funzionava dava estremamente fastidio a Owen, ma il suo precisissimo fratello doveva farsene una ragione. Non tutti vivevano la loro vita con fogli di calcolo e numeri. Finché Jake era in orario e non in ritardo, gli andava bene. Poteva non arrivare sempre in anticipo come Owen, ma almeno teneva conto degli orari degli altri.

Mentre raggiungeva i fratelli, che chiacchieravano con un caffè pomeridiano in mano, rimase colpito dal fatto di essere il Gallagher fuori posto, che guardava dall'esterno. Non possedeva azioni della compagnia, anche se gli altri tre gli avevano chiesto se ne voleva, quando avevano cominciato, e anche altre volte dopo.

Non gli era mai sembrato corretto. Lavorava solo ad alcuni aspetti dei progetti e di solito alla fine, quando servivano dei pezzi che facevano la differenza o delle repliche accurate; le repliche gli riuscivano bene anche se non era quello che gli piaceva molto fare. Graham, Owen e Murphy avevano un sistema e non era qualcosa di cui Jake sarebbe mai stato completamente parte. Ma nonostante tutto il tempo passato, la cosa lo infastidiva ancora.

Graham si accorse di Jake e gli fece un cenno con il mento, prima di voltarsi verso gli altri. Jake sospirò, sapendo di dover andare da loro. Non era colpa loro se lui si sentiva a metà fra due mondi: i Gallagher e i Montgomery. I suoi fratelli avevano i loro problemi, ma erano un'unità connessa che lavorava insieme tutti i giorni. Lui veniva chiamato solo quando ne avevano bisogno. Poteva cenare con loro, guardare partite, ma non faceva davvero parte di loro, sotto alcuni aspetti.

Lui era l'artista. Quello diverso. Il fratello bisessuale. Quello che al momento viveva in un ménage. Non lo trattavano in modo diverso, ma i suoi fratelli avevano una connessione tra loro che lui non avrebbe mai condiviso.

Forse era per quello che si era aggrappato a Border come aveva fatto anni prima, e si era limitato a una grande amicizia con Maya, anche se provava qualcosa di diverso fin dall'inizio. In quel momento aveva sia Border che Maya nella sua vita, era dannatamente spaventato all'idea che tutto crollasse, facendolo restare di nuovo solo; Jake non sapeva cosa stesse facendo.

Alla fine, non importava. Avrebbe fatto quello che

doveva per assicurarsi che non lo lasciassero e che non lo trasformassero in un emo merdoso se le cose fossero andate in malora.

Raggiunse i fratelli, sapendo che se non avesse nascosto loro il modo in cui si sentiva, quella sensazione di estraneità li avrebbe feriti. Erano la sua famiglia, il suo sangue, non meritavano di avere la sensazione di aver fatto qualcosa di sbagliato, quando invece non era così. Non lo avevano mai trattato in modo diverso, ma dato che lui lo *sentiva*, doveva essere vero, in un certo qual modo, giusto?

O forse stava impazzendo, dato che tutto il resto, tranne la sua arte, sembrava essere finito a gambe all'aria.

Doveva occuparsi di quello che provava e sapere che i suoi fratelli ci sarebbero sempre stati per lui. Perché era impossibile che perdesse, insieme alle due persone che amava davvero, se le cose fossero finite male.

Si passò una mano sul viso. Diamine, doveva pensare ad altro.

"Che c'è, amico?" gli chiese Murphy, dandogli un colpetto sulla spalla. Owen gli porse una tazza di caffè e le spalle di Jake si rilassarono. Ai suoi fratelli importava di lui, anche se lui si sentiva un estraneo.

"Stavo solo pensando, ma sono pronto a mettermi al lavoro."

Graham lo studiò in volto. "Sai che puoi parlare con noi, se ne hai bisogno, vero? Perché so che hai qualcosa per la testa e non stai facendo niente al riguardo. Oppure, se lo stai facendo, non ce lo stai dicendo. Non mi piace quando ti tieni lontano da noi, Jake. Siamo qui. Non scappare. Ok?"

Jake sbatté le palpebre, un po' turbato dal fatto che Graham avesse inquadrato quello che pensava, anche se non avrebbe dovuto. Suo fratello maggiore aveva sempre avuto l'incredibile abilità di trovare i problemi nascosti degli altri, anche se non era altrettanto bravo con i propri.

"Sto bene," mentì. "Mi sento solo un po' fuori fase."

Owen si accigliò. "Beh, siamo qui, se hai bisogno di noi. So che pensi di non far parte dei Gallagher perché non lavori con noi, ma non è così. Ok? Sei uno di noi, indipendentemente dal resto."

"Mi associo," aggiunse Murphy. "Sei nostro fratello, imbecille. Non fare quella faccia e spacchiamo culi con questo progetto."

Jake sentì un peso che gli spariva dal petto, anche se sapeva che non sarebbe sempre stato così facile. Ma diamine, i suoi fratelli lo conoscevano perfettamente, anche se lui si preoccupava delle cose sbagliate. *Sapeva* di essersi concentrato sul suo posto nella famiglia invece di quello che aveva con Maya e Border perché il posto che occupava con i fratelli era una cosa che non sarebbe mai cambiata. Era un Gallagher, anche se certe volte si sentiva diverso.

Per quel che riguardava Maya e Border... beh, non lo sapeva. Pregò che non gli crollasse tutto fra le mani come l'argilla quando la ruota girava male.

"Se abbiamo smesso di parlare di mestruazioni, mi dite che succede oggi?" Jake sapeva di essere uno stronzo, ma era più facile che far vedere cosa significavano per lui le loro parole.

Murphy rise. "Vi faccio sapere che non ho bisogno di sanguinare ogni mese per parlare dei miei sentimenti. Sono un uomo illuminato."

Jake si strozzò col caffè, Owen alzò gli occhi al cielo e Graham scosse la testa esasperato.

"Come vi pare," disse Jake. "Mettiamoci al lavoro, ok?" I fratelli annuirono e gli dissero di cosa avevano bisogno. Si mise a lavorare con loro, sapendo che sarebbero stati sempre la sua famiglia, nel bene e nel male. Sperava solo di riuscire a espanderla, includendo Maya e Border.

Perché, se non avesse potuto contare su quello nel proprio futuro, non era certo di cosa avrebbe fatto.

JAKE si sgranchì il collo e andò a pranzare in una tavola calda. Avrebbe preferito andare al Taboo, il bar vicino alla Montgomery Ink, ma era troppo lontano. Hailey sapeva cosa ordinava Jake, anche se lui non prendeva la stessa cosa ogni giorno. Hailey conosceva bene i suoi polli e Jake non si sentiva a suo agio in quel locale qualunque, vicino al cantiere. Anche se, in realtà, non era sicuro che si sarebbe mai sentito come al Taboo. Hailey era un fottuto genio e una maga.

Ordinò un panino e un tè freddo al bancone, poi andò ad aspettare a uno dei tavoli vuoti. Gli dissero che una cameriera gli avrebbe portato da mangiare al tavolo. Gli andava bene, dato che le gambe gli facevano un male d'inferno. Poteva anche essere in forma, ma i suoi fratelli lavoravano *sodo*. Forse l'essere stato sveglio quasi tutta la notte a scopare Maya mentre Border scopava lui non era stato di grande aiuto. Tra quello e l'aver passato la mattina chino sul tavolo da lavoro, il corpo di Jake non era molto felice in quel momento.

Jake poggiò la testa contro lo schienale della panca e stava per chiudere gli occhi quando colse del movimento con la coda dell'occhio. Si immobilizzò, battendo le palpebre.

"Holly?" chiese con voce roca. Non la vedeva da quando lei l'aveva scaricato; per quanto poi si fosse sentito uno schifo, era stato così concentrato sulla sua nuova vita che non aveva pensato molto a lei, da quando era tornato Border. La cosa lo fece sentire un mascalzone e un pessimo fidanzato. Non si stupì di essere stato scaricato.

Holly era seduta in diagonale rispetto a lui, erano praticamente l'uno di fronte all'altra. Lei gli sorrise e giocò con il piatto.

"Ciao Jake." Si schiarì la gola. "Non sapevo che venissi alla Hannah's Eatery."

Jake si guardò intorno in cerca dell'insegna e alzò le spalle. "Non c'ero mai stato, ma è più vicino a dove lavorano i miei fratelli rispetto al Taboo." Sospirò e si alzò, sapendo di non doversi comportare da stronzo. Certo, Denver era enorme, ma si vedeva con Holly al Taboo perché quello era il suo bar preferito. Se in quel momento si trovava lì poteva essere perché, come lui, era più vicina o perché stava evitando il posto che le piaceva di più.

"È bello vederti, Jake," disse lei, e cavolo se non sembrava sincera.

Dopo che Holly ebbe annuito, quando le fece cenno se poteva sedersi sulla panca di fronte a lei e lei annuì, Jake si accomodò. "Anche per me, Holly." Fece una pausa, a disagio. "Lavori da queste parti?"

Holly ridacchiò e scosse la testa. "No, Jake. Lavoro sempre nello stesso posto. Ma dato che è sabato mi sono detta che sarei uscita a pranzo e avrei lasciato la mia piccola caverna di lezioni e voti."

Jake sapeva che lei amava il suo lavoro, anche se certe volte ci scherzava su. Dopo tutto, per lui era lo stesso. "Perché non sei al Taboo, allora?" Sapeva di comportarsi da stronzo, ma doveva assicurarsi che Holly sapesse di non essere bandita dai suoi posti preferiti solo perché non stavano più insieme.

Lei lo guardò come se stesse mettendo in dubbio le facoltà mentali di Jake, ma non lo disse. "Jake, sul serio? È il tuo posto. È vicino al negozio di Maya. Mi sta bene dover trovare un nuovo posto in cui mangiare di sabato."

Arrivò la cameriera e gli sbatté davanti il piatto e il tè prima di andarsene con passo pesante. Jake incrociò lo sguardo di Holly.

"Holly?"

"Che c'è, Jake?" chiese Holly, esasperata. Lui non era abituato a quel tono, nella sua voce dolce. "Sembri felice, sai? Sembri incredibilmente felice e so che è per via di Maya e Border." Gli sorrise. "Eh sì, l'ho saputo e ti dico che era proprio ora che ti mettessi con Maya. Per quel che riguarda Border, l'ho conosciuto a malapena, ma ho sentito la connessione tra voi. Voglio che tu sia felice, Jake, e lo sei. Quanto meno, sei sulla strada giusta. Non ero io la persona adatta a te, e lo so. Va tutto bene, Jake. Troverò la mia felicità."

Jake le prese la mano. Holly si irrigidì e poi si rilassò. "Anche io voglio la tua felicità. Mi dispiace non essere stato io a renderti felice."

Holly scosse la testa e tirò via la mano. "Non essere dispiaciuto. L'espressione che hai adesso? Quella che dice che ti stai innamorando o che ti sei già innamorato delle due persone che ti rendono *te*? Non l'hai mai avuta con me e sono felice che non siamo andati tanto avanti da non poter tornare indietro senza farci del male."

"Holly," sussurrò Jake.

"Starò bene, Jake." Fece una pausa. "O forse sto bene adesso, non lo so. Ma non devi preoccuparti per me. Te lo garantisco."

"Mi preoccuperò sempre per te, Holly. Eravamo amici, ricordi?"

Holly gli sorrise e lui non poté fare a meno di ricambiare. Lei aveva sempre uno di quei sorrisi. Era per questo che Jake le aveva chiesto di uscire.

"Sii felice, Jake." Con quelle parole, Holly si alzò e gli strinse la spalla. "E finisci il tuo pranzo. Sembri sciupato."

Jake rise e si alzò per abbracciarla. La strinse forte, sapendo che le aveva fatto del male perché Holly aveva visto qualcosa in lui che lui non era riuscito a nascondere. Lei poteva essere la persona più forte che conosceva, ma era anche fragile.

Holly gli diede una pacca sulla schiena e si allontanò. "Sii felice, Jake," ripeté.

"Va bene." Fece una pausa. "Ma tu torna al Taboo, Holly. Non cambiare tutto per quello che eravamo, o per quello che non siamo stati."

Lei lo studio. "Potrei davvero."

Jake la guardò andare via e sospirò, all'improvviso non aveva più fame. Voleva solo tornare a casa e vedere i suoi amanti, vedere quelli che Holly pensava lo rendessero felice. Sospirò e andò alla porta, lasciando il sandwich intonso sul tavolo. Che giornata strana.

Quando gli vibrò il cellulare in tasca, aveva un po' paura di vedere chi potesse essere, tenuto conto delle stranezze della giornata. Il fatto che fosse un messaggio di Maya lo fece sorridere.

Sto andando a casa mia. Un cliente ha annullato l'appuntamento e ho bisogno di vestiti.

Jake sorrise e le rispose. *Con me e Border, non ti servono i vestiti.*

Spiritoso, Jake. Spiritoso. Mi servono per lo meno dei pantaloni. E forse una maglia.

Jake rise ma entrò nel SUV. *Per lo meno niente biancheria. Resterai lì per un po'? Posso passare?*

Maya rispose in fretta. *Sei sempre il benvenuto, Jake. E potrei anche non avere le mutandine quando arrivi.*

Jake gemette. *Arrivo subito. Non venire senza di me.*

Prepotente.

Jake sorrise di nuovo e svoltò in strada per andare da Maya. Non andava da lei da un po', dato che Maya stava passando molto tempo da lui. Era più facile, dato che loro tre erano molto più comodi nel suo letto che nell'appartamento di Maya. In più, Border viveva con lui, quindi erano due contro una.

Jake sbatté le palpebre. *Viveva* con un altro uomo, e Maya si era quasi trasferita da lui. Come diamine era successo? Onestamente, non avevano parlato del fatto che Border si trasferisse o trovasse una casa per conto proprio, dopo quella prima sera. L'altro aveva trovato praticamente subito il suo posto e Jake non era sicuro di cosa avrebbe fatto se Border se ne fosse voluto andare. Avevano parlato di mantenere le cose rilassate, invece erano partiti in modo serio.

Jake fece un sospiro tremante, stringendo le mani sul volante. Non aveva pensato che sarebbero tornati indietro. Non in quel momento. Se le cose fossero andate male… sarebbe finito in pezzi. Lo sapeva. Non poteva guardare Maya e pensare ancora che fosse la sua migliore amica. La *amava*.

E Border non poteva andarsene di nuovo. Jake non poteva restare indietro, se Border si fosse ritrovato di nuovo troppo preso dal lavoro e dalle emozioni. *Non si torna indietro*, si disse. Amava Border tanto quanto amava Maya. Aveva fatto del proprio meglio per non pensarci prima, ma non poteva più nasconderselo.

Aveva bisogno di Maya e Border nella sua vita, in quel momento e sempre.

Pregò che loro pensassero la stessa cosa.

Quando svoltò nel parcheggio sotto casa di Maya e spense il motore, fece un respiro profondo, sapendo di non poter condividere subito quello che provava. Non sarebbe stato giusto farlo con Maya senza Border e viceversa. Doveva farlo con *entrambi*. Li voleva entrambi.

Voleva un futuro sia con Maya che con Border. Sarebbe stato dannatamente complicato, ma l'avrebbero fatto funzionare. Dovevano farlo funzionare.

Maya aprì la porta prima che lui bussasse e Jake le sorrise. "Ti ho visto parcheggiare." Lo studiò. "Stai bene?" Lei lo lasciò entrare e lui la raggiunse, prendendole il viso tra le mani.

Ogni pensiero su Holly e su cosa stava per fare se non avesse trovato Maya e Border gli sparì dalla testa.

"Sto benissimo," ringhiò, prima di baciarla.

Lei ricambiò con la stessa enfasi, le lingue che si scontravano e le mani che vagavano sul corpo dell'altro. "Non ho le mutandine," sussurrò lei e Jake gemette.

"Cazzo, sì," disse con un sogghigno animale. "Non vedo l'ora di leccartela, Maya Montgomery."

Lei sfarfallò le ciglia. "Sai che mi piace il sesso orale. Anche se non so chi lo fa meglio, tu o Border. Mi serviranno molti dati prima di avere la certezza."

Lui ridacchiò. "Credo che si possa fare." Le studiò il viso. "Sono così dannatamente fortunato ad averti nella mia vita. Tu e Border. Prima non eravamo pronti, lo sai. Non eravamo pronti finché non è arrivato lui. Non riesco a spiegarlo. Sì, tu e io ci stavamo girando intorno da un po', eravamo diretti lungo un sentiero che avrebbe potuto essere molto diverso, ma avremmo mandato tutto al diavolo. Ci è voluto Border perché cambiassimo quello che credevamo di volere, per vedere quello che ci serviva davvero."

Jake non sapeva perché lo aveva detto, ma dall'espressione di Maya si rese conto di aver detto la cosa giusta.

"Sarebbe andato tutto bene," sussurrò lei. "Siamo dannatamente belli, dopo tutto." Ridacchiarono entrambi. "Siamo tutto, Jake. Abbiamo perso tempo, ma adesso chi siamo? Siamo quello che dovevamo essere per poter stare insieme. Noi due? Avremmo potuto farcela senza Border, ma non sarebbe stato *questo*. Hai ragione, avremmo mandato tutto al diavolo."

Jake le baciò la tempia. "E non sarebbe stato abbastanza."

Lei gli baciò il mento. "Per citare male quell'orribile film, Border ci completa."

Jake sorrise, attirando Maya a sé. "Sì, è così. Ma anche tu mi completi." Lei gli sorrise e Jake le fece scivolare una mano sotto l'elastico dei leggings, trovando il sedere nudo. Quando continuò, mettendole una mano fra le gambe, Maya sobbalzò. "Sei nuda per me, piccola. Perfetta."

"Non chiamarmi piccola," gli mormorò sulle labbra.

"Ti chiamerò mia." La baciò, sapendo che erano sulla stessa lunghezza d'onda, i corpi uniti, in sincrono, le emozioni e i pensieri proiettati sul futuro.

Possiamo farcela, pensò Jake. Potevano farlo funzionare.

Per la prima volta dopo tanto tempo, Jake ci sperava.

Capitolo Sedici

MAYA NON RIUSCIVA A RICACCIARE GIÙ LA BILE E aveva già vomitato due volte. Le faceva male la testa e si sentiva le membra troppo pesanti per reggersi più di un attimo.

Non poteva succedere. No. Era solo un sogno. Presto si sarebbe svegliata e tutto sarebbe stato com'era prima che la realtà si abbattesse su di lei.

E rieccola a dirsi che sarebbe stata *bene*, quando era tutto il contrario.

Non avrebbe vomitato di nuovo. Nossignore.

Anche se capitava di nuovo, forse era solo influenza. Sì, poteva essere influenza. Dopo tutto, era quello che avevano detto tutti.

Guardò le due lineette rosa e imprecò. Poi guardò a terra, dato che era seduta sul pavimento del bagno, appoggiata al muro, e imprecò di nuovo. Dal pavimento, altri sei test di vario tipo la fissavano. La giudicavano.

Sì, i bastardi la giudicavano.

Stronzetti.

Su qualcuno c'erano due linee rosa. Altri avevano due finestrelle, una blu l'altra viola. Su uno c'era persino la scritta sulla finestrella a prendersi gioco di lei.

Incinta, diceva.

Incinta.

Lei, Maya Montgomery, era incinta.

E non sapeva chi fosse il padre. Non aveva usato protezioni con nessuno dei due, una volta a Border si era rotto il preservativo, prima che decidessero di smettere di usarli. Erano tutti sani e controllati, dopo tutto. E lei prendeva la stramaledetta *pillola*.

Non avrebbe dovuto essere incinta. Che cavolo, le altre donne della famiglia erano incinte. C'era abbastanza progenie Montgomery per il momento. Non era nemmeno sicura se i suoi uomini la *amassero*. Non lo avevano detto e lei aveva avuto troppa paura per farlo. Il loro futuro era più incerto in quel momento rispetto a quando avevano cominciato, proprio perché avevano fatto così tanta attenzione a *non* parlarne.

Border se ne poteva andare in qualsiasi momento.

Jake poteva decidere che era troppo.

Così Maya sarebbe finita da sola e incinta.

In qualsiasi altra relazione sarebbe stato troppo, ma con tre persone coinvolte, in una società in cui essere più di due andava al di là dei tabù, e in alcuni casi era illegale, era anche peggio. Non sarebbe mai riuscita a sposarli entrambi, se si fosse arrivati a quel punto. Border e Jake potevano sposarsi fra loro, grazie alla decisione della Corte Suprema, e lei poteva sposare uno qualsiasi dei due, ma non ci sarebbe stata un'unione legale fra tutti e tre.

Sempre che avessero voluto farlo.

Le faceva male il cervello, oltre a molte altre parti del corpo, dato che aveva passato la mattina a vomitare e bere fin troppa acqua, in modo da poter fare la pipì su vari bastoncini del destino.

Che sarebbe successo a quel bambino? Quanto l'avrebbero preso o presa in giro, perché Maya era stata egoista a pensare che una relazione tra lei e due uomini avrebbe funzionato? Avrebbe rovinato la vita di quel bambino perché si era detta che avrebbe preso Jake così com'era, a ogni costo. Nel frattempo, si era innamorata anche di Border.

Era una sgualdrina, una puttana, esattamente come pensava la gente. La famiglia Montgomery e i parenti di Jake potevano accettarli così come erano, anche se lei non era in grado di descrivere cosa erano, ma questo non significava che anche il resto del mondo li avrebbe accettati allo stesso modo. Aveva visto come la guardava la gente, in fila alla cassa del supermercato con i suoi due uomini. Poteva sentire gli sguardi, quando andava a cena con entrambi. Per quanto fossero stati molto, *molto* attenti, non erano riusciti a nascondere tutto. C'era un motivo se loro tre erano esplosivi, sotto le lenzuola (e nella doccia, sul divano, sul bancone della cucina); sarebbe sempre stato difficile per lei, Jake e Border nascondere quello che erano.

Maya era incinta e non sapeva di preciso chi dei due fosse il padre. Poteva essere chiunque dei due; se avesse pensato con un po' di lucidità, avrebbe saputo, nel profondo, che entrambi lo avrebbero riconosciuto come proprio. O forse, era solo un suo desiderio. La loro relazione era ancora così *nuova* che non avevano parlato di cosa sarebbe successo, se fosse rimasta incinta. Non avevano nemmeno discusso se dovesse trasferirsi da loro o quale sarebbe stato il nuovo lavoro di Border.

Diamine, erano stati così concentrati a non mandare tutto all'aria, che avevano fatto saltare tutto... e lei era rimasta incinta.

Si sentì di nuovo la bile in gola e tirò su col naso, rifiutandosi di piangere. Era Maya Montgomery, cavolo; *non* avrebbe pianto. Erano i deboli, che piangevano.

Se ci avesse creduto davvero, non sarebbe stata una Montgomery.

Tuttavia, se avesse pianto, sarebbe stato tutto molto più reale. Si mise la mano libera sulla pancia e chiuse gli occhi. *Non può succedere davvero*, si ripeté. Perché non riusciva a svegliarsi da quel sogno, da quell'incubo?

Si pizzicò il braccio e imprecò quando si ritrovò con un segno rosso e con il dolore che le faceva capire che era fin troppo reale. Non ci sarebbe stato nessun risveglio. Poteva solo pagare le conseguenze delle sue decisioni.

Non aveva mai pensato di diventare una di quelle ragazze che finivano incinte per caso. Pensava di essere intelligente, intoccabile. Prendeva la pillola non solo per regolare il ciclo, ma perché il sesso le piaceva fin da quando aveva diciassette anni. Aveva *sempre* usato protezioni, tranne che con Border e Jake. E quando il preservativo si era rotto si era detta che era al sicuro e che non c'era bisogno della pillola del giorno dopo.

A causa di quella disattenzione e di altre pessime decisioni, nel giro di nove mesi avrebbe avuto un bambino e ancora non sapeva qual era la sua posizione con i suoi due uomini.

Maya sapeva che c'erano altre opzioni. L'adozione o l'aborto, certo, ma onestamente sapeva che nessuna delle due faceva per lei. Non poteva interrompere la gravidanza solo perché era giù di corda. Se fosse stata più giovane, insicura di sé e della sua posizione nel mondo, allora quella avrebbe potuto essere un'opzione. Si sarebbe potuto dire lo stesso dell'adozione.

Ma non era una studentessa del college, una ventenne senza opzioni. Non avrebbe dovuto prendere decisioni affrettate solo perché non sapeva chi fosse il padre o come avrebbero reagito Border e Jake.

Tuttavia, mettendosi di nuovo la mano sulla pancia, si rese conto di non poter fermare quello che le era successo e che l'aveva cambiata così in fretta. Stava per avere un bambino.

Cosa avrebbe fatto? Come l'avrebbe affrontato? Non ne aveva la benché minima idea.

Si riscosse quando sentì una porta che sbatteva e inspirò con forza. Si alzò in fretta, i test di gravidanza sparsi sul pavimento. Imprecò e cercò di raccoglierli, ma era stata un'idiota e ne aveva fatti troppi. I ragazzi non avrebbero dovuto scoprirlo in quel momento, non in quel modo. Finalmente, sentì le lacrime che le scorrevano sulle guance e non si curò di asciugarle. Non c'era tempo. Non aveva mai abbastanza tempo.

Gettò quattro test e stava per raccogliere gli altri tre, quando la porta del bagno si aprì. Si maledisse per non averla chiusa, ma era sconvolta e intontita. E poi, era il suo cavolo di appartamento.

"Che succede, bimba?" le chiese Jake, prima di bloccarsi. Vide i diversi test che Maya aveva in mano e quelli
che spuntavano dalla pattumiera. Lei era inginocchiata
sul pavimento, piangeva, aveva il viso sconvolto e le
mutandine che le pendevano da una caviglia, dato che
gli ultimi test l'avevano un po' stressata.

Mi ha chiamata bimba, pensò Maya. Bimba. Oh, un
bimbo c'era, sicuro, e non era lei. Forse, se in quel
momento non fosse stata in preda a un attacco di panico
o a un ictus, avrebbe detto qualcosa per spezzare la
tensione. Al contrario, aprì la bocca come un pesce e
cercò di risucchiare aria.

Non sembrò funzionare molto bene.

Border si intrufolò dietro Jake e la guardò, prima di
incrociare il suo sguardo. Maya sbatté le palpebre,
cercando di trovare le parole, ma sembrava non le
venisse niente da dire.

"Maya," sussurrò Border. "Fai dei respiri profondi,
tesoro." Si inginocchiò davanti a lei, prendendole di
mano i test e porgendoli a Jake.

"Ho fatto la pipì su quei cosi."

Oh, certo, di classe. Di tutte le cose da poter dire in
quella situazione, parlare di urina era ai primi posti
insieme alla lobotomia.

Santo cielo, doveva concentrarsi o sarebbe crollata.
Anche se non era sicura che non fosse già successo.

"Credo che sia così che funzionino," gracchiò Jake.
"Ci pensi tu?" Sembrava che stesse parlando con
Border, ma Maya non era sicura di cosa stesse vedendo.
In effetti, le lacrime le appannavano la vista.

Border le toccò la caviglia e lei sospirò, tirandosi su

le mutandine. Di classe, pensò di nuovo. Oh, così di classe. Lui le passò un braccio sotto le ginocchia e l'altro intorno alle spalle prima di sollevarla. Maya squittì e gli strinse le braccia al collo.

"Sono troppo pesante," gracchiò.

"Sembra che tra un po' lo diventerai ancora di più." Lo disse con così tanta calma che Maya non era sicura di cosa stesse pensando Border. Con lui era sempre così. Non era mai sicura di cosa gli passasse per la testa. Perché non stavano dando di matto come lei?

Quel pensiero le fece asciugare le lacrime e riuscì finalmente a concentrarsi su quello che succedeva intorno a lei. Jake era in salotto, i test stretti fra le mani. Aveva le vene degli avambracci in evidenza; in un'altra occasione, Maya le avrebbe trovate sexy. In quel momento, tutto quello che riusciva a vedere era lo sforzo.

Border rimase in silenzio e mise giù Maya. Quando lo aveva fatto in passato, le aveva sempre passato un braccio intorno alla vita e l'aveva stretta a sé. Quella volta, però, fece due passi indietro, la distanza tra loro era abissale come la frattura emozionale che Maya aveva nel cuore.

I due uomini la guardavano, ma non la vedevano. Nessuno parlò, la tensione cresceva col passare del tempo. Maya riuscì finalmente a prendere fiato, il torpore che sentiva per il modo in cui loro si stavano comportando le si spandeva nel corpo. Quella sensazione, come di essere sedata, le permise di pensare a cosa fare.

Quando Jake fece un passo, non verso di lei, ma verso Border, Maya capì *esattamente* cosa fare.

Sarebbero sempre stati loro due contro di lei. Sarebbe sempre stata l'intrusa. Lo sapeva già da quando era andata per la prima volta da Jake. Pensava che sarebbe stata bene nella sua amicizia con Jake, a pezzi o meno, quando credeva che lui sposasse Holly. Ma quello era diverso. Al punto che Maya sapeva che non sarebbe mai stata di nuovo completamente integra.

Con quell'unico movimento fra loro, con il silenzio, Maya capì che per quanto potessero volerla, forse persino avere bisogno di lei, non sarebbe mai stata per loro quello che erano l'uno per l'altro. Jake e Border avevano una storia che lei poteva solo sfiorare, una storia di cui lei non avrebbe mai fatto parte completamente.

Una piccola parte di lei sapeva che erano le emozioni a parlare, e forse gli ormoni, ma il resto sapeva che, per proteggere se stessa, per proteggere quello che le stava crescendo dentro, doveva essere forte.

Doveva essere la Maya Montgomery che era prima di innamorarsi di Jake Gallagher. Prima di innamorarsi di Border Gentry.

Disse semplicemente "Sono incinta."

Tuttavia, non c'era mai stato niente di più difficile.

Border guardò i test che Jake aveva in mano e rimase in silenzio. Jake si schiarì la gola.

"Lo vedo," gracchiò.

Maya sbatté velocemente le palpebre. Doveva dire tutto prima di crollare di nuovo. "So che non lo abbiamo pianificato, ma è successo. Suppongo che succeda."

"Credo di sì," aggiunse Jake. Border, ovviamente, non disse una parola.

"So che non ne abbiamo parlato, ma va tutto bene. Lo capisco. Faremo funzionare le cose perché è così che facciamo, ma so che abbiamo fatto un po' troppo in fretta." Rise in modo folle. "Cioè, avremmo prima dovuto innamorarci, no?"

Nessuno dei due disse niente e Maya si costrinse a non fare un passo indietro per incassare il colpo. Dannazione…

Non la amavano.

Non dissero nulla, non lo avrebbero fatto. Dopo tutto quel tempo, dopo tutto quello che avevano passato, non la amavano. Poteva dirsi che li avrebbe lasciati, in modo che loro potessero essere quello che avevano bisogno di essere, ma quella piccola parte di lei aveva sempre pensato che l'avrebbero amata come lei amava loro.

Si era sbagliata di grosso.

Maya ruotò le spalle, mettendosi la maschera che le aveva permesso di diventare la Maya Montgomery che conoscevano gli altri. La toglieva solo per quei due; tuttavia, aveva di nuovo bisogno di quello scudo.

"Come ho detto, è successo tutto un po' troppo in fretta e so che dovremmo parlare di cosa dobbiamo fare, ma mi serve del tempo." La voce minacciò di mancarle e Maya fece una pausa per riprendersi. Non sarebbe mai e poi mai crollata davanti a loro, che si rifiutavano di aprire bocca. "È un po' troppo da affrontare, con tutto quello che sta succedendo, per cui… sì." Li guardò di nuovo, implorandoli di dire qualcosa, ma non lo fecero.

Non lo avrebbero fatto.

"Sono fuori," sussurrò. "Siete sempre stati voi due," cominciò. "E lo capivo. Davvero. E poi non l'ho capito più. Per cui, sì, me ne andrò e lascerò che facciate quello che volete. Penseremo più in là ai dettagli, ma sì, adesso è un po' troppo."

Quando Jake e Border continuarono a non dire niente, per lo choc o qualsiasi problema fosse, Maya sospirò e si voltò. Prese la borsa e uscì con tutta la calma possibile dal proprio appartamento, lasciando i due uomini da soli.

Solo che non erano da soli, vero?

No, quella sola era lei. Perché era stata lei a restare stupidamente incinta di due uomini che non la amavano; due uomini che evidentemente provavano qualcosa l'uno per l'altro, ma non per lei.

Era stata così dannatamente stupida.

Con un sospiro, si mise in macchina e andò in quella che considerava un'altra casa, il negozio che l'aveva sempre calmata. Sarebbe stato il suo rifugio, il luogo in cui trovava uno scopo. Sapeva che, molto probabilmente, lì c'era la sua famiglia, ma forse i parenti l'avrebbero aiutata a migliorare le cose. Loro c'erano sempre stati per lei, anche quando aveva nascosto i propri sentimenti per Jake.

Forse i Montgomery l'avrebbero guarita, perché Jake e Border non avevano detto nemmeno una parola.

Parcheggiò dietro il negozio e spense il motore, il

corpo le tremava. Non poteva farlo. Non poteva avere un figlio con due uomini che non la amavano, che non lottavano per lei. Aveva detto di essere incinta e loro non avevano detto una parola. Si erano avvicinati l'uno all'altro e lei era rimasta fuori.

Maya non sapeva quale sarebbe stato il passo successivo, ma sapeva di non poterci pensare mentre non si sentiva se stessa. Ma non era sicura di sapere più come ci si sentiva o se ci sarebbe mai riuscita di nuovo.

Qualcuno bussò sul finestrino e Maya urlò, per poi voltarsi e vedere l'unica persona al mondo che credeva che non avrebbe mai più rivisto; tuttavia era l'unica donna che avrebbe potuto aiutarla, perché fra loro non c'erano aspettative.

Maya aprì la portiera e sospirò. "Holly."

Holly le prese le mani, il suo calore placava il pezzo di ghiaccio in cui si era trasformata Maya. "Che ha fatto quel dannato cretino?"

Il fatto che Holly imprecasse era così strano che Maya non poté trattenersi dal ridere, pur avendo le lacrime che le scorrevano sulle guance.

"Non ha fatto niente," disse infine Maya.

"Stronzate."

Maya rise di nuovo. In un'altra situazione, se la sarebbe presa con Holly per averla fatta ridere così, ma non ne aveva la forza. "No, davvero, non ha fatto niente. E nemmeno Border." Incrociò lo sguardo di Holly, senza sapere che stava per dire più di quello che doveva. "Ho detto loro che sono incinta e loro non hanno detto niente."

Holly sgranò gli occhi e a Maya venne voglia di maledirsi.

Ottimo, ho detto all'ex di Jake che sono incinta quando loro si sono lasciati da poco. Non è imbarazzante, no.

"E lui non ha detto niente?" chiese Holly. Scosse la testa, disgustata. "Uomini," disse, storcendo il naso. "Che idioti."

Maya tirò su col naso e si asciugò la faccia. Diamine, perché non era come Meghan, che aveva sempre i fazzolettini in borsa o in macchina? Certo, Meghan aveva due figli e un altro in arrivo, per cui la cosa aveva senso. Maya si irrigidì. Diamine, a breve sarebbe diventata lei quella con i fazzolettini in borsa e le salviettine e tutte quelle cose da *mamma* che la mandavano sempre in confusione.

Sarebbe diventata madre.

"Sto per sentirmi male," mormorò e uscì di corsa dall'auto. Si inginocchiò sulla piccola zolla d'erba che costeggiava il parcheggio e si svuotò lo stomaco. Mentre vomitava, Holly le tenne indietro i capelli e sussurrò parole rassicuranti.

Indipendentemente da quante volte avesse potuto pensare a quella situazione, non aveva mai immaginato che sarebbe stata la ex di Jake a tenerle i capelli. A parte la piccola reazione, a sentire che Jake avrebbe potuto diventare padre, Holly era stata rassicurante e arrabbiata *per* Maya, invece che *con* lei. Quella donna aveva qualcosa di speciale, ma in quel momento Maya riusciva a pensare solo a se stessa. Era egoista, ma l'essere rimasta accidentalmente incinta di uno dei suoi amanti, che invece chiaramente non la amavano, sembrava permetterle di essere egoista.

"Tieni, bevi questo," disse Holly. Maya si voltò e prese la bottiglia d'acqua che le porgeva l'altra, bevendo un piccolo sorso e poi mandandone giù ancora.

"Grazie. Ho bevuto molto oggi, per poter fare tipo undici test, ma a quanto pare ho ancora sete."

Holly sollevò le sopracciglia. "Undici?"

"Forse erano solo sette." Maya sprofondò sull'erba e sospirò. "Non me lo ricordo più, dopo i primi cinque ho perso il conto." Fece una smorfia. "Sono andata nel panico."

Holly sospirò e si sedette accanto a Maya, i vestiti ordinati e puliti probabilmente si stavano sporcando con Dio solo sapeva cosa. "Hai appena scoperto di essere incinta e sono sicura che non era programmato, credo che tu abbia tutto il diritto di andare nel panico."

Maya sospirò. "Ma credo di avere un po' esagerato, col panico." Si batté il piercing contro il labbro e cercò di rimettersi a pensare. Le lacrime le scorrevano sulle guance, ma lei le ignorò. Era qualche giorno che piangeva sempre.

"Stai piangendo, Maya. E adesso sei da sola e stai parlando con me, anche se so di non essere la tua persona preferita. Parlami, tesoro. Dimmi a cosa stai pensando." Holly mise la mano sul ginocchio di Maya, che sbatté le palpebre.

"Perché credi di non essere la mia persona preferita?" Maya non era sicura di chi fosse in quella lista al momento, dato che era in una spirale emozionale.

Holly alzò gli occhi al cielo. "Sapevo che lo amavi,

Maya." Fece una smorfia. "Non stavo certo con lui *perché* tu ne eri innamorata. Ma lo sapevo. E ho cercato di ignorare la cosa perché pensavo di sbagliarmi, o forse volevo pensare di sbagliarmi. E pensavo che Jake volesse stare con me e che avremmo trovato un modo di far funzionare le cose. Ma le cose non vanno mai come dovrebbero e appena ho capito che anche Jake era innamorato di te? Ho rotto con lui. Non solo non volevo mettermi tra voi, ma mi conosco bene. Non potevo permettermi di trovarmi in mezzo e farmi male."

Maya guardò scioccata l'altra donna. "Lo *sapevi*?"

Holly le sorrise con tristezza. "Certo che lo sapevo, Maya. E mi sono sentita una schifezza perché sono stata con lui così a lungo, quando tu ne eri innamorata. Io… non ho capito che ti ricambiava finché non è stato quasi troppo tardi."

Maya elaborò le parole di Holly e scosse la testa. "No, non mi ama, Holly. Non in quel modo. Non me l'ha mai detto."

Holly sollevò un sopracciglio. "E tu glielo hai detto?"

Maya strinse le labbra e scosse la testa.

Con un sospiro, Holly parlò di nuovo. "Jake nasconde le proprie emozioni, lo sai. Può sembrare sempre aperto e chiaro su quello che prova, ma è bravo a nasconderlo tanto quanto te. Se non ti ha ancora detto che ti ama, o è perché sta aspettando che lo facciate prima tu e Border, o sta cercando di progettare i prossimi quaranta passi in modo da assicurarsi che tutto sia perfetto quando finalmente lo dirà."

Maya studiò l'altra donna, che sembrava conoscere Jake molto meglio di quanto la stessa Maya pensasse.

Onestamente, non avrebbe dovuto essere sorpresa, tenuto conto che Holly e Jake erano stati insieme per molto tempo. Evidentemente l'altra donna era molto brava a capire le persone.

"Le cose tra me e Jake sono finite male, e va bene così," disse Holly, con un altro sorriso triste. "Sì, ha fatto schifo, ma poi lui ha trovato te e Border. Mi hanno detto che non è mai stato così felice." Disse l'ultima parte senza inflessione e Maya fece una smorfia.

"Chi te l'ha detto?"

Holly rise. "Nessuno della tua famiglia, nessun amico. Ma altre persone nella cerchia esterna a cui fa piacere sbattermi in faccia che Jake non mi ha lasciata solo per la sua migliore amica, ma anche per un uomo che in passato è stato il suo migliore amico."

"Non ti ha lasciato lui, però," sussurrò Maya. "Lo hai lasciato tu."

Holly strinse il ginocchio di Maya. "Lo avrebbe fatto, prima o poi. Avrebbe capito cosa fare dei suoi sentimenti. Credo che l'arrivo di Border quella sera abbia rimesso le cose in prospettiva, almeno un po'. Non era mio, Maya. Non lo è mai stato e mi sta bene." Fece una pausa. "Per lo meno, adesso."

"Mi dispiace," disse Maya. "Non volevo mettermi in mezzo."

Holly scosse la testa. "Tu ci sei sempre stata. L'intrusa ero io." Alzò una mano. "Ma basta così. Non sono parte dell'equazione. Ci siete tu, Jake, Border e ora la nocciolina."

Maya rise. "Nocciolina?"

"Chicco di riso? Macchia di inchiostro? Non so

come vuoi chiamarlo o chiamarla, ma per ora, dimmi perché stai piangendo."

Maya immaginò di dover ricominciare dall'inizio, in modo che il suo cervello potesse lavorare. "Ho detto loro che sono incinta, o meglio, mi hanno vista a terra con i test e l'hanno capito da soli. Ho detto loro che era troppo presto ma che potevamo far funzionare la cosa, ma loro non hanno detto niente. Letteralmente niente. Ho detto che avremmo prima dovuto amarci e loro non hanno detto di amarmi. Al contrario, si sono avvicinati l'uno all'altro. Allora io me ne sono andata. Erano stati già insieme, Holly. Ero io che stavo in mezzo."

Holly sospirò e si mise a giocare con la ghiaia. "Jake ti ama, Maya. Non conosco Border, ma credo si possa dire che gli importa di te, se era pronto a vivere in un rapporto a tre. Per cui, sì, Jake ti ama ma è un idiota. Come ti ho detto, non conosco Border, ma conosco Jake. Parla con lui. Parla con *loro*. Non scappare. So che ti sembra di doverlo fare perché fa male essere in mezzo, ma non scappare. Dai loro la possibilità di dire qualcosa. Perché, Maya, nemmeno tu hai detto a Jake che lo ami."

Maya sbatté le palpebre. "Ma… ma… dovrebbe saperlo." E quelle parole sembrarono stupide a lei tanto quanto a Holly, che si limitò a sollevare un sopracciglio.

"Forse anche lui crede che tu dovresti saperlo. Se non dice niente dopo che gli hai parlato senza singhiozzare e dare di matto, allora puoi spaccargli il culo. Se ti serve, ti aiuto, ma probabilmente non ce ne sarà bisogno. E sai perché? Perché sei Maya Montgomery e spacchi. Mi ha capito, tesoro? Puoi farcela. Abbi fiducia e

267

falli parlare. Perché probabilmente stanno dando di matto come te, e la cosa non aiuta nessuno."

Maya fissò l'altra donna, con la mente in un vortice. "Non ho detto che li amo."

"No, non lo hai fatto."

"Sono un'idiota. Devo andare da loro. Dirglielo. Non sarei dovuta scappare. Perché diamine sono scappata?"

"Perché fa paura ed è normale. Corri da loro."

Maya si alzò, tirandosi dietro Holly e abbracciandola. "Grazie," sussurrò.

"Non c'è problema," disse Holly con dolcezza. "Quando vuoi. E, Maya? Congratulazioni, mammina."

Le bruciarono di nuovo gli occhi per le lacrime e Maya rise. Poteva farcela. Era scappata perché aveva paura e la paura aveva ingigantito i suoi dubbi su quella relazione. Avrebbe risolto tutto, avrebbe detto a Jake e Border che li amava e avrebbe aperto loro il proprio cuore. Perché non sapere cosa sarebbe successo se l'avesse fatto le faceva ancora più male.

Sarebbe diventata madre.

E amava i due idioti che l'avevano messa incinta.

Avrebbe fatto meglio a trovare un modo per far funzionare le cose.

Capitolo Diciassette

Border rimase a fissare la porta chiusa e prese le chiavi di Jake senza guardarlo.

"Hai intenzione di seguirla?" chiese Jake, la voce vuota.

"Ha bisogno di spazio e non ho intenzione di correrle dietro quando ha chiaramente bisogno di liberarsi di noi per un po'. Ma restare qui nel suo appartamento mentre Maya non c'è? No, grazie. Andremo da lei quando avrà bisogno di noi. Perché sicuramente avrà bisogno di noi."

Border andò al SUV di Jake e si sedette al posto di guida. La sua macchina era fuori uso e faceva troppo freddo per la moto. All'andata, aveva guidato Jake, ma Border non era dell'umore per fare il passeggero. Stava perdendo il controllo della situazione e gli serviva almeno una cosa su cui avere il comando. Si sarebbe dovuto accontentare del volante.

Jake sedette dal lato passeggero e sbatté la portiera.

"Non ho potuto chiudere entrambe le serrature della porta di Maya, dato che hai tu le mie dannate chiavi."

Border chiuse gli occhi e mise in moto. "Almeno una è chiusa."

"Sul serio? Dopo tutte le merdate che hai detto sulla gente che ti sta alle costole? Non ti importa della sua sicurezza?"

Border ringhiò, aprì gli occhi e si diresse verso casa di Jake. "Vaffanculo, Jake. Certo che mi importa della sua sicurezza. È incinta di *nostro* figlio e non so dove cazzo se ne è andata. Per cui, sì, sono preoccupato."

"Cristo," sbottò Jake. "È incinta. Come diavolo è successo?" Jake si passò una mano fra i capelli, che avevano bisogno di essere tagliati, e sospirò.

Border rimase in silenzio per un po' mentre guidava verso casa di Jake. Non era lontano da casa di Maya e pensò che l'avessero fatto di proposito. Erano grandi amici, dopo tutto.

"Sai com'è successo," disse Border a denti stretti, mentre svoltava nel vialetto di Jake.

Il vialetto di Jake. La casa di Jake. Diamine, Border viveva lì da un po' e la considerava ancora di Jake. Forse se avessero davvero parlato del fatto che lui non si era cercato un posto in cui vivere, Maya non sarebbe scappata così in fretta quando aveva scoperto di essere incinta.

Maya non era il tipo di donna che scappava quando le situazioni si facevano difficili.

Erano stati loro a farla scappare.

E loro dovevano sistemare le cose.

Ma per prima cosa dovevano sistemare quello che non andava fra lui e Jake.

Border spense il motore ed entrò in casa, con Jake alle calcagna. Border mise le chiavi sul mobile accanto alla porta e si passò una mano sul viso.

"Abbiamo mandato tutto a puttane," disse lentamente.

Jake incrociò il suo sguardo. "Già. È incinta, Border."

Border provò fastidio. "Non è per quello che abbiamo mandato tutto a puttane. Qualsiasi cosa succeda, quel bambino è nostro, Jake. Tuo, mio e di Maya. Non mi interessa del DNA, è di tutti e tre."

Jake alzò le mani. "Certo, stronzo. Non sto dicendo questo. Ma non era nei piani. Avremmo dovuto prima cementare la nostra relazione, far trasferire Maya da noi in modo da poter stare sempre insieme e sapere che è una cosa seria. Poi io vi avrei chiesto di sposarmi, anche se so che solo uno dei due matrimoni sarebbe stato legale. Dopo aver fatto questo, dopo i documenti necessari ad assicurarci che tutto fosse sistemato dal punto di vista legale in termini di procure e roba del genere, avremmo avuto figli. Era così che doveva andare."

Border lo fissò, stringendo i denti come un forsennato. "Davvero. Davvero? Quello era il piano? Che gentile da parte tua condividerlo con noi, coglione. Maya ci ha lasciati perché non siamo riusciti a dire quello che aveva bisogno di sentirci dire, ma tu avevi un cazzo di piano che tenevi per te. Forse avresti dovuto *dirci* a cosa stavi pensando."

Jake strinse gli occhi prima di passarsi una mano

sulla mascella. "Evidentemente, credevo che riusciste a leggermi nel pensiero. Sì, sono un idiota, ma avevo appena elaborato quel piano."

"È il tipo di piano che dovevano fare insieme, noi *tre*. Diamine, Jake, tutto è andato comunque a puttane."

"Se n'è andata," sussurrò il suo amante.

"E tornerà. O la prenderemo e la trascineremo di nuovo qui. Perché non abbiamo parlato ed è colpa nostra." Border fece una pausa. "Anche sua, ma lei ha un cavolo di bambino che le cresce in corpo, quindi credo che possa permettersi di dare di matto."

Jake deglutì, il pomo d'Adamo che andava su e giù. "Avremo un bambino."

Border annuì e fece un paio di passi verso di lui. "Eh sì. E non abbiamo ancora detto le cose importanti. Che stiamo facendo, Jake?"

Jake lo guardò stringendo le palpebre. "Vuoi parlarne ora? Senza Maya?"

"Lei non c'è, e non ci siamo solo noi tre, ma anche noi due e ognuno di noi con Maya. Per cui, sì, dobbiamo. Che succederà quando la troviamo, Jake? Daremo di matto e la costringeremo a scegliere? Avremo un nostro finale, per sempre felici e contenti? Cosa ci aspetta, Jake?"

Jake incrociò il suo sguardo, terrorizzato. "Ti amo, Border. È questo che vuoi sentirti dire? Ti amo. E amo anche quella donna, allo stesso modo. Potrei essere felice solo con te o solo con Maya, ma non sarei mai chi devo davvero essere. Ho *bisogno* di voi due. E ora stiamo mettendo al mondo un'altra vita e la cosa mi spaventa a morte."

Border si avvicinò, le mani strette lungo i fianchi. "Ti amo anch'io, Jake. Ti ho sempre amato. Anche quando non c'ero, quando scappavo perché dovevo capire chi ero, ti amavo. Siamo davvero incasinati, lo sai vero?"

Jake aggrottò la fronte. "Che vuoi dire?"

"Indipendentemente da quello che facciamo, Maya ci tiene in pugno. E francamente, mi sta bene." Si avvicinò abbastanza da sentire il calore del respiro di Jake. Gli mise una mano sulla nuca.

Jake sospirò. "Sta bene anche a me. Ma dobbiamo trovarla, dobbiamo assicurarci di dirle quello che proviamo. Perché abbiamo mandato tutto a puttane quando non abbiamo detto niente."

Border lo strinse e Jake rabbrividì. "Non ci ha dato molto tempo per pensare a qualcosa da dire, ma sì, abbiamo fatto un casino." Si sporse in avanti, il viso così vicino che Jake poteva sentire il suo respiro sulle labbra.

"Che cosa faremo?" chiese Jake, con voce roca.

Come risposta, Border premette le labbra contro quelle di Jake, dandogli tutto quello che poteva. Il cervello non gli funzionava. Non riusciva a pensare. Lui e Jake sarebbero diventati *padri* e tuttavia riusciva solo a concentrarsi su Jake. Jake aveva bisogno di lui. Aveva bisogno di ricordare chi era. Diamine, ne aveva bisogno anche Border.

La lingua di Jake scivolò contro quella di Border, che approfondì il bacio, aveva bisogno di prendere il controllo, sapendo che ne aveva bisogno anche Jake. Ansimavano mentre le loro bocche si scontravano.

Erano il futuro, il passato e il presente. Ma senza Maya non erano niente.

Jake si allontanò bruscamente, passandosi una mano sul viso mentre il petto si alzava e abbassava. "Porca vacca, cos'è stato?"

Border si passò il pollice sulle labbra e sentì il sapore dell'altro. "È esattamente quello che pensi sia stato. Eravamo stressati, avevamo bisogno l'uno dell'altro e ci ho pensato io." Gli faceva male il corpo, ma non era quello il problema. Jake doveva rilassarsi, capire di cosa aveva bisogno.

"Maya è là fuori, da sola, incinta e sta male. E io ho lasciato che mi baciassi così. Che razza di uomo sono? Che razza di uomo sei *tu*?" sbottò Jake.

Border si irrigidì, anche se fece del proprio meglio per restare inespressivo. "Credo che siamo due uomini che si amano e che hanno appena deciso che avremo un futuro insieme. Noi due *e* la donna che aspetta nostro figlio. Per cui sì, ho pensato che andava bene baciarti così, perché ne avevi bisogno. Perché pensavo dovessimo essere più vicini. Mi dispiace se ho sbagliato."

Jake apparve ferito e a Border venne voglia di prendersi a calci. Diamine, dopo tutto quello che aveva detto su Jake, sapeva di essere colpevole quanto lui per aver fatto un casino con le emozioni e per non aver capito come dire a qualcuno di cosa aveva bisogno, cosa desiderava.

"Border," sibilò Jake. "Cazzo. Avremo un bambino. Riesci a crederci? Maya non è qui, ma avremo un *bambino*. Come diamine faremo? Sono così confuso e tuttavia non posso stare qui con te. A fare questo. Dobbiamo stare con lei."

"E allora andiamo," ribatté Border. Perché si comportava così? Doveva ritrovare il lume della ragione e trovare Maya, perché le cose non funzionavano.

"Dobbiamo stare con lei," ripeté Jake. "E cosa stiamo facendo? I coglioni."

Border afferrò Jake per un braccio mentre l'altro lo superava. "Non stavamo facendo i coglioni e lo sai."

"Non so niente," urlò Jake. "Non so dov'è Maya. Non so cosa prova. E diamine, nemmeno lei sa cosa proviamo noi. Abbiamo lasciato che se ne andasse da sola perché avevamo paura e non so come sistemare la cosa. Ma pomiciare con te non è d'aiuto."

Border lasciò il braccio di Jake e fece un passo indietro. "Capisco." E forse capiva davvero.

Jake chiuse gli occhi e sospirò prima di riaprirli. "No, non capisci. Siamo tutti presi dalle nostre emozioni e dal nostro passato e diciamo cose che ci fanno male anche se non dovrebbero. Ti amo, Border, lo capisci? Ma amo anche Maya e ho bisogno che lei stia con noi. Quindi andrò a cercarla perché per lei ora è pericoloso stare fuori da sola. Ma non ti sto lasciando. Sto solo andando da lei."

Border annuì, la sua mente finalmente iniziava a orientarsi in quel labirinto di pensieri ed emozioni.

"Io... io devo andare," aggiunse Jake, uscendo di corsa e prendendo le chiavi.

Border imprecò e si guardò le mani strette a pugno. Stavano gestendo malissimo la cosa. Diamine, lui e Jake sarebbero diventati *padri* e non avevano nemmeno iniziato a parlarne. Invece, era così preso dall'assicurarsi che Jake sapesse di essere importante che aveva saltato dei passi importanti. Doveva smettere di comportarsi in quel modo.

E che cosa aveva appena fatto? Aveva lasciato che Jake andasse a cercare Maya da solo.

"Dannazione," borbottò. Aprì la porta, deciso a raggiungere Jake prima che se ne andasse, così sarebbero stati loro *due* a cercarla. Dovevano essere sempre tutti e tre.

Mise piede sulla neve appena caduta sul portico e vide un furgone blu con i cerchioni dorati, le chiavi e il telefono di Jake in mezzo al cortile. A terra non c'era molta neve, ma quella che c'era bastava perché Border si rendesse conto che c'erano segni di lotta.

"Gesù," mormorò. "Gesù Cristo."

"Border? Cos'è successo?"

Border girò sui tacchi e vide Maya correre verso di lui. Non ci pensò due volte e la raggiunse in tre passi, stringendola a sé e baciandola d'impeto.

"Cos'è successo?" ripeté lei, senza fiato e con le labbra gonfie.

"Credo che quelli che mi danno la caccia abbiano preso Jake," rispose Border.

Maya sgranò gli occhi e prese il telefono. "Dobbiamo chiamare la polizia. Possono aiutarci. Vero?"

Border annuì, prese il cellulare e rientrò in casa con Maya. Non gli piaceva essere così esposti. "Chiama la polizia mentre io chiamo Sanchez." Le aveva parlato in precedenza del detective e del suo lavoro, per cui non doveva spiegarle nulla in quel momento. "Di' quello che sai e che Sanchez li contatterà."

Border informò rapidamente Sanchez su quello che sapeva e prese il telefono di Maya, in modo da poter dire alla persona all'altro lato dell'apparecchio chi era e cosa aveva visto. Se chiudeva gli occhi, riusciva a ricordare una targa parziale. Doveva bastare. Riagganciò la telefonata con la polizia, restituì il telefono a Maya e tornò da Sanchez.

"Dobbiamo trovarlo," sbottò Border, mentre ripeteva le informazioni al detective.

"Lo troveremo." Una pausa. "Porca vacca. C'è un solo furgone in zona che corrisponde alla descrizione e che ha quella targa parziale. Un furgone blu con i cerchioni dorati non passa inosservato. Ho l'indirizzo."

Border prese la mano di Maya, ma cercò di non essere troppo speranzoso. "Questo non significa che siano lì."

"No, ma è una vecchia fattoria fuori Aurora. A quanto mi dicono, non è più utilizzata, ma c'è spazio per un sacco di edifici."

Border imprecò. "Dammi l'indirizzo. Ci vediamo lì."

"Non sei su questo caso, Gentry."

"Non me ne frega un cazzo. Dammi l'indirizzo."

Sanchez imprecò a sua volta e glielo diede. "Stai attento e non muoverti senza di me. Ci siamo capiti?"

"Ricevuto. Non sono stupido." Ma Border non era in grado di dire cosa avrebbe fatto, se si fosse presentata l'occasione. Riagganciò e guardò Maya, che strinse gli occhi e incrociò le braccia sul petto.

"Non vai da nessuna parte senza di me."

Border scosse la testa. "Non credo proprio. Tu resti qui con la porta chiusa a chiave e il telefono in mano." Andò in camera sua, dove teneva la pistola in una cassaforte. Inserì rapidamente il codice e prese l'arma. Aveva un permesso registrato in Colorado e un porto d'armi per via del lavoro. Anche se, con Jake in pericolo, non era sicuro che avrebbe rispettato la legge.

"Stai andando a recuperare Jake armato e credi di potermi lasciare qui?"

Border si girò verso di lei. "Cazzo, sei incinta di nostro figlio! Tuo, mio e di Jake. Non pensare nemmeno di venire con me."

Maya spalancò gli occhi ma non cedette. "Voglio solo seguirti. Non entrerò e non mi avvicinerò troppo, ma non lascerò che gli uomini che amo siano in pericolo mentre io resto a casa a non fare niente."

Il cuore di Border fece quello strano battito extra quando la sentì dire che li amava, ma accantonò il pensiero. Quando lo avrebbe detto di nuovo a lui e a Jake, allora avrebbe reagito di conseguenza. Per il momento, sapeva di avere una cocciutissima Montgomery per le mani.

"Va bene. Resta in macchina con le chiavi nel quadro e tieniti pronta a scappare quando te lo dico. *Non* farai niente di stupido, anche se questa è già una cosa stupida." Le prese il viso tra le mani e la baciò di nuovo. "*L'unica* ragione per cui lo sto facendo è perché non sono al comando. Mi assicurerò soltanto che chi di dovere recuperi Jake. Potrebbe non essere niente e lui potrebbe anche non essere lì, ma è un punto di partenza."

Maya annuì e anche se aveva gli occhi lucidi, non pianse. Quella era la sua Maya. Forte come una roccia.

Quando sarebbero arrivati e avrebbero trovato Jake, l'altro l'avrebbe preso a calci in culo per aver permesso che Maya fosse in pericolo, ma non era sicuro che ci fosse un altro modo. Erano loro tre, per quel momento, per sempre.

"Andiamo a cercare il nostro uomo," ringhiò Border.

Il loro uomo.

Cavolo, sì.

A JAKE PULSAVA la testa nel punto in cui l'idiota gli aveva dato un pugno, ma a parte quello non gli faceva male nulla. Anche se le fascette che aveva intorno ai polsi non erano comodissime. Jake sapeva che Border aveva a che fare sia con uomini di legge che con malfattori, ma aveva la sensazione che quei due non fossero nella squadra dei buoni.

Oh, probabilmente lavoravano *per* chi era al comando, ma era impossibile che quei due zotici idioti fossero dei geni del crimine. Certo, avevano colto Jake di sorpresa, ma niente di più. Tra il furgone blu e oro e il fatto che si chiamassero per nome, Steve e Cal, Jake sperava che Border lo trovasse in fretta.

Non avrebbe dovuto andarsene come aveva fatto. Avrebbe dovuto aspettare cinque minuti per assicurarsi che Border stesse bene, prima che *entrambi* andassero a cercare Maya. Certo, se fosse successo, Border avrebbe potuto essere accanto a lui in quel vecchio fienile, con le mani legate dietro la schiena.

Cavolo, c'era qualcosa che non quadrava, nel modo in cui succedevano le cose con i Montgomery, quando trovavano la persona che amavano. Tra spari e incidenti d'auto, sembrava non finire mai.

Pregò solo di poterne uscire relativamente indenne.

"Che vuoi dire che non è Border?" chiese Cal, la voce alta e lamentosa.

"Ne sono sicuro," ansimò Steve. Non era piccolo. Sul serio, Jake era un po' imbarazzato per essere stato catturato da quei due. Ma avevano una pistola e Jake non era abituato a lottare per la propria vita. Era uno scultore, dopo tutto.

"E allora chi è?"

"Non lo so. Un qualche finocchio con cui Border va a letto."

Jake strinse i denti. Gliel'avrebbe fatto vedere lui, chi era un finocchio. Se fosse riuscito a liberarsi da quelle fascette, ovviamente.

"Pensavo che stesse con la puttana tatuata."

"Sta con tutti e due. Gli piace cambiare."

Jake espirò dal naso mentre cercava di allentare le fascette. Non sarebbe servito a niente se si fosse fatto sparare perché aveva aperto bocca, per imprecare contro quei due idioti.

"Che ce ne facciamo di lui?"

"Non lo so. Non credo che Border gli abbia detto dov'è la bambina."

"E il capo non ha detto che potrebbero averla spostata?"

280

Steve sospirò. "Sì, l'ha detto. Non so perché ci abbia detto di seguire Border." Si sfregò la nuca. "Non credo che sarà molto felice, quando saprà che abbiamo preso quello sbagliato."

Cal spostò il peso da un piede all'altro. "Forse dovremmo lasciarlo andare."

"Ci ha visti in faccia, idiota. Non possiamo lasciarlo andare."

Jake sentì la paura strisciargli lungo la schiena e si concentrò sulle fascette, non che funzionasse. Quelle cose erano fatte per tenerlo legato finché qualcuno non le tagliava per liberarlo e lui non aveva un coltello o un oggetto affilato a portata di mano.

"Be', ma allora che cosa *facciamo*?"

Da fuori si sentì un rumore forte e Jake si rannicchiò istintivamente.

"Venite fuori con le mani alzate! Siete circondati!"

Jake imprecò quando i due idioti fecero per prendere le armi. Sarebbe finita male, se qualcuno non avesse agito con cautela.

"Non vogliamo andare in prigione!" urlò Steve.

Cal sospirò. "Bravo. Fagli sapere che siamo qui."

"Lo sanno già! Sono venuti da noi."

Jake era circondato da idioti. Idioti con le pistole, ma pur sempre idioti.

Successe tutto rapidamente. I poliziotti fecero irruzione mentre Cal e Steve si mettevano in ginocchio, le pistole a terra e le mani alzate. Nessuno sparò e Jake ne fu molto felice.

Gli si avvicinò un uomo dai capelli scuri. Era accigliato e aveva un coltello in mano. "Jake?"

Jake cercò di mettersi a sedere ma non ci riuscì. "Sì, sono io."

"Sono Sanchez. Lavoravo con Border. Lascia che ti liberi e ti accompagni fuori, così puoi vederlo. Gli verrà un colpo quando vedrà quel livido che hai in faccia."

Jake sibilò quando Sanchez lo liberò e lo aiutò ad alzarsi. "Border è là fuori?"

"Sì e c'è anche la tua signora. Non sono stati felici perché non potevano entrare, ma dovevamo per lo meno cercare di seguire il protocollo."

Jake si immobilizzò. "Border si è portato dietro *Maya*?" strillò. "Che cavolo? A cosa stava pensando?"

Sanchez fece un passo indietro e alzò le mani. "Ho avuto l'impressione che lei non gli abbia lasciato molta scelta. Fatti controllare mentre vai da loro. Mi servirà una deposizione, ma prima andiamo da Border e dalla tua Maya."

Jake sospirò e seguì Sanchez fuori dal vecchio fienile. Vedere Border sul limitare del vialetto con Maya fra le braccia lo fece quasi crollare in ginocchio. Prima che potesse percorrere metà della distanza che li separava, Border e Maya furono davanti a lui, lo abbracciarono e lo baciarono. Jake sapeva benissimo che li fissavano tutti e che qualcuno stava scattando delle fotografie, ma non gliene fregava niente. Voleva solo l'uomo e la donna che aveva tra le braccia, voleva sapere che ci sarebbero sempre stati.

Sanchez si schiarì la gola e gli indicò con un cenno l'ambulanza sul ciglio della strada. "Andate lì, se volete un po' di privacy," disse, facendo l'occhiolino.

Border li trascinò entrambi verso l'ambulanza e Jake allontanò il paramedico con un cenno della mano.

"Sto bene," disse.

"Sei stato colpito alla testa," disse Maya, avvicinando la mano al livido.

"Ci dia qualche minuto," disse Border al paramedico. "Ok?"

Jake non fece nemmeno attenzione a cosa fece il paramedico, perché poteva solo guardare le due persone che contavano per lui più di ogni altra cosa.

"A cosa cazzo stavi pensando quando hai portato qui Maya?" chiese Jake, cercando di mantenere la voce bassa.

Maya gli baciò il mento. "Non avrei permesso che se ne andasse da solo. Non sono mai stata in pericolo." Gli baciò di nuovo il mento e Jake abbassò la testa per poterla baciare. "Eri tu quello in pericolo, idiota." Le tremò la voce. "Non farlo mai più. Piangere non mi piace e sembra che di recente stia facendo solo questo."

Jake strinse la mano di Border e mise l'altra sul viso di Maya. "Mi dispiace così tanto di essere stato un idiota, quando ci hai detto che sei incinta. Non avrei mai dovuto lasciare che te ne andassi."

Maya scosse la testa. "È stato uno choc per tutti noi e nessuno di noi l'ha presa bene."

Jake la baciò di nuovo prima di baciare Border. "Ti amo, Maya. Amo anche te, Border. Non vedo l'ora di avere questo bambino. So che non lo avevamo programmato, ma ce la faremo. Voglio vederti crescere la pancia. Voglio essere al tuo fianco e voglio che ci sia anche Border. Voglio che tu ti trasferisca da me e voglio che facciamo i passi successivi." Fece una smorfia. "E ho appena detto di volere tante cose."

Maya cominciò a piangere e lui imprecò. "Lo voglio anche io," disse lei, ridendo e singhiozzando.

"Anche io," aggiunse Border, abbracciando entrambi. "Vi amo entrambi. Giusto perché lo sappiate."

"E io vi amo entrambi." Maya rise, questa volta con meno lacrime. "Siamo dei pazzi, ma so che, se ci proviamo, possiamo farlo funzionare. Non riesco a immaginare la mia vita senza uno di voi due e non voglio nemmeno provarci."

"Allora è deciso," disse Jake con dolcezza. "Noi tre. Possiamo farcela."

"Ce la faremo," aggiunse Border.

Jake li baciò di nuovo, il corpo che smetteva di sentire gli effetti dell'adrenalina. Aveva tra le braccia le due persone che amava di più al mondo e sarebbe diventato padre. Era così dannatamente felice che non gli importava di essere in un campo e di essere stato rapito da dei cretini. Lui, Border e Maya avrebbero fatto funzionare le cose, insieme.

Era tutto quello che importava.

Anche se si stavano avvicinando altre persone e Jake sapeva di dover alleggerire gli animi, in modo che loro tre potessero tornare a casa e amarsi.

"Credo che significhi che non possiamo perderci la cena dai Montgomery che si terrà tra qualche giorno," disse Jake, ironico.

Maya gli diede uno schiaffo sul fianco. "Tu non vuoi mai perderti del cibo gratis. In più, la sta organizzando

Tabby, per cui dobbiamo solo presentarci. Ora, fatti controllare così poi possiamo coccolarci in pace."

"Solo coccolarci?" chiese Border con voce roca.

Maya alzò gli occhi al cielo. "Per ora, ragazzoni. Facciamo controllare Jake così siamo sicuri che stia bene."

Jake la baciò di nuovo e strinse il sedere di Border. "Mi sembra un buon piano."

E lo era, perché aveva Border e Maya nella sua vita e presto qualcun altro si sarebbe unito a loro. Jake aveva più di quanto pensasse possibile e aveva solo dovuto innamorarsi dei suoi migliori amici.

Tutti e due.

TABBY

TABBY PENSAVA CHE, PER CALMARSI I NERVI, NON CI fosse niente di meglio che organizzare qualcosa. Anche se aveva le mani sudate e lo stomaco sottosopra da mesi, non poteva essere più calma di così.

Assicurarsi che tutto fosse al suo posto le permetteva di tenere calmo il cervello, in modo da non dover pensare a certe cose a cui era meglio non pensare. Per fortuna, tra il lavoro alla Montgomery Inc. e la moltitudine di cene ed eventi dei Montgomery, poteva organizzare e pianificare quanto voleva.

Certo, la vicinanza dei Montgomery era il motivo per cui aveva le mani sudate e le faceva male lo stomaco, ma loro non lo sapevano.

Loro non sapevano molto di lei.

E le stava benissimo.

Dopo tutto, quello era il suo piano.

Quel giorno sarebbe stato il primo evento con tutti i Montgomery di quel ramo. Tabby aveva pianificato altre riunioni che includevano alcuni dei rami più piccoli, ma era passato un po' di tempo da quando erano riusciti a partecipare tutti e otto i ragazzi Montgomery.

A dire la verità, l'ultima volta era stato il matrimonio di Miranda e Decker.

Ricordava perfettamente quel giorno. Come se lo ricordavano molti di loro, dato che quello che era successo quel pomeriggio aveva alterato in modo drastico le vite della famiglia.

Quel giorno, però, sarebbe stato felice e perfetto, se lei fosse riuscita a pianificarlo come voleva. Se c'era una cosa che le riusciva bene, era proprio organizzare. Quel giorno, Miranda e Decker avevano un annuncio da fare, anche se Tabby non era certa di quale fosse. Non era sicura che la Montgomery più giovane fosse già incinta, ma poteva sbagliarsi. Sapeva che Maya era incinta perché se l'era fatto sfuggire al telefono. Avevano pianificato di annunciare che erano tutte e tre incinte e Tabby non vedeva l'ora che lo sapesse il resto della famiglia. I Montgomery non erano per niente tradizionali e un bambino che nasceva da una relazione a tre era solo parte del gioco. Quel bambino sarebbe stato amato tantissimo e non si sarebbe mai sentito solo. Che altro si poteva chiedere?

Il raduno dei Montgomery era speciale anche per un'altra ragione.

Sarebbe stato il primo a cui avrebbe partecipato Alexander Montgomery dopo essere uscito dalla comunità di recupero.

Tabby pregava che gli andasse tutto bene. Lo faceva spesso.

Si passò una mano fra i capelli e sospirò quando

ricordò di non essersi fatta la solita coda di cavallo quella mattina. Evidentemente era confusa. Stava per legarsi di nuovo i capelli quando le venne uno strano presentimento.

Non era più sola a casa Montgomery. I signori Montgomery erano andati a fare una passeggiata e avevano lasciato Tabby a fare le sue cose. Ma c'era qualcuno con lei.

Si girò, ma sapeva già chi era. Sapeva sempre quando lui era vicino. Era come un difetto, più che un dono.

"Alexander," disse sottovoce, prima di schiarirsi la gola. "Non sapevo che saresti venuto in anticipo."

Lui la fissò, negli occhi quel profondo senso di perdita che Tabby non era mai stata in grado di decifrare completamente. "Pensavo che avrei potuto darti una mano." Quella voce era bassa e profonda e le faceva cose orribili.

"Oh, non c'è bisogno. Ho tutto sotto controllo." Quando vide la sua espressione ferita, Tabby si sarebbe presa a schiaffi e fece rapidamente retromarcia. "Ma sono felice che tu sia qui. Posso anche avere tutto sotto controllo, ma l'aiuto è sempre apprezzato."

Lui distese le labbra in un sorriso che però non gli arrivava fino agli occhi. Non ci arrivava mai. "Grazie, Tabitha. Dimmi solo cosa posso fare."

Era l'unico a chiamarla in quel modo, così come lei lo chiamava Alexander, mentre tutti gli altri lo chiamavano Alex. Non era sicura del perché, ma non aveva mai voluto accorciargli il nome.

Quando Alex continuò a fissarla, Tabby si ritrovò

incapace di respirare. Ma la cosa non la sorprese. Dopo tutto, non riusciva mai a respirare se c'era Alexander Montgomery.

Era quello che succedeva quando si era vicini alla persona che si amava, quella che sapevi che non ti vedeva. Almeno, non in quel modo.

Restavi senza fiato.

Epilogo

"Scopami, sì, così, proprio lì!" Maya inarcò la schiena, una gamba intorno al fianco di Jake, l'altra allungata sulla spalla di Border. Era sdraiata di schiena, le gambe aperte con *molta* cautela, in modo da poterle passare intorno a entrambi gli uomini. Per fortuna, in quel momento Border aveva l'uccello nel culo di Jake, ed erano premuti uno sull'altro, in modo che Maya potesse averli entrambi fra le gambe. Non sapeva che ci fossero così tante posizioni possibili.

Per fortuna, i suoi uomini avevano intenzione di scoprirle tutte.

"Ti amo, Maya," ansimò Jake, prima di baciarla. Dondolò dentro di lei, l'uccello che le allargava il sedere, dato che quella mattina aveva deciso di riempirla lì. Prima, Border l'aveva scopata nella passera e Jake nel culo, ma in quel momento Border stava riempiendo il loro amante mentre Jake ci dava dentro.

Maya *amava* tutte quelle posizioni.

"Ti amo anche io," ansimò lei. Strinse i muscoli interni e Jake gemette.

"Cazzo, fallo di nuovo," disse Border. "Jake mi ha appena strizzato il cazzo, quando l'hai fatto."

Lei ricacciò indietro una risata mentre Jake faceva scivolare una mano fra i loro corpi e le strizzava il clitoride. Maya venne, il corpo le tremò e poi si afflosciò per la stanchezza. I due uomini la seguirono e lei si ritrovò sul fianco fra le braccia di Jake mentre Border andava in bagno. Prima che potesse protestare, perché aveva bisogno anche di lui, lui tornò con tre asciugamani caldi e inumiditi per poterli ripulire.

Il loro Border era così, tutto dominante ed esigente l'attimo prima, dolcissimo e affettuoso quello dopo. Maya amava il modo in cui funzionava il suo cervello, amava le sue emozioni. Diamine, amava lui.

Lo amava tanto quanto amava il modo in cui Jake li faceva ridere prima di farli piangere perché trovava le cose più dolci da dire, le cose più tenere da fare per farle cedere le ginocchia.

Formavano delle coppie diverse, avevano un modo speciale di stare insieme, ma erano loro tre insieme come una cosa sola che raggiungevano la perfezione. Maya appoggiò una mano sulla pancia e Jake e Border fecero scivolare le proprie sulla sua.

"Avremo un bambino," sussurrò Maya.

"Sì, lo avremo," disse Jake. "Pensi che ci riusciremo senza incasinare tutto?" Anche se aveva un tono scherzoso, Maya sapeva che era serio.

"Sì, penso che possiamo provarci," disse Border,

diretto. "Per questo siamo in tre. Ce ne saranno sempre due per quando uno di noi molla la palla."

Maya rise e si accoccolò vicino ai suoi uomini. Quando aveva visto Jake in quel bar, anni prima, non avrebbe mai pensato che sarebbe finita lì. Non aveva sognato, desiderato.

E tuttavia, in un certo qual modo, tutti i suoi sogni e i suoi desideri si erano avverati.

MAYA SI APPOGGIÒ al fianco del fratello mentre Alex osservava la casa. "Ti manca la follia?" gli chiese, sapendo che i presenti si stavano sforzando di non comportarsi in modo troppo artificiale con lui, anche se lo facevano comunque. Per lo meno, non stavano cercando di tenerlo lontano. Alex era uno di loro, dannazione.

"Mi siete mancati più di quanto pensassi," disse dolcemente Alex, prima di baciarle la tempia. "Grazie per essere venuta a prendermi." Fece una pausa. "E per avermi accompagnato."

Maya si voltò verso di lui, sorpresa dal fatto che avesse detto qualcosa al riguardo. Aprì la bocca per parlare, ma lui scosse la testa.

"Credo che i tuoi uomini vogliano dire qualcosa."

Si voltò verso di loro, l'amore nel cuore e negli occhi. Avrebbe parlato con Alex quando sarebbe stato pronto; per fortuna, sembrava sarebbe stato pronto presto. Erano passati solo pochi giorni da quando Maya aveva finalmente detto ai suoi uomini cosa provava per loro e coglieva ogni occasione per continuare a farlo. In quei pochi giorni, la sua famiglia aveva scoperto che Maya era incinta perché lei continuava a ripeterlo. Evidentemente avevano ragione i parenti: Maya non sapeva mantenere i segreti.

Be', era riuscita a tenere nascosto per molto tempo il suo amore per Jake, ma comunque molte persone non erano rimaste sorprese, quando era venuto fuori.

Jake stava guarendo bene. In effetti, a parte il livido sulla tempia, sembrava perfetto. La bambina che Border aveva tenuto al sicuro era stata spostata in un'altra famiglia e il caso contro chiunque avesse ucciso la sua famiglia era stato portato avanti. Erano venute fuori nuove prove e sembrava che tutto sarebbe finito bene.

Jake stava bene ed era felice.

Border stava bene ed era felice.

Loro stavano bene ed erano felici.

Maya sospirò e andò verso i suoi uomini, anche se non l'avevano chiamata. Poteva vedere nei loro occhi, però, che avevano qualcosa da dire; tanto valeva avvicinarsi. E comunque, a Maya piaceva stare vicino a loro.

Jake le prese una mano e Border l'altra. Jake si schiarì la gola e nella stanza scese il silenzio. Maya si bloccò, il cuore che le rimbombava nelle orecchie.

"Allora, dato che siete tutti qui, pensavo di dirvi una cosa." Guardò Border. "*Pensavamo* di dire una cosa."

Maya batté le palpebre ma rimase concentrata sugli uomini. Che stavano facendo? Loro tre si erano già detti che si amavano. Stavano per avere un bambino. Non c'era altro di cui Maya avesse bisogno. Pensava che lo sapessero.

"Maya Montgomery," cominciò Jake, "dal momento

in cui ti ho vista ballare in quel bar, sapevo che eri speciale."

I parenti risero, ma Maya non poté fare altro che ricordarsi di respirare.

"Io ti conoscevo dalle lettere di Jake," aggiunse Border con un sorriso. "Ogni volta che parlava di te, sapevo che eri... speciale."

Maya si leccò le labbra. Le si erano intorpidite le dita? E le orecchie? Riusciva a sentirsi le orecchie? E perché *diamine* si stava preoccupando di cose del genere?

"Sei la mia migliore amica, bimba," disse Jake.

"Non chiamarmi bimba," disse lei, ridendo, anche se era più che altro un'abitudine.

"Sei la mia bimba," disse Jake con dolcezza. Le mise una mano sulla pancia. "E avrai il nostro bambino. Sei tutto, Maya Montgomery. Sono così dannatamente felice del fatto che hai detto che saresti stata con me. Con noi. Non credo che sarei potuto diventare l'uomo che sono oggi, senza di te."

Maya sentì le lacrime scorrerle sulle guance.

Border gliele asciugò e lei pianse di più. "Mi hai lasciato entrare nella tua vita, Maya. Non eri obbligata. Mi hai aperto il cuore e custodirò per sempre quel regalo. Sono un uomo migliore da quando ti conosco. Un uomo migliore perché fai parte della mia vita."

Si inginocchiarono entrambi davanti a lei, che deglutì rumorosamente. Qualcuno tirò su col naso e a Maya tremarono le mani.

"Ci vuoi sposare?" chiesero entrambi allo stesso momento.

"Vuoi diventare mia moglie?" chiese Border. "Vuoi essere parte di noi tre, del nostro tutto?"

"Vuoi essere sua moglie e il mio tutto?" chiese Jake. "Renderesti Border davvero parte della famiglia e, anche se io non avrò un pezzo di carta, ci sarò lo stesso. Ne farò parte. Ti stiamo chiedendo di essere nostra moglie, il nostro futuro. Io ho i miei fratelli, ma Border? Lui ha noi. Per questo deve essere lui a sposarti. A meno che tu non voglia una cosa diversa e allora possiamo fare quello che dici."

Maya aprì la bocca e non ne uscì suono.

"Be', ragazzi, avete fatto succedere l'impossibile: Maya è senza parole," disse Storm alle sue spalle.

Lei gli mostrò il medio senza nemmeno guardarlo e scoppiarono tutti a ridere.

"Ci sono dei bambini!" la ammonì sua madre, anche se rideva anche lei.

Maya si mise le mani sulla bocca prima di ridere a sua volta. "Dovrò imparare a non imprecare o fare il dito medio a ogni frase, quando arriverà il bambino."

"Potresti cominciare a provarci adesso, dato che ci sono i *miei*, di bambini," aggiunse Austin, ridacchiando.

"Rispondi ai ragazzi!" disse Miranda, esasperata.

Maya si inginocchiò davanti a loro. "Sì. Certo. Vi amo entrambi. Voglio sposarvi. Adesso. Per sempre."

I due uomini la strinsero, i loro corpi massicci la circondarono con il loro calore e la loro forza. Furono raggiunti dal resto della famiglia, che urlava e festeggiava, ma Maya aveva occhi solo per i suoi uomini.

Avevano sopportato il passato, il dolore, angoscia e perdita per potersi avere in quel momento. Senza quel rapporto, non sarebbero stati chi erano diventati e il loro legame non sarebbe stato così dolce. Erano suoi, i suoi uomini, il suo futuro, il suo tutto.

"Abbiamo bisogno di tatuaggi abbinati," disse Maya.

Jake rise. "Sì, credo di sì."

"Mi prenoto!" strillò Austin.

Maya guardò male il fratello. "Non ci pensare, sono *miei*. E se non mi lasci avere il mio momento, chiederò a Shep di fare il mio al posto tuo."

Austin si mise la mano sul cuore e finse di essere ferito, ma non parlò. Maya si voltò verso i suoi uomini e sorrise.

"Sarà proprio *divertente*."

Border guardò Jake a occhi sgranati. "Ho un po' paura di cosa abbiamo scatenato."

Jake annuì solennemente. "Grazie a Dio sei qui, perché so che non sarei riuscito a farcela da solo."

Maya li guardò male, ma invece di ribattere li abbracciò, giurando di non lasciarli mai. "Esatto, ci vogliono due di voi, con me. Sono troppo fantastica."

"Sei troppo qualcosa," borbottò Austin.

A quel punto, quando Maya mostrò il medio ad Austin, baciò Jake e poi Border sapendo che, nonostante tutto, era una Montgomery e che quindi avrebbe sempre spaccato culi.

E che loro tre avrebbero spaccato culi insieme.

FINE

Prossimamente nel mondo Montgomery Ink…

Alexander comincia a guarire in SENZA SEGRETI

Senza titolo

Grazie mille per aver letto **MARCHIO INDELEBILE**. Spero tanto che questa storia ti sia piaciuta e che lascerai una recensione! Le recensioni aiutano autori *e* lettori.

Se vuoi ricevere tutte le mie ultime novità, puoi iscriverti alla mia newsletter sul sito www.CarrieAnnRyan.com; oppure puoi seguirmi su Twitter, il mio account è @CarrieAnnRyan, o puoi mettere un like sulla mia pagina Facebook. C'è anche un Fan Club su Facebook dove vengono pubblicate domande, indovinelli, chiacchiere e altri annunci. I miei lettori sono il motivo per cui scrivo le mie storie, quindi grazie.

Buona lettura!

Se vuoi rimanere aggiornato su nuovi libri o promozioni, sentiti libero di iscriverti alla newsletter di Carrie Ann.

**TI INTERESSA ESSERE UN BLOGGER E REVISORE PER
CARRIE ANN RYAN? REGISTRATI QUI!**

Montgomery Ink:

Altre storie a venire!